LUTZ KREUTZER (Hrsg.)

Schaurige Orte in Südtirol

LUTZ KREUTZER (Hrsg.)

Schaurige Orte in Südtirol

Unheimliche Geschichten

GMEINER

Personen und Handlung sind frei erfunden.
Ähnlichkeiten mit lebenden oder toten Personen
sind rein zufällig und nicht beabsichtigt.

FSC www.fsc.org
MIX
Papier aus verantwortungsvollen Quellen
FSC® C014496

Besuchen Sie uns im Internet:
www.gmeiner-verlag.de

Im Ehnried 5, 88605 Meßkirch
Telefon 07575/2095-0
info@gmeiner-verlag.de

1. Auflage 2022

Lektorat: Daniel Abt
Herstellung: Mirjam Hecht
Karte auf S. 6/7: Katrin Lahmer
Umschlaggestaltung: U.O.R.G. Lutz Eberle, Stuttgart
unter Verwendung eines Fotos von: © Gaspar Janos / Shutterstock
Druck: GGP Media GmbH, Pößneck
Printed in Germany
ISBN 978-3-8392-0190-9

INHALT

Gries am Brenner
Sterzing
8
E45
Bruneck
Meran
1
Brixen
9
Sarnthein
4
Lana
5
Sankt Ulrich
Bozen
6
7
Vigo di Fassa
12
A22
Leifers
Predazzo
Neumarkt
E45
San Michele all'Adige
Mezzano

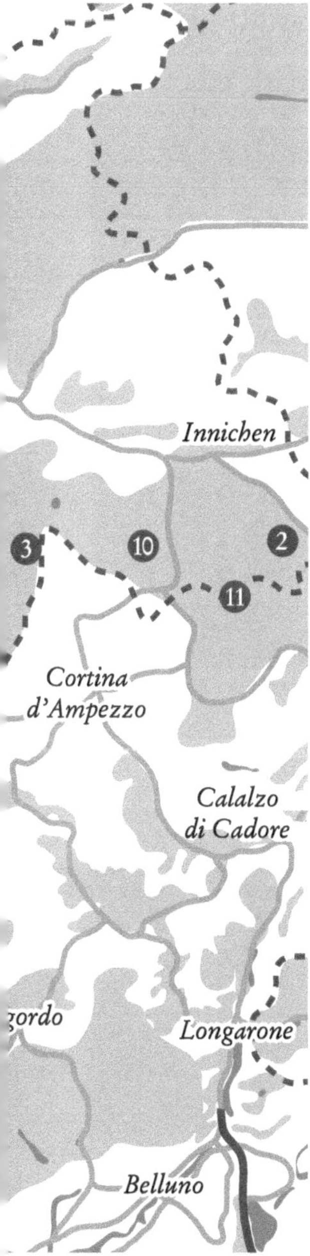

❶ Die bösen Engel
❷ Tod am Paternkofel
❸ Ein Kegelspiel
❹ Gaulschlucht
❺ Annamirl
❻ Hexennacht mit Schuss
❼ Der Fluch des Laurin
❽ Der schwarze Focke
❾ Die verlorenen Seelen vom Totensee
❿ Die Hexe vom Blutenden Herz – Eloise
⓫ Schauer in der Nordwand
⓬ Heirat, Horror, Karersee

Interaktive Karte:
http://schauer-suedtirol.lutzkreutzer.de/

01 DIE BÖSEN ENGEL

VON ROBERT PREIS

Mein Name ist Stephan Kowalski-Knapp, Buchhändler in Prag. Erst kürzlich fand ich das Tagebuch eines entfernten Vorfahren, Marek Baptist Knapp (1809–1869), der im Jahre 1859 von Seiner Majestät Kaiser Franz Joseph I. angeblich mit einer brisanten Aufgabe betraut worden sei. Einer Aufgabe, die ihn das Leben kosten sollte, ihn aber auch unsterblich machte.

Aus dem Büchlein geht hervor, wie sehr er als Lector[*] *unter der Ignoranz der Menschen zu leiden hatte. Und unter seinen besonderen Fähigkeiten. Kaum jemand glaubt den* Lectoren *so wie einst in früheren Zeiten, niemand schenkt ihnen Achtung oder gar Anerkennung. Vielleicht deshalb, weil* Lectoren *dazu neigen, ihre Eingebungen und seherischen Fähigkeiten allzu deutlich in die Wirklichkeit der anderen einzubringen. Aber, geschätzte Leser, bewerten Sie selbst, welch unglaublichen Gefahren und Nöten mein Vorfahr, Marek Baptist Knapp, gegenübergestanden haben mag.*

*

[*] Magier, die mit zufällig ausgewählten, jedoch existierenden Texten arbeiten.

Graz, 11. Mai 1859

Ich kann mich nicht daran erinnern, dass die Uhren um 8.45 Uhr stehen geblieben waren. Ich weiß nur, dass es plötzlich still war. In meiner Erinnerung war es damals so leise, dass das Ticken keinen Platz hatte. Nicht einmal das Schluchzen und das Atmen der Umstehenden. Nichts hatte Platz außer der Tod. Johann hatte ausgeatmet und nicht wieder ein. Der Erzherzog, *der Steirische Prinz*, war tot.

Seit drei Uhr in der Früh hatte ich – angereist aus Ödenburg, wo ich als Offizier stationiert war – am Totenbett gesessen. Ich war sofort losgeritten, hatte ihn jedoch nur noch sterben sehen. Unsere Abschiedsworte, unser Flehen, Johann möge durchhalten und die Krise bewältigen, waren in seinem rasselnd schwachen Atem verklungen, ehe er schließlich mit einem Seufzen entschwand.

Die Kunde vom Ableben des Erzherzogs Johann verbreitete sich rasend schnell. Bereits während der Pfarrer den Leib segnete und die Gebete am Totenbett gemurmelt wurden, begannen die Glocken in Graz zu läuten. Die Leonhardkirche, die Leechkirche, der Dom, alles bewegte die Glocken. Nur die Leute waren unbeweglich, denn was in der Stadt zu dieser Morgenstunde auf den Beinen war, hielt inne und bekreuzigte sich. Der von vielen so sehr geliebte Erzherzog hatte das Zeitliche gesegnet. Das von vielen so sehr verdrängte Sterben war ins Bewusstsein des Alltags getreten. Ein unglaublich trauriger Moment.

Nur ich hatte keine Zeit für Trauer. Ich musste eilen, um Schlimmeres zu verhindern. Schlimmeres als den Tod.

Mir war bewusst, dass mich die anderen argwöhnisch betrachteten, ich spürte ihre Blicke auf meinem Rücken, und doch eilte ich aus dem Haus hinaus auf die gepflasterten Straßen, ohne mich ein einziges Mal umzudrehen. So traurig mich Johanns Tod machte, Zeit zu trauern blieb mir nicht.

Graz, 15. Juni 1869

Ausgerechnet auf Tiroler Erde. Das war Johanns Wunsch gewesen, dort wollte er begraben werden. Das hat mich zehn Jahre gekostet.

Johanns Ende war mein Anfang gewesen. Vom Kaiser persönlich mit der Überstellung des ehrwürdigen Leichnams beauftragt, hatte ich damals schnell und gewissenhaft gehandelt und noch im Monat, in dem Johann gestorben war, eine Reise durch Wälder und Schluchten, über Pässe und Felshänge begonnen, wie ich sie nie für möglich gehalten hätte. Ich war in Gegenden gewesen, die ich nur durch die kaum bekannten Pläne des Augustinermönchs Johannes Clobucciarich gefunden hatte. Vor mehr als 250 Jahren hatte er in aller Eile eine Karte der Region angefertigt, damit sich die Habsburger den immer wieder einfallenden Ungarn und Türken besser hatten erwehren können. Schon damals war diese Gegend so voller Geschichten und Gerüchte gewesen, die weit in die Vorzeit hineinragten, dass es nicht wundern darf, wenn auch ich Karantanien auf wahrlich märchenhaften Pfaden durchwanderte.

Es bedurfte intensiver Vorbereitung, Johanns letzte Reise anzutreten, ich musste Gefahren überwinden, unendlich lange Gespräche führen und mich durch Bibliotheken wühlen, ehe ich die seltensten Bücher über die seltensten Kreaturen fand. Die Zeit verstrich und mehr als einmal kämpfte ich ums Überleben, doch ich arrangierte mich, schloss Bündnisse und Pakte und holte mir Versprechungen ein, von denen ich wusste, dass sie manchmal nicht mehr wert waren als der Wind, in den sie gesprochen wurden. So dauerte es sage und schreibe zehn Jahre, bis wir das Wagnis eingehen konnten, Johanns Leichnam zu überstellen. Ein Wagnis freilich, das von den hohen Herren eingefordert worden war, denn ich selbst hätte es nie erlaubt. Nur ich wusste, wie viel Glück wir benötigen würden und wie wenig Zeit wir für die Überstellung seines Leichnams hatten.

Und nur ich ahnte meinen nahenden Tod.

Ziel unserer Reise war eine Grabkapelle nahe der Burg Schenna bei Meran. Johann hatte diese Burg lange vor seinem Ableben gekauft und sich in das beschauliche Bauwerk verliebt, das ein Relikt aus der sagenhaften Zeit der Margarete Maultasch war.

Franz Graf von Meran, Johanns Sohn, hatte den Wiener Architekten Moritz Wappler beauftragt, ein

Mausoleum in Schenna zu planen. Der Meraner Polier Anton Kluibenschedl führte den Bau aus, ein neugotisches Meisterwerk, dessen Gruftaltar aus Laaser Marmor bestand und der Sarkophag aus Sandstein aus Mezzocorona in der Provinz Trient.

Und mich hatte der Kaiser damit beauftragt, den Leichenzug zu organisieren. Wen sonst?

Der einbalsamierte Leichnam Johanns sollte durch Graz chauffiert werden – in einem mitreißenden Trauerzug, damit er noch ein letztes Mal von jedem beweint werden konnte. Herz und Organe wurden, wie es üblich war, in separaten Urnen nach Wien transportiert – eine Methode, die mehr denn je von Nöten war, wenn es in die tiefen Berge des Westens ging. Die Wesen der Anderswelt sollten nie alles bekommen. Niemals alles von einem Menschen.

Johanns Sarg war bedeckt mit einer Decke, die seine Witwe Anna neun Jahre lang bestickt hatte. Jene Anna, um die der Kaiserbruder so lange gekämpft hatte, die ihm Spott, Häme und Verachtung seiner Familie brachte, weil sie ihm von Standes her nicht ebenbürtig war. So war es eine Trauung der linken Hand gewesen, wie man sagte. Johann war Getuschel am Hof egal gewesen, er hatte seine Anna geliebt. Hatte sie niemals aufgegeben. Jetzt war sie allein.

Ich selbst saß vorne am Kutschbock an der Seite eines verschlossenen Kerls, den ich Edmund nannte. Die bis an die Zähne bewaffneten zehn Husaren auf ihren zehn Schlachtrössern begleiteten uns steif und starr blickend wie Zinnsoldaten. Sie waren imposant anzusehen mit ihren bunten Uniformen und den hohen Mützen, den Quasten und Manschettenknöpfen, den blank polierten Säbeln und den gezwirbelten Schnauzern. Mir kam ihr Auftritt nur zupass, so beachtete niemand die weiteren Details unserer Ausrüstung – den gewaltigen schwarzen Koffer, der fast größer als der Sarg war, das Rohr, das unter der hinteren Achse hervorlugte, und die seltsame Apparatur, die spiralförmig am Ende der Kutsche angebracht war und in einer Kurbel mündete.

Die Hufe klackerten über den Hauptwachplatz, begleitet Klang eines einzelnen Glockenschlags der Liesl. Doch kaum hatte der Sarg die alten Grazer Stadtmauern verlassen, kaum dass wir die Murvorstadt und die Weinberge des Plabutsch hinter uns gelassen hatten und in die bewaldeten Ebenen vor der Pack eingetaucht waren, begannen die Probleme.

Das Rad der Kutsche brach und der Sarg rutschte seitlich von der Ladefläche. Annas Decke landete am Wegesrand. Ein Kichern im Wald kurz vor Beginn der Passstraße verriet mir, dass der Unfall nicht durch Zufall passiert war. Ich herrschte die Soldaten an, den Schaden so schnell wie möglich zu reparieren, und befahl den Wachen, die Augen offen zu halten. Tatsächlich fielen ein, zwei Schüsse, weil die Männer gemeint hatten, zwischen den Bäumen eine vermummte Gestalt umherspringen zu sehen. Es wurde Abend, wie ich befürchtet hatte. In dieser Nacht starb der erste meiner Männer.

Er schob Wache, doch in der Früh starrte er uns mit offenen Augen von einer Linde hängend an. An seinen Wimpern hatte sich Morgentau gebildet, trotz des Juni war es kalt heroben. Nein, ich war überzeugt, dass er sich nicht freiwillig das Leben genommen hatte.

Es war ganz einfach: Niemand, schon gar nicht all die Elfen, Kobolde und Zwerge der Mark, wollte den Erzherzog ziehen lassen. Johann bedeutete den Steirern alles, er hatte Dinge in die Wege geleitet, die das Leben bis in weite Zukunft verändern würden, er hatte den Menschen Arbeit gegeben, Museen, Fabriken, Vereine gegründet, dem ganzen Land ein neues Selbstwertgefühl verschafft. Er hatte eine einfache Frau geheiratet und aus der Steiermark ein prosperierendes Land gemacht. Niemand wollte ihn verlieren. Nicht einmal die Geisterwelt.

Zehn Jahre lang hatte ich mit den Wesen verhandelt und die ärgsten Probleme beiseitegeschafft. Und doch war mir klar, dass diese Reise eine Angelegenheit war, die schnell gehen musste. Und Glück benötigte. Das so früh gebrochene Rad hätte mir Warnung genug sein müssen. Ich hatte nicht alle überzeugt. Die Zeit war zu knapp gewesen.

Nachdem wir das Rad ersetzt hatten, brachen wir unverrichteter Dinge auf. Auf der anderen Seite der Pack in den Urlanden Karantaniens wurde es schlimmer. Die Kobolde hielten sich zwar an die mit mir getroffene Vereinbarung, doch die Habergoaß* ließ sich nicht besänftigen. Ich betätigte zum ersten Mal die Kurbel, ließ mir die Genugtuung über das Staunen der Husaren nicht anmerken und lauschte fasziniert, wie unsere Kutsche Dampf spuckend und ratternd in einen immerwährenden Takt überlief. Ich ließ die Pferde abspannen, schraubte ein Lenkrad in die Deichsel und trat ein Pedal. Der Wagen raste jetzt durchs Land, die Pferde mussten in wilden Galopp übergehen und Edmund duckte sich noch tiefer in seine hängenden Schultern, seiner Bestimmung als Kutscher verlustig gegangen.

Doch die Habergoaß war schlau. Ich versuchte es mit allerlei trickreichen Täuschungen, ließ einen Trupp in die falsche Richtung reiten, errichtete Nachtlager, die wir dann schnell wieder verließen, und einmal opferten wir sogar einen der Husaren, der sich mit aufgestecktem Bajonett dem sagenhaften Wesen entgegenstellte. Nichts nützte. Wie so viele andere Kreaturen ihrer Art wollte sich auch die Habergoaß die Gelegenheit nicht entgehen lassen, uns zu demütigen. Dass wir einen Sarg durchs Land karrten, war schlimm genug, dass es sich dazu um einen so berühmten Leichnam handelte, war einfach zu verlockend. Könnte uns eines der Wesen den Erzherzog abspenstig machen, bevor er in seine Gruft gelangte, wäre ihm der Ruhm in der Anderswelt für alle Zeit gewiss.

* Kinderraubende Schreckgestalt mit Ziegenkopf und Pferdehufen.

Es war südlich der Nockberge, als unser Tross nach vier Tagen Reise zum Stehen kam. Die Maschine dampfte, sie musste auskühlen. Wir brauchten mehr Zeit, doch die hatten wir nicht.

Es blieb gerade so viel davon, meine zu Lichtmess geweihte schwarze Kerze auf dem Sarg zu platzieren, ehe die erste Hexe zwischen den Bäumen auftauchte. Wir hielten sie mit Fackeln auf Distanz. Die zitternden Soldaten machten Geräusche, als wollten sie Hunde verjagen, und alle wussten, dass es nur an dieser einen Kerze lag, dass die Hexe noch nicht über uns hergefallen war.

Sie war ein altes, ausgemergeltes Scheusal, das, das war ganz deutlich zu sehen, an Hunger und Durst litt. Aber ich bläute den Männern ein, sie nicht zu unterschätzen. So ausgefranst und armselig Kreaturen wie diese auch erscheinen mochten, sie waren schnell, heimtückisch und unmenschlich stark. Ihr Zauber konnte nur durch einen Gegenzauber gebannt werden. Nur durch mich.

Ich öffnete den Koffer.

Die Hydraulik ließ den Deckel mit Leichtigkeit hochschnappen. Ich nahm die Armbrust heraus, suchte Deckung hinter dem Deckel, spannte mit einem Hebel den ersten silbernen Pfeil und richtete ihn auf die Hexe aus. In diesem Moment blies ein Wind, der sich wie unheimlicher Atem anfühlte, das Licht der Kerze aus, und über uns brandete die Sturzflut der Hölle.

Aus dem Augenwinkel bemerkte ich, dass eine weitere Hexe auf dem ersten Soldaten saß und ihn mit bloßen Händen erwürgte. Nein, sie erwürgte ihn nicht nur, sie riss ihm mit ihren krallenartigen Fingernägeln den Kehlkopf regelrecht aus dem Hals. Ich wollte wieder zielen, doch die Hexe, die ich gerade eben noch anvisiert hatte, war fort. Hastig drehte ich mich im Kreis, erfasste eine weitere der Kreaturen und drückte ab. Das silberne Geschoss riss das Biest von den Beinen und spießte es an einen Baum. Als die Hexe starb, quoll Blut, schwarz wie Ruß, aus ihrem Mund.

Ich spannte einen weiteren Pfeil ein und suchte hastig ein neues Ziel. Rundherum hatte tosendes Geschrei eingesetzt. Nun war auch die Habergoaß aufgetaucht und trampelte völlig außer sich zwischen die Reihen der Soldaten. Wieder fielen Schüsse. Einer traf einen Husaren am Knie, der sich furchtbar schreiend am Boden wälzte. Ich nahm die Habergoaß ins Visier, die ein vermeintlich einfacheres Ziel darstellte, da bemerkte ich, dass die Schreie der Männer weitere Hexen angelockt hatten. Die Weiber krochen aus dem Unterholz, gackernd und krächzend, mit gierigen Blicken, ihr Gestank breitete sich über die Wiese aus wie der von Latrinen einer ganzen kaiserlichen Armee.

Ich sah mich um. Die Husaren kämpften tapfer, doch es war aussichtslos. Niemand, der hierblieb, würde überleben. Ich nickte Edmund zu, gemeinsam spannten wir die Pferde an die Deichsel, er setzte sich auf den Kutschbock und drosch auf die Tiere ein, die sogleich wie von Sinnen loshetzten. Ich begleitete ihn auf einem freien Ross. Einige Husaren versuchten, uns zu folgen, doch ich sah, wie einer nach dem andern vom Sattel geholt wurde. Die Hexen sprangen wie Grashüpfer, langten von Bäumen nach ihnen oder warfen Steine mit nie gesehener Wucht. Ich stieg im vollen Galopp zurück, spießte mit der Armbrust eine weitere Hexe im Flug auf und rettete so dem einzigen Husaren, der uns folgen konnte, das Leben.

Wir galoppierten in einem wilden Ritt durch die Nacht und passierten die Täler südlich des Großglockners. Ich war froh, weit weg von den Drei Zinnen zu sein, deren Berggeister kein Buch bannen konnte, doch bald waren die Pferde am Ende und wir auch. Nichtsdestotrotz baten uns die Bewohner des nächsten Dorfes, so schnell wie möglich weiterzuziehen. Ein Tross mit einem Leichnam, noch dazu mit einem so wertvollen wie diesem, war nirgendwo gern gesehen. Zu groß war die Angst vor den Kreaturen. Und wohl auch, das darf ich in aller Bescheidenheit sagen, vor mir.

Ich versuchte während unseres kurzen Aufenthalts zu schreiben. Ich hatte zuvor zehn Jahre lang nichts anderes getan, als in Büchern zu blättern und zu verhandeln. Doch es gelang mir kaum, namhafte Gegenwehr, Bannsprüche und Grenzverse zu erschaffen. Uns Lectoren werden große Fähigkeiten nachgesagt, die Finsterwelt zu bannen und sich gegen ihre Kreaturen zur Wehr zu setzen. Manche behaupteten, wir hätten magische Fähigkeiten, könnten Hexern gleich die Physik außer

Kraft setzen, fliegen, tote Gegenstände bewegen oder es mit ganzen Armeen aufnehmen. Die Wahrheit aber war, dass es für mich schon eine immense Herausforderung dargestellt hatte, die Gefahren auszuloten, die Wesen zu finden und zu erforschen. Und auch wenn die meisten der boshaften Kerle einst von Lectoren selbst erfunden worden waren, um die Menschheit in die Schranken zu weisen, so gelang es heutzutage kaum noch, Neues in die Welt zu setzen. Gegenzauber waren eine alte Kunst, die ich selbst nur marginal beherrschte. Wesen zu erschaffen war unsereins schon lange verboten worden. Alles, womit sich Lectoren heutzutage rühmen konnten, war, herauszufinden, wo sich Kreaturen befanden, was sie wollten und wie sie in Schach zu halten waren. Viel mehr konnte man nicht erhoffen. Auch ich nicht.

Im Schein des Mondlichts betrachtete ich den Sarg und bat den Erzherzog um Verzeihung. Sein Ansinnen, quer durchs Reich gekarrt zu werden, war nicht anders zu bewerkstelligen als auf diese unwürdige Art – in wilder Flucht, einer Treibjagd gleich.

Sollte alles umsonst gewesen sein? Die nächsten beiden Tage würden entscheidend sein. Johann antwortete nicht. Natürlich nicht.

Als wir im Morgengrauen aufbrachen, schüttete es in Strömen. Die Maschine lief wieder, wenn auch nur stockend. Einen ganzen Tag lang tuckerten wir vorbei an Burgen, durch Schluchten und an steilen Felswänden entlang. Wir begegneten kaum einer Menschenseele, und wenn, dann bekreuzigte sie sich, blieb am Wegesrand stehen und riss sich den Hut vom Kopf.

Anna Plochls Decke war völlig durchnässt, Johanns Sarg zerkratzt und schmutzig und wir drei hingen gebeugt im Sattel und am Kutschbock. Doch ich dachte gar nicht an die Unbill der Reise, meine Gedanken hingen nur an dem, was kommen mochte. Und es kam. Unweigerlich.

Schenna, 20. Juni 1869

Wir verdeckten den Sarg mit Heu, falteten Anna Plochls Sargdecke und steckten sie in eine Truhe. Obendrein verkleideten wir uns als einfache Marktfahrer und Bauern. Ich deckte auch meine Armbrust mit den silbernen Pfeilen ab, denn ich wusste, dass diese Waffe nun wirkungslos war. Das Rohr unterhalb des Wagens hatte ich abmontiert und am Wegesrand liegen gelassen. Bei der wilden Flucht vor den Hexen musste etwas an der Maschine Schaden genommen haben, jedenfalls ließ sie sich nicht mehr ankurbeln.

Auf diese Weise versuchte ich, die Märchenwelt zu täuschen. Doch ich selbst war es, der sich getäuscht hatte.

In der Nacht auf den letzten Tag unserer Reise krochen die bösen Geister von den Ästen der Bäume. Ein Gackern wie von den seltsamen Affen, die am Hof in Schönbrunn dem Kaiser vorgeführt worden waren, wechselte sich mit einem grässlichen Knurren ab. Zweige knackten. Es zischte hässlich um unsere Ohren. Als mir der erste der grauenhaften Norgge über die Schulter kratzte, hob ich mein Kreuz und sprach den ersten Bannfluch. Wehklagend rollte sich der Engel von der Kutsche und ich hörte fortan nicht mehr auf, meine Flüche zu sprechen.

Immer wenn ich Luft holte, wenn ich um Atem rang, griffen sie an. Sie sprangen von den Bäumen auf uns zu und zerrten an dem Sarg, ärgerten die Pferde, griffen uns an, wann immer es nur ging. Einmal erwischten sie den Husaren am Hemdsärmel, zerrten ihn vom Pferd, und beim Versuch, sich zu befreien, geriet dieser unter die Hufe. Mit einem furchtbaren Geräusch trat ihm das Pferd auf den Kopf.

Wir mussten weiter. Konnten uns nicht einmal umdrehen zu dem armen Mann.

Vor den Norgge hatte mir am meisten gegraut, da ich sie am wenigsten kannte. Es handelte sich dabei um böse Engel, die in Baumhöhlen hausten, und das war nicht etwa eine angstvolle Umschreibung – sie *waren* böse Engel.

Norgge nahmen den Menschen deren Fähigkeit zu sterben übel, weil sie es selbst nicht konnten. Einst hatten sie sich von Luzifers Reden einlullen lassen und waren mit ihm gezogen. Das war ihnen nicht verziehen worden, und als Luzifer und seine Gefolgschaft in die Tiefen der Hölle verbannt wurden, hatten sich die

Norgge in den Ästen der Welt verheddert. Seither sind sie in der Zwischenwelt gefangen – zwischen Himmel und Hölle. In den Bäumen der Erde. Und jedes Mal, wenn jemand starb, waren sie fuchsteufelswild vor Neid.

Ihre Unsterblichkeit machte sie zu gefährlichen Wesen. Zu griesgrämigen, neidvollen Kreaturen. Und eine bessere Gelegenheit, ihren Zorn auszuleben, als die Beisetzung eines berühmten Menschen zu verhindern, eines Erzherzogs gar, bot sich selten. Ich wusste also, was mich erwartete.

Am 20. Juni 1869 erreichte der Trauerzug schließlich die Ortschaft Schenna. Wir hetzten wie vom Teufel gejagt über die schmale Brücke durchs Tor in die Burg, wo uns sogleich beim Versorgen der Pferde geholfen wurde. Erst als wir den Sarg in die Gemächer gebracht hatten, waren wir vor den Norgge sicher. Die Bestien fluchten draußen im Hof und trieben allerhand Unfug. Tags darauf war der halbe Ort auf den Beinen, und die Nörggelen, wie sie hierzulande genannt wurden, wagten sich nicht näher heran. Dennoch war die Zeremonie nur von kurzer Dauer. Schützenkompanien waren anwesend, dazu Musikkapellen, der Bischof, viele ranghohe Militärs und Erzherzog Ludwig, der Taufpate von Johanns Sohn Franz, sowie Erzherzog Ferdinand als Vertreter der kaiserlichen Familie. Erst als wir das Tor zum Mausoleum schlossen und den Sarg in die Stille seines Inneren trugen, verstummte das unsägliche Geschrei der Norgge.

Wir stiegen die steinernen Treppen hinab und hoben den Sarg auf den Sarkophag. Der Priester murmelte seine Gebete, ein paar Tiroler, die ich nicht kannte, standen misstrauisch herum, und Ferdinand beobachtete jeden meiner Schritte argwöhnisch. Ich weiß nicht, ob er gewusst hat, was ihn erwartete, aber einem Mitglied der kaiserlichen Familie war alles zuzutrauen. Auch das Wissen um die schrecklichsten Geheimnisse. Ich bat sie alle hinaus. Nur Edmund und Ferdinand blieben. Gemeinsam öffneten wir den Sarg, den wir aus Graz herbeigeschleppt hatten. Er war leer.

Verblüfft atmete Ferdinand aus, doch ehe er in seinem herrischen Tonfall, der allen Habsburgern gemein war und den ich nicht ausstehen konnte, etwas sagen konnte, hob ich die Hand und gebot ihm zu schweigen. Ich weiß, welche Wirkung ich manchmal habe. Das mag an meinem klobigen Äußeren liegen, meiner zotteligen pelztierhaften Erscheinung. Oder an den Geschichten, die über mich verbreitet werden. Einerlei. Ich hob die Hand und verneigte mich. Vor Edmund.

Nun war Ferdinand völlig verwirrt. Warum verneigte sich der Troll vor einem Kutscher, einem einfachen Mann, mochte er bei sich denken. Ich mutmaße aber, dass ihm bald ganz heiß wurde. Und das Blut stockte auch, so weiß, wie er wurde. Denn Edmund stieg jetzt schweigend in den Sarg, legte sich hinein und nickte mir zu. Er sprach nichts. Nur dieses Nicken, das mir zu verstehen geben sollte, dass ich alles richtig gemacht, meinen Auftrag erfüllt hätte. Dass meine List gelungen wäre. Und dass jetzt Schluss sei. Ende.

*

Ich stand noch lange vor dem Mausoleum, starrte über den Friedhof hinweg auf die Berge und die Ortschaft Schenna hinunter, als ich auf einem Felsen eine Gestalt wahrnahm. Einen der Norgge. Er musterte mich, und selbst auf die Entfernung hin konnte ich sehen, wie übel er mir nahm, dass wir einen Leichnam durch sein Reich geführt hatten. Und mit welcher List noch dazu, denn der tote Erzherzog hatte in Wahrheit ja stets an meiner Seite gesessen. Ich weiß nicht wie, aber dieser Norgg musste es herausgefunden haben. Warum sonst saß er dort und starrte mich an? Ein Norgg hasst den Tod, weil er ihn vermisst. Er fürchtet ihn also genauso wenig wie ich. Wohl deshalb neigte der Norgg leicht den Kopf, als nickte er mir zu, drehte sich um und verschwand. Da wusste ich es zum ersten Mal. Ich würde sterben.

Auf meiner Rückreise verzichtete ich auf Geleitschutz. Für die Wesen der Finsterwelt gab es schließlich keinen Grund mehr zu kämpfen. Der Sarg war ja in sicherer Obhut. Doch womit ich nicht gerechnet hatte, war der Hass dieses einen Norgg. Als er über mich herfiel, rettete mir meine Geschicklichkeit das Leben. Vorerst. Ich zog meinen Degen und verletzte die Kreatur. Aus einer Apparatur an meinem Unterarm feuerte ich eine Kugel ab. Wir wälzten uns im Dreck. Und auch wenn ich wusste, dass dieses Wesen unbesiegbar war, un*sterblich*, so konnte ich mein Glück kaum fassen, als ihn meine Gegenwehr vertrieb.

Im Wasser eines Gebirgsbachs liegend, erhob ich mich mühsam, trottete klitschnass zurück zum Pferd, ritt ein Stück, machte mir ein Feuer, um mich zu wärmen, und ritt weiter. Doch nun, eine Woche später, merke ich, warum der Norgg mich ziehen ließ. Er spürte, dass ich mich nicht wieder erholen würde. Die Kälte bringt mich um. Die Lunge ist krank. Ich bekomme kaum noch Luft. Deshalb noch diese eine Geschichte hier. Sie wird vielleicht zeigen, wie wichtig die Arbeit der Lectoren ist. Ohne uns wäre der Erzherzog nie zu seiner geweihten Erde gelangt. Niemals.

*

Marek Baptist Knapp starb Ende Juni 1869 im Heuboden eines Bauernhofs nahe Lienz. Ein aus der Stadt herbeigerufener Feldscher konnte nichts mehr für ihn tun. Weil seine Arbeit beim Bauernvolk verpönt war, wurde Knapps Leichnam verbrannt und seine Asche in einem der Wälder verstreut. Sein letzter Brief blieb jedoch erhalten und erreichte über Graz und Wien seine Verwandten in Prag. Seine Majestät der Kaiser verweigerte seiner Familie einen Gedenkgottesdienst und stritt auch sein Engagement für die Überstellung des Erzherzogs ab. Die Lectoren bewegen sich am Rand der Welt. Ich als Buchhändler behandle Zeugnisse wie dieses als

Reliquien, als streng gehütete Geheimnisse. Lectoren werden nur noch selten gern gesehen, meist verleugnet und doch stets erhofft. Bis heute leben sie im Verborgenen, angeblich, um die Menschheit zu beschützen. Dabei sind sie stets darauf bedacht, sich selbst vor der Menschheit zu schützen.

Stephan Kowalski-Knapp, Buchhändler, Prag, 1920

02 TOD AM PATERNKOFEL

VON LUTZ KREUTZER

Hoch über dem Fischleintal, im Herzen der Sextner Dolomiten, gegenüber den einzigartigen Drei Zinnen, ragt der Paternkofel in den Himmel, der als einer der schönsten Aussichtsberge Südtirols gilt. Vor allem aber steht er für die tragische Verbindung zweier verfeindeter Männer, so unglücklich und unselig, wie es nur die Wirklichkeit hervorzubringen vermag.

*

Am Grab

Lange Jahre der Überwindung hat es mich gekostet, bis ich es geschafft habe, an sein Grab zu kommen. Ich bin hier, um mich in Stille zu bedanken. Es ist kühl und ich zittere leicht. Nicht nur der Kälte wegen, sondern auch vor Ehrfurcht und in Erinnerung an diesen großartigen Mann.

Heute ist der 4. Juli 1955. 40 Jahre und zwei Kriege hat es gedauert, meinen Frieden zu machen mit dieser

Geschichte. Nur wenige Kilometer entfernt von diesem Kirchhof verlief damals die Grenze zwischen Österreich und Italien, allerdings war es kein friedlicher Pass, denn dort oben am Kreuzberg verlief die Front.

Ich war dabei, als der Sepp in seinen schaurig schönen Bergen zu Tode kam. Und bis heute weiß niemand, wie es wirklich passiert ist. Dass ich jenen Tag überlebt habe, ist wohl dem Herrgott und einem Gespenst zu verdanken, einer Erscheinung, die jeder Bergsteiger fürchtet wie der Teufel das Weihwasser: das Brockengespenst, das jedem, dem es zuerst im Gebirg auf der Nebelwand erscheint, mit dem Tode droht. Ich habe es damals gesehen, oben am Grat des Paternkofel, der von unten ausschaut wie der gezackte Rücken eines rot-gelben Drachens. Mir aber brachte es nicht den Tod, sondern es schenkte uns das Leben, meinem Feind und mir. Bis heute danke ich jeden Tag unserem Herrgott, dass er es vielleicht war, der damals so entschieden hat.

Mein Name ist Niki Kompeiter. Jedenfalls nennen mich die Tiroler so. Uns Ladinern blieb zwei Jahrhunderte nichts anderes übrig, als uns von ihren Beamten unsere Namen stehlen zu lassen, die sie dumpf eindeutschten, die Silbe *er* dranhängten und uns mit diesen dahergeplappert klingenden Namen für immer abstempelten. Niki Kompeiter. Punkt. In Wahrheit heiße ich Micurá Ciampëi. Aufgewachsen bin ich in Urtijëi, das die Tiroler St. Ulrich nennen, also in Gherdëina, dem Grödnertal. Dass ich dort einer der besten Bergsteiger und hoffnungsvollsten Jungbergführer war, das wusste damals jeder. Ja, den Niki Kompeiter, den kannten auch die Kollegen im 100 Kilometer entfernten Sexten, wo der Sepp zu Hause war und wo ich jetzt an seiner Grabstätte stehe.

Sein ältester Sohn, der Gottfried, und ich, wir hatten uns ein Jahr vor dem tragischen Tag als 18-jährige Draufgänger im Rahmen einer Führung auf der Drei-Zinnen-Hütte angefreundet, deren Wirt der Sepp damals gewesen war. Dann, im Mai 1915, erklärte Italien der österreichischen k. u. k Monarchie den Krieg. Und so wurde mir die – so habe ich es damals empfunden – unendliche Ehre zuteil, gemeinsam mit meinem Freund Gottfried einer 40 Mann starken Abteilung zugeordnet zu werden, die für besonders schwierige bergsteigerische Kriegsoperationen eingesetzt werden sollte. Das war eine ausgewählte Truppe unter dem allseits geachteten Standschützenoberjäger Sepp Innerkofler, dem tüchtigen Hüttenwirt, dem bewunderten Bergführer und Gottfrieds Vater. Und ihm wurde die mörderische Aufgabe übertragen, mit einer Handvoll Männer den Gipfel des Paternkofel zu erobern, der von italienischen Alpini besetzt war. Und das kam so …

Der Neue

»Der neue Hauptmann, er ist …«

»Wie heißt er?«, unterbrach ich.

Gottfried sah mich länger an, wandte seinen Blick ab und blinzelte in die Nachmittagssonne, die westlich über dem Massiv der Drei Zinnen ihre letzten Strahlen zu uns herüberschickte. »Hauptmann von Wellean«, antwortete er sehr langsam mit einem Unterton der stillen Verachtung. »Jedenfalls ist er zum ersten Mal hier oben«, flüsterte der Gottfried mir zu. »Er soll sich freiwillig gemeldet haben, um das Zinnenplateau hier zu verteidigen.«

»Und?«, fragte ich. »Gebirgserfahrung?«

Gottfried schüttelte den Kopf. »Angeblich hat er keine Ahnung vom Gebirgskrieg und keine Kenntnis des Geländes hier.«

»Gott steh uns bei!«, presste ich hervor. »Und der will uns hier oben sagen, wie es in den Bergen läuft?« Ich machte drei Kreuzzeichen. »Wieder einer, der nur den Plan auf dem grünen Tisch kennt und keinen blassen Schimmer davon hat, wie es aussieht, wenn man in die Wirklichkeit hinter der Geländekarte eintaucht und im Gebirg wieder aufwacht.«

»Bin gespannt, was da rauskommt«, zischte der Gottfried. »So einer glaubt doch, nur mit Befehlen und Appellen an die Ehre alle Schwierigkeiten lösen zu können.«

Eine unglückliche Geschichte bahnte sich an, denn als der Innerkofler Sepp vom Hauptmann von Wellean geholt und um Hilfe gebeten wurde, wusste er nichts von seinem Himmelfahrtskommando. Doch die Militärs brauchten den bereits 50-jährigen Mann aus Sexten unbedingt, weil er nicht nur als solidester Kenner des Drei-Zinnen-Gebietes und bester Bergführer galt, sondern aufgrund seiner intensiven Jagdtätigkeit obendrein über außerordentliche Treffsicherheit verfügte. Er war Tiroler Standschütze, aber ohne jede militärische Ausbildung, nicht ungewöhnlich zu dieser Zeit. Er schoss mit einem Mannlicher-Schönauer Stutzen, der vor allem im Hochgebirge als zuverlässige Jagdwaffe diente, beim Militär jedoch nur sehr selten eingesetzt wurde.

Der Gottfried gehörte neben weiteren Bergführern seit einiger Zeit der legendären Patrouille seines Vaters an. Diese Patrouille bestieg regelmäßig die höchsten Gipfel der Region und sorgte bei den feindlichen Italienern stets für Verwirrung. Dergestalt, dass der Feind glaubte, alle Gipfel wären von österreichischen Kampftruppen besetzt. Bald staunte ganz Tirol darüber, wie oft der Sepp und seine Männer, die man bald in größter Bewunderung »Die fliegende Standschützenpatrouille« nannte, den Feind schon an der Nase herumgeführt hatten. Dafür hatte der Sepp, ihr leibhaftiger Anführer, hohe Auszeichnungen erhalten.

Unsere Stellung am Gipsjoch, westlich des Toblinger Knotens, wir nannten sie den Gipsgraben, war nur behelfsmäßig angelegt. Wie so vieles im Krieg. Als der Hauptmann von Wellean vor der Einsatzbesprechung in die Mitte trat, begann er gleich damit, geschwollenes Zeug zu reden. Von Ruhm und Ehre und so weiter. Und dass er den Sepp ausgesucht habe, auch diese Patrouille zu führen, er sei der Einzige, der dazu imstande sei. Und alle nickten ohne jeden Zweifel.

Der Gottfried und ich, wir hockten im Hintergrund.

»Honig hat er ihm gestern ums Maul geschmiert, mit einem guten Essen, mit dem er ihn empfangen hat, und der Vater wusste noch von gar nichts, was er hier tatsächlich tun soll.«

»Pssst«, mahnte ich. »Lass uns hören, was er genau vorhat.«

Dann rückte der Hauptmann mit seinem Plan heraus.

Der Innerkofler Sepp war außer sich. Er geriet mit dem Forcher Hans aneinander, einem Bergführerfreund, der auch dabei sein sollte.

»Was mault der Forcher denn da?«, fragte Gottfried und spitzte die Ohren.

Ich bemühte mich, mehr zu verstehen. »Der Forcher hat wohl ... dem Hauptmann empfohlen, mit einer kleinen Truppe den Gipfel des Paternkofel zu erobern, über den Nordnordwestgrat, mit nur sechs Mann. Und das scheint deinem Vater gar nicht zu gefallen.«

Der Gottfried starrte mich an. »Was? Bist du sicher? Das hat er gesagt? Eine kleine Gruppe über diesen Grat auf den Gipfel?«

»Hab ich so verstanden«, flüsterte ich ein wenig verunsichert und versuchte, weiter zuzuhören, was der Hans und der Sepp dort so furios austauschten.

»Die Route kennt kaum jemand, und auch für meinen Vater ist das äußerst riskant, äußerst schwer zu besteigen. Und dann mit Sturmgepäck?« Der Gottfried sah zu Boden und schüttelte den Kopf.

Ich spürte die Ungeduld, die in ihm aufstieg. Er sprang auf und trat vor.

Mit stolzer Brust bat er darum, seinen Vater auf dieser heiklen Mission begleiten zu dürfen. Das wurde allerdings nach einem weiteren Wortgefecht zwischen dem Sepp und Hauptmann Wellean abgelehnt.

»Es reicht, wenn nur einer nicht zurückkommt«, hörte ich den Sepp raunen, als er den Gottfried bei der Schulter packte. Doch ich sah auch die Entschlossenheit in seinem Blick – und die Enttäuschung in Gottfrieds Augen. Da spürte ich, dass ich handeln musste. Nach dieser Befehlserteilung wartete ich einen unauffälligen Moment ab, schlich mich bebenden Herzens zum Hauptmann und trug ihm leise meinen Wunsch vor: »Herr Hauptmann von Wellean, wenn der Gottfried schon nicht darf, dann lassen Sie mich bei meinem Oberjäger Sepp Innerkofler bleiben.«

»Wie?«, fragte der Hauptmann etwas gespreizt und machte einen fast beleidigten Eindruck, dass ich ihn überhaupt angesprochen hatte.

Ich nahm all meinen Mut zusammen und antwortete: »Ich bin Bergführer und kann dem Sepp und seinen Männern viele Lasten abnehmen und werd mich brav und tapfer verhalten. Ich kenne die Route«, log ich. »Außerdem bin ich treffsicher.« Unsicher schielte ich ganz kurz zum Sepp hinüber, der mich aus einiger Entfernung skeptisch beobachtete und mit Verwunderung zuhörte.

Der Hauptmann stützte seine Hände in die Hüften und musterte mich von oben bis unten.

Mir gefror das Blut. Doch nun konnte ich nicht mehr

zurück mit meinem Wunsch. »Ein guter Schütze, Herr Hauptmann!«, fügte ich hinzu.

»Wie heißt er?«

Ich schlug die Hacken zusammen. »Unterjäger Niki Kompeiter, Standschützen-Bataillon Gröden, 1. Kompanie Urtijëi.«

Der Hauptmann machte ein Gesicht, als hätte ich ihn angepinkelt.

»Äh, also, St. Ulrich, Herr Hauptmann.« Ich muss rot angelaufen sein.

»Er ist ... also ... ein Ladiner«, sagte der Hauptmann bedrohlich langsam und zog eine Braue hoch. »Man sagt euch nach, ihr hättet mehr Herz als Verstand. Aber das, Kom...pei...ter, wird ihm hier nicht viel nutzen!«, schloss er, schob seine Braue noch höher und presste die Lippen zusammen. Dann zögerte er, gab sich väterlich sinnierend, hob seine Hand ans Kinn und musterte mich erneut der Länge nach. »Außerdem, sagte der Forcher mir, sei es für mehr als sechs Mann dort oben zu eng. Hat er das verstanden ... Unterjäger?«

Ich nickte verlegen und der Hauptmann von Wellean ließ mich stehen. Schlagartig wurde mir schlecht, ich fühlte mich wie ein Auswurf, als hätte mich jemand hinterrücks in eine Latrine gestoßen, und ich schämte mich bodenlos. Wie hatte ich es in all meinem Übermut bloß wagen können, den Hauptmann so direkt anzusprechen?

Mit hängendem Kopf verließ ich den Unterstand und begab mich ins Freie. Ich atmete tief durch und sah in den Himmel. Den Kopf in den Nacken gelegt stieß ich verzweifelt die Luft aus. Ich ging leicht in die Hocke, stützte mich mit den Händen auf den Oberschenkeln ab und schüttelte mit geschlossenen Augen immer noch tief beschämt den Kopf.

»Gib nichts drauf, wie dich der Hauptmann behandelt«, sagte jemand plötzlich mit rauer, gebrochener Stimme hinter mir. »Er weiß nur zu gut, dass du ihm als Jungbergführer haushoch überlegen bist in diesem Gelände.«

Ich riss mich zusammen und drehte mich um. Ein alter Mann mit tiefen Falten im Gesicht und einem leisen Lächeln stand vor mir, blickte zum Unterstand hinüber und zog an seiner kleinen Tonpfeife. »Dieses unterlegene Gefühl«, so sagte der Fremde mit spöttischem Tonfall, »muss er mit seinem herrischen Auftreten irgendwie wettmachen.« Der Mann trug keine Uniform, was für gestandene Tiroler Standschützen allerdings nicht ungewöhnlich war. »Hast du ein zuverlässiges Gewehr?«, fragte er mich.

»Ja, ein Ordonnanzgewehr, eine M95«, antwortete ich verwirrt.

»Das ist eine gute Waffe und allemal besser als …«, er streckte seinen Kopf vor und schob leise hinterher: »… der Jagdstutzen vom Innerkofler.«

Mir war unwohl in meiner Haut. Wollte er etwa das Gewehr und das Können unseres Standschützenoberjägers infrage stellen? »Der Oberjäger Innerkofler ist der beste Schütze in der Gegend!«, protestierte ich. »Und außerdem, was hast du hier überhaupt zu sagen?«, versetzte ich empört.

»Schon gut, mein Junge, ich weiß. Sein Vater und ich, wir haben es ihm ja beigebracht, das Schießen und Jagen. Und ich komm nur mal vorbei, um nach dem Rechten zu schauen hier oben.« Geduldig fixierte er mich und stopfte mit dem Zeigefinger den brennenden Tabak fester in den Pfeifenkopf. Seine von Wind und Wetter gegerbte dunkle Haut und die funkelnden Augen strahlten eine Sicherheit aus, die ich auf sein Alter und seine Erfahrung zurückführte. Ich konnte seinem hellwachen Blick nicht standhalten und sah zur Seite.

»Der Innerkofler Sepp, der ist nicht nur ein guter Schütze, er ist auch in der Wand ein furchtloser Könner.«

»Ja, ich weiß, er hat die Nordwand der Kleinen Zinne als Erster durchstiegen. Auch heute noch eine äußerst abweisende Wand.«

»Nicht nur das«, ergänzte der Alte. »Beim Erkunden dieses Furcht einflößenden Felsturms, vor 25 Jahren, da ist er die 200 Meter der Schlusswand bis fast unter den Gipfel ganz ohne Sicherungsseil geklettert. So etwas Ungeheuerliches hat es bis dahin noch nie gegeben.«

»Ja, das muss wohl damals völlig verrückt geklungen haben.«

Der Alte nickte. »Das war es in der Tat! Das macht ihn schon jetzt zur Legende. Man sagt von ihm, dass er der beste Kenner dieser Berge sei. Und dann war da diese ungewöhnliche Rettungsaktion.«

Ich wurde neugierig. »Welche Rettungsaktion?«

»Ha!«, rief der Alte. »Das weißt du nicht?«

Ich druckste herum. Der Gottfried hatte so was angedeutet. »Na ja, sein Sohn ist mein Freund. Er hat mal …«

»Tja, sie sind bescheiden, was ihre bergsteigerischen Taten angeht, diese Innerkoflers. Also«, fuhr er fort und setzte sich auf einen Felsblock, woraufhin ich das Gleiche tat. »Es war vor Kurzem, kurz nach der Kriegserklärung der Italiener. Da unternahm ein Alpino eine Erkundung in den Zinnenwänden, und was geschah?« Er sah mich fragend an und ich hob die Schultern. »Der Alpino verstieg sich und kam nicht mehr aus der Wand raus. Und weißt du, was die Italiener machten?« Er lachte kurz auf. »Sie baten uns, ihren Feind, die Österreicher, um Sepp Innerkoflers Hilfe, da sie selbst zur Rettung ihres Kameraden nicht in der Lage waren. Und der Innerkofler Sepp nahm ohne Zögern an. Einem jedem, auch dem Feind, müsse in einer solchen Notlage selbstverständlich geholfen werden, es war für ihn keine Frage. Er hat den Alpino tatsächlich aus der Wand herausgeholt.«

»Einfach so?«, fragte ich erstaunt.

Der Alte lachte wieder kurz auf. »Nun, für die Dauer dieser Rettungsaktion bedingten die Österreicher sich ein Faustpfand. Die italienischen Unterhändler mussten so lange als Sicherheit im österreichischen Lager bleiben. Aber es ist alles gut gegangen. Der Alpino kam mit einem blauen Auge davon und wird dem Innerkofler wohl bis an sein Lebensende dankbar sein.«

»Woher weißt du das alles so genau?«, fragte ich.

»Nun, ich hab die beiden Unterhändler mitbewacht, bis der Innerkofler mit dem total erschöpften Piero zurückkam.«

»Piero, so hieß der Alpino?«, fragte ich neugierig.

»Ja … hm … ja, Piero war sein Name. Völlig entkräftet und verängstigt war er, der Ärmste.«

War ich schon zuvor vom Innerkofler zutiefst beeindruckt gewesen, so wuchs meine Bewunderung für diesen furchtlosen Mann nun noch mehr.

Der Alte klopfte seine Pfeife an dem Felsblock aus, auf dem er saß, und erhob sich langsam. »Nun weißt du, was für einen Helden du da vor dir hast, wenn du den Innerkofler siehst. Er ist kein Soldat, der Krieg ist ihm zuwider. Was er will, ist, dass sein Sexten, seine Menschen und seine Berge frei bleiben. Nicht mehr und nicht weniger.« Der Alte wandte sich von mir ab und ging zwei Schritte, bevor er mich noch einmal ansprach. »Manchmal, da versagen die Flinten. Ein Stutzen, der kann bei Feuchtigkeit Probleme haben. Dann drückst du ab und es passiert nichts. Feuerwaffen, egal welche, Gewehre, Pistolen, Granaten, sie sind nicht immer so zuverlässig, wie man uns glauben machen will.«

»Wie meinst du das?«, wollte ich wissen.

»So, wie ich es sage. In Amerika, im Wilden Westen, da trug fast jeder bis vor Kurzem noch den ganzen Tag eine Waffe mit sich herum, um sich zu schützen.« Er zischte kurz. »Da ist so mancher Westmann ums Leben gekommen, und weißt du warum? Weil genau in dem

Moment, wo er seine Waffe zuverlässig gebraucht hätte, da hat sie versagt.«

Ich sah ihn verwundert an. »Ja und?«, fragte ich.

»So kann es uns hier auch gehen. Im Krieg. Sei also auf der Hut, mein Junge. Jeden Tag, jede Stunde, jede Minute.«

Ich dachte kurz darüber nach, drehte mich zum Unterstand, beobachtete das Treiben und bemerkte, wie der Hauptmann kurz und verstohlen zu mir hinüberspähte.

Als ich mich wieder dem Alten zuwenden wollte, war er aus meinem Blickfeld verschwunden.

Der Schicksalstag

Ich verbrachte eine unruhige Nacht. Die letzten Sätze des geheimnisvollen Alten raubten mir den Schlaf. Was, wenn es dem Innerkofler ergehen würde, wie der Alte gesagt hatte? Wenn sein Mannlicher-Stutzen nicht funktionieren würde im lebenswichtigen Moment? Was hatte er genau mit seinen letzten Worten gemeint? »Sei also auf der Hut, mein Junge.« War es eine Aufforderung zum Handeln?

*

Gegen Mitternacht hörte ich die Männer, wie sie sich fertig machten. Andere sollten den Sattel vor dem Paternkofel sichern, und so herrschte emsiges Treiben, was allerdings ohne viel Lärmen und ohne Licht abging.

Ich nahm meinen ganzen Mut zusammen und kroch aus dem Bettlager. Ein Hanfseil, ein paar Felshaken, den Hammer, eine Kneifzange und drei Schachteln Munition im Rucksack, schlich ich zur Feldküche und stibitzte zwei Laibe Brot, ein großes Stück Käse, eine Seite Speck sowie eine Flasche Rotwein. Genügend für die Gipfeltruppe, dachte ich. Im Schutz der Dunkelheit entfernte ich mich tief gebückt, huschte den Pfad in Richtung Toblinger Knoten entlang und stahl mich unbemerkt davon. Kurz vor der zerschossenen Drei-Zinnen-Hütte legte ich eine Pause ein. Hinter mir ragte der Sextner Stein empor, auf dem bereits vor drei Tagen ein Zug der Gebirgshaubitzbatterie Stellung bezogen hatte, um das Vorhaben zu unterstützen.

Erst jetzt bemerkte ich, dass der Nachthimmel über mir sternenklar leuchtete und der zunehmende Mond etwas mehr als halb zu sehen war. Um die Ruine der Drei-Zinnen-Hütte würde ich einen Bogen machen, denn allzu leicht hätte man mich dort erwischen können, diente sie doch als Sammelplatz für so manche Militäraktion. Also schlich ich im Norden um das einst prächtige Steinhaus herum. Dabei fiel mein Blick zum Altensteintal hinab. Mein Herz stockte, als ich das Gebirg erblickte, das sich am Horizont dunkelgrau abzeichnete. Dahinter musste wohl das Kärntner Land liegen. Stille überall. Kein Geräusch. Schnell sah ich mich um. Ein Schauer überkam mich. So schön diese Welt hier oben sein mochte, so trügerisch war sie. Denn aus derselben Richtung kam der Feind.

Ich musste mich beeilen. Auf dem Weg nach Süden zum Paternkofel wollte ich mir unterhalb des kühnen Felsturms, den man aufgrund seiner frivol schlanken Form das Frankfurter Würstel nannte, ein geeignetes Versteck suchen. Ich hastete hinüber, wurde aber von ausgelegten Stacheldrahthindernissen gebremst, die ich vorsichtig mit der eigens dazu mitgebrachten Zange durchtrennte. Endlich am Fuß des Frankfurter Würstels angekommen, wartete ich hinter einem Felsblock kauernd ab. Die Männer würden diesen schmalen Pfad, der unterhalb meines Schlupfwinkels vorbeizog, passieren müssen.

Genau gegenüber sah ich die bizarre Silhouette der Drei Zinnen, der Himmel rundherum funkelte. Was für ein friedlicher Anblick und was für eine arge Täuschung, dachte ich. Ein Schauer kroch meinen Rücken hinauf. Denn egal, wie dieser noch junge Tag ausgehen mochte, ich wusste, dass oben, am Gipfel des Paternkofel, ein unvermeidbares Unheil wartete.

*

Mein Herz klopfte wie wild, als ich das Knistern des feinen Gerölls unter ihren genagelten Schuhen hörte. Als Erster erschien im Licht des Sternenhimmels der Innerkofler Sepp. Mit regelmäßigem Schritt kam er auf mein Versteck zu, die Augen mit mürrischem Blick fest auf den Pfad vor ihm gerichtet, wortlos und stoisch. Sein Seehundschnurrbart schien bei jedem Atemzug zu zittern, während er sein kantiges Gesicht keinen Moment vom

Boden unter ihm abwandte. Gefolgt wurde er von den fünf ausgewählten Gefährten, die mit ihm das Unmögliche erreichen sollten. Den anderen voran der Forcher Hans, mit dem er am Vorabend noch so heftig aneinandergeraten war, der ihn aber auch beim Kommando als Patrouillenführer vorgeschlagen hatte, der Rogger, dessen Vornamen niemand kannte, und der Schwager vom Sepp, der Piller Andrä, allesamt Bergführer, sowie die beiden Standschützen Franz von Rapp und Josef Teiponer. Die Entschlossenheit in ihren Zügen verriet mir, dass sie sehr genau wussten, was ihnen bevorstehen mochte.

Weitere 17 Soldaten folgten als Begleittrupp, die sich weiter oben von den sechs Auserwählten trennen und bei der Gamsscharte ausharren sollten. Ich würde einer von ihnen sein. Einer von den sechs, nein sieben, so wollte ich, dass man später erzählen würde.

Ab und zu löste sich ein kleines Steinchen von einer Schuhsohle und rollte leise klackend die Schutthalde hinunter. Hier oben in den Bergen, selbst bei tiefster Nachtstille, gab es ab und zu solche Geräusche, wenn sich ein kleines Stück aus einer Wand löste. Selbst für einen wachsamen Posten wäre das also kein Laut gewesen, der ihn hätte aufhorchen lassen. In der Einsamkeit hier oben würde ein rollendes Steinchen eher als beruhigend, nicht als bedrohlich empfunden werden.

Ich kramte meine Taschenuhr hervor, die mein Vater mir geschenkt hatte. Sie ging ein wenig nach, aber es musste gegen drei in der Früh sein. Nachdem sie alle mein Versteck passiert hatten und mir weit genug entfernt schienen, atmete ich tief durch, schulterte den Rucksack sowie mein M95 und schlich ihnen in notwendigem Abstand so lautlos wie möglich hinterher, immer noch hungrig und hundemüde, doch die Anspannung hielt mich hellwach. Dass mich bloß niemand bemerken würde! Die Männer schienen mit sich beschäftigt zu sein, weiter oben war das Geröllfeld so vereist, dass sie mit Pickeln arbeiteten, und ab und zu rutschte sogar einer aus und sauste hinab. Glücklicherweise wurde niemand verletzt. Schließlich hatten sie alle die Scharte erreicht. Ich setzte mich auf den Pfad und kauerte mich zusammen, vor Kälte zitternd. Von weiter oben aus würde ich eher einem Felsbrocken gleichen als einem Mann.

Etwa eine halbe Stunde war vergangen, als ein unglaubliches Donnern und Pfeifen die Ruhe beendete und mich vor Schreck hochfahren ließ. Ein Haubitzengeschoss schlug viel zu tief ein, nicht weit von mir entfernt, sodass ein Steinregen auf mich niederprasselte. Verflucht, der Teufel wird uns holen, dachte ich. Das zweite schlug weiter oben in die Felsen ein und löste einen Steinschlag aus. Der dritte Schuss saß und krachte in die Gipfelregion des Paternkofel. Es folgten immer wieder Maschinengewehrsalven vom Sextner Stein her. Spätestens jetzt wussten die Italiener oben, dass es ihnen an den Kragen gehen sollte. Der Angriff hatte begonnen! Wir würden sie von unseren Gipfeln verjagen!

Die Männer um den Innerkofler Sepp querten den Fuß der Wand. Für mich waren sie im Licht des aufkommenden Morgens gut zu sehen. Ich musste ihnen hinterher.

Allmählich konnte ich im Osten das erste Licht der Sonne erahnen, sie würde nun bald über Venetien aufgehen und einen neuen Tag mit wärmenden Strahlen einleiten. Der Innerkofler, der die Truppe immer noch anführte, würde bald in die Wand an der Nordwestseite des Paternkofel einsteigen, in die er sich 20 Jahre zuvor als Erster hineingewagt hatte. Wo genau der Einstieg war, wussten nur er und der Forcher, der ihn so oft begleitet hatte.

Aus der Ferne konnte ich erkennen, wie die sechs Furchtlosen stehen blieben. Anscheinend sortierten sie ihre Rucksäcke und zogen leichtere Kletterschuhe an. Bald waren sie in der zerklüfteten Wand aus bleichem Gestein verschwunden, als wären sie von ihr aufgesogen worden. Ich traute mich nun den Weg entlang und war bald an der Stelle angelangt, wo die sechs in die nach oben ziehende Reihe aus Felskaminen und Rissen eingestiegen waren. Sie hatten einiges Gepäck zurückgelassen, um nur das nötigste Gewicht mittragen zu müssen. Sie würden erstaunt sein und sich freuen, wenn ich sie mit Nachschub an Verpflegung und Munition versorgen würde.

Zu sehen waren sie nicht mehr. Kein Mucks war zu hören, totale Stille. Dann wieder eine Salve. Ratatatatatatt. Mein Blick steil nach oben ließ mich fragen, ob ich das hier wirklich wollte. Doch es war zu spät. Zurück konnte ich nicht mehr. Ich musste es versuchen und stieg ein. Ich wollte der siebte Mann sein.

Mein Herz schlug kräftig, die Hände waren feucht, doch meine Füße fanden guten Halt. Das Gestein war scharfkantig und die Sohlen meiner Schuhe verbissen sich in jede spitze Zacke. Schritt für Schritt, Griff für Griff gewann ich an Höhe. Doch ein Fehler und ich wäre des Todes.

Etwa eine halbe Stunde lang, ohne Pause, kam ich gut vorwärts. Ich musste nun die Hälfte des Grates hinter mir haben. Dann erreichte ich einen Felszacken, der eine kleine Rast ermöglichte. Mein Blick wandte sich nach Süden, wo die unglaublichen Wände der Drei Zinnen mir genau gegenüberlagen. Ich atmete tief ein. Wer außer den sechs Furchtlosen über mir hatte zuvor diesen Blick erhascht?

Als ich weitersteigen wollte, die Hände mittlerweile rau und rissig, sah ich am Ende eines breiten Geröllbands, hinter einem Vorsprung in einer Nische, einen der Männer stehen. Schnell duckte ich mich hinter einen Felsvorsprung. Es war der Rogger, der eine rote Fahne schwenkte und den Männern in den österreichischen Artilleriestellungen signalisierte, dass sie ihre Salven stoppen sollten. Der Ansturm auf den Gipfel stand kurz bevor.

Die Luft war klar und kalt, die Strahlen der Sonne warfen bereits Schatten. Sollte ich warten, mich unauffällig verhalten, damit sie mich nicht bemerken würden? So wie ein Schuljunge in der letzten Bank? Oder sollte ich ihnen vorauseilend, wo ich nur konnte, meine Hilfe andienen, wie einer dieser vor Demut triefenden Kellner in den zahlreichen Kaffeehäusern der Städte, die den k. u. k. Offizieren gehorsamst ihre Stiefel leckten? Dieser Gedanke war mir zuwider. Tiroler sind seit jeher Freigeister gewesen, gerade der Obrigkeit gegenüber. Und wir Ladiner gegenüber den Tirolern ebenso. Das müssten sie nun hinnehmen. Ich spürte eine Wallung in mir, die mich öfter überkam und von der ich nicht wusste, gegen was sie sich eigentlich richtete. Es war dieses mit jugendlicher Kraft aufgeladene Adrenalin, wie ich heute weiß. Es war einfach da.

Nein, ich würde sie überraschen, erst ganz oben würde ich zu ihnen aufschließen. Sie würden mich freudig empfangen, mir auf die Schulter klopfen für meinen heldenhaften Aufstieg. Mein ganzer Körper kribbelte bei dem Gedanken, meine Kopfhaut prickelte wie von Tausenden Ameisen befallen, ein ähnliches Gefühl wie vor drei Jahren, als ich meinen Onkel hatte begleiten dürfen, der in einer dieser neuen Stromfabriken der Etschwerke arbeitete, und als ich versehentlich an einen dieser teuflischen Stromdrähte gepackt hatte. Aber jetzt, jetzt war das Kribbeln wie eine Segnung, wie ein Ritterschlag vom Innerkofler Sepp.

*

Es war am Morgen, meine Uhr war stehen geblieben. Aufgrund des Sonnenstands schätzte ich die Zeit gegen acht, als die sechs Männer in die Schlusswand einstiegen. Sie bewegten sich durch einen steilen Kamin dem Gipfel entgegen. Als Erster der Sepp, dann der Forcher, danach von Rapp, gefolgt vom Teiponer. Rogger und Piller bildeten die Nachhut. Ich richtete mich in meinem Versteck ein, holte die Munition aus dem Rucksack und legte mein Gewehr bereit.

Ab und zu hörte ich ein Steinchen von oben herabfallen, wenn einer der Männer einen Tritt unsauber erwischte. Ich hörte es klacken und aufschlagen. Klick, klack, klick, doch im Großen und Ganzen muss ich sagen, dass die Aktion nahezu geräuschlos vonstattenging.

Ich bibberte vor Aufregung. Bald würden sie den Gipfel erstürmen, den Feind besiegen, sie würden zurückkehren, sich anschließend über die Wand abseilen, und ich würde die Glorreichen empfangen, mit Brot, Speck, Käse und Wein. Sie würden mich feiern, als Ersten, der ihre Heldentat bewundern würde, und als Ersten, der ihnen Nachschub brachte. Wir würden sieben sein.

Die Wand war steil und schwierig. Doch sie stiegen erstaunlich schnell, und nach nicht allzu langer Zeit waren die ersten vier auf dem kleinen Plateau angelangt, auf dem die Italiener ihren Unterstand, umgeben von einer Schutzmauer, errichtet hatten.

Was dann geschah, kann ich nicht genau sagen. Ich sah aus meinem Versteck heraus, wie der Sepp, der als Erster aus dem Kaminriss stieg, bald weit ausholte und etwas warf. Vermutlich eine Handgranate. Aber es gab keinen Knall. Dann österreichisches Geschützfeuer aus Richtung der Kleinen Zinne gegenüber. Hatten sie die rote Fahne vom Rogger nicht gesehen?

Einschläge über mir. Ich duckte mich weg. Die Italiener hatten die vier am Gipfel längst bemerkt, sie schossen und warfen mit Steinen. Ich konnte gerade noch sehen, wie sich der Forcher, anscheinend blutend und verletzt, den steilen Kamin herabhangelte und unten von Rogger und Piller aus der Wand herausgeholt wurde. Sie versorgten den Verletzten. Was aber war mit Innerkofler, Rapp und Teiponer?

Ich hockte in meiner Stellung. Die Hände immer noch zum Schutz vor den Steinen über dem Kopf verschränkt, sah ich mit offenem Mund zu und hörte Schreie. Dann nichts mehr, Stille. Ich senkte die Arme und entspannte mich.

Ich kroch weiter und brachte mich in Sicherheit. Aus dem Tal im Osten stieg der Frühnebel auf, wie er sich fast jeden Morgen im Sommer erhob, wenn die Sonne ihre Kraft entfaltete. Ein paar Wolkenfetzen zogen an mir vorbei, und als mein Blick einer der hochziehenden Nebelschwaden hinauf zum Gipfelplateau folgte, stürzte etwas herunter. Ein Mann?

Es ging mir durch Mark und Bein. Oh Schreck! Ja, es war ein Mann, vielleicht am Kopf getroffen von einem Stein, den ein Italiener auf ihn geworfen hatte. Oder waren es doch die eigenen Geschütze gewesen, deren Geschosse immer wieder auf das Gipfelplateau prasselten?

Ich schulterte mein Gewehr und bewegte mich achtsam durch die felsige Umgebung in die Richtung, in der ich den Sturz beobachtet hatte. Als ich den Nordost-

Kamin einsehen konnte, erblickte ich ihn. Es war der Innerkofler Sepp, er war tot, hing leblos 40 Meter unter dem Gipfel eingeklemmt in einem Felskamin, etwa auf meiner Höhe.

Mich traf ein Schlag in die Magengrube. Nein, wollte ich schreien. »Nicht der Sepp«, flüsterte ich und biss mir auf die Unterlippe, bis sie blutete. Mein Körper ermattete, ich ging in die Hocke, als hätte mir jemand den Boden unter den Füßen weggezogen. Mein Kinn senkte sich auf die Brust. Tief betrübt begann ich zu schluchzen. Dann hörte ich ein Scharren über mir.

Wie vom Blitz getroffen hielt ich inne und sah, wie zwei Alpini von oben her den Felskamin hinabstiegen, geradewegs zum Toten. Ich beobachtete die beiden, wie sie sich vorsichtig dem Verunglückten näherten, und schlich ein paar Schritte zurück, die gleißende Sonne im Rücken. Das war ein Vorteil, denn die beiden würden mich kaum sehen können.

Ich sah wieder zu dem toten Sepp hinüber. Einer der Italiener war weiter oben geblieben, trug ein Gewehr bei sich. Der erste war nun bei dem Toten angelangt. Mit Gesicht und Brust zur Wand spreizte er die Beine, sodass seine Füße an den Flanken des Kamins Halt fanden. Oberkörper und Gesäß ragten aus dem Kamin heraus, als er sich über den Toten beugte, sodass ich seine Umrisse nahezu komplett sehen konnte. Er wollte den Toten mit einem Seil bergen. Einige hundert Meter hinter ihm kroch eine Nebelwand langsam den Berg hinauf. Eine gespenstische Szene, die mich erstarren ließ.

Und dann sah ich es plötzlich, wie es mir gegenüber grau, diffus und groß mitten in der grell beleuchteten Nebelwand stand. Ich erschrak. Das Brockengespenst! Ein Schauer ließ mich den Blick abwenden, doch es war zu spät, denn ich hatte es bereits gesehen. Wer es zuerst sehe, so hieß es, der war des Todes. Ich erkannte, dass das Gespenst genau das tat, was ich tat. Wenn ich mich drehte, drehte es sich auch, wenn ich den Arm hob, so hob das Gespenst den seinen. Rechts neben meinem Abbild, kleiner als ich, sah ich ein zweites Gespenst. Der Schatten des Italieners, der gebeugt über dem Toten an der Wand klebte.

Wut kochte in mir hoch. Ich hob mein Gewehr langsam, presste den hölzernen Knauf in meine rechte Schulter, brachte Kimme und Korn in eine Linie und erfasste den Mann, der sich an dem toten Innerkofler zu schaffen machte, mit meinem rechten Auge.

Dann sah auch er die Schatten. Augenblicklich hielt er inne. Langsam, ganz langsam richtete er seinen Körper auf, das Gesicht auf die Nebelwand gerichtet. Ich konnte es förmlich spüren, wie ihm klar wurde, dass neben seinem riesigen Schatten ein noch größerer ein Gewehr hielt. Ich fühlte ein Kribbeln auf meiner Kopfhaut, das leichte Zittern in den Knien, den letzten schweren Atemzug und die Hitze in meinem Finger am Abzug. Nur ein halber Zentimeter, um den Tod meines Helden zu sühnen. Da drehte sich der Kopf des Italieners und er sah in meine Richtung. Ein fein geschnittenes Gesicht. Er hob seinen Arm vor die Augen, blinzelte in die Sonne und winkte mir zaghaft zu. Er lächelte. Es war an mir, und er wusste es. Vorsichtig bewegte sich seine Hand hin und her. Abwartend. Ich hob meinen Kopf, mein Herz raste. Ich sah ihn direkt an und winkte ebenso zaghaft zurück – und ich wusste, ich tat das Richtige.

*

Die fünf Gescheiterten hatten sich angesichts des Trommelfeuers abseits in dem felsigen Steilgelände eine Deckung gesucht. Ich war vor ihnen abgestiegen, von allen unbemerkt. Als sie erst am späteren Tag zurück in die rettende Unterkunft gelangten, war die Trauer um den Sepp überwältigend. Niemand fragte, wie das hatte geschehen können, denn der Verlust des grandiosen Bergsteigers war zu groß, für alle zu groß.

Mich fragte niemand, wo ich gewesen sei, und ich habe es bis heute niemandem erzählt. Zu mächtig war meine Angst vor dem Brockengespenst, und der Gottfried hatte mir einmal glaubwürdig geschildert, die einzige Chance, dem sicheren Tod zu entkommen, wäre, niemandem von der Erscheinung zu berichten. So schwieg ich Jahr um Jahr.

Bald, als der Krieg beendet war, hieß es, dass alle drei Handgranaten, die der Sepp am Gipfel geworfen habe, nicht explodiert seien. Und dass es jener Italiener gewesen sei, den der Innerkofler Sepp zuvor aus den Zinnenwänden gerettet habe, der am Gipfel des Paternkofel einen tödlichen Stein nach dem Sepp geworfen habe. Und später sei es auch dieser Piero, Piero de Luca, gewesen, der den toten Sepp aus dem Felskamin geborgen und auf den Gipfel hinaufgezogen habe. Dort hatten die Alpini den Sepp noch am selben Tag ehrenvoll bestattet. Wohl aus tiefer Dankbarkeit für die Rettung de Lucas haben sie auf das einfache Holzkreuz geschrieben: »Sepp Innerkofler, Guida«, *Sepp Innerkofler, Bergführer.*

Die Handvoll Sextner Bergsteiger, die ein paar Jahre später seine sterblichen Überreste ins Tal bringen sollten, fanden außerdem einen Gedenkstein auf dem felsigen Gipfelgrab, auf dem geschrieben stand: »Al morto re delle Dolomiti, i suoi nemici!«, *Dem toten Dolomitenkönig, seine Feinde!*

*

All die Jahre habe ich mich dennoch wie ein Feigling gefühlt. Jetzt bin ich an seinem Grab, hier im Tal, und denke an den Tag zurück, an dem ich meinen Helden verlor, und daran, dass ich kurz die Sühne in meinem rechten Auge hatte. Doch ich tat es nicht. Und jetzt, wo ich hier stehe, spüre ich es: Der Innerkofler Sepp hätte es ebenso gemacht. Danke.

*

Die wahren Umstände des Todes von Sepp Innerkofler sind bis heute nicht vollends geklärt. Piero de Luca behauptete noch bis ins hohe Alter, dass er es gewesen sei, der einen Stein auf Innerkofler geworfen habe, wodurch er den Oppelkamin hinabgestürzt sei. Innerkoflers Bruder, der später die sterblichen Überreste in Augenschein nahm, sagte, es seien eher Einschüsse im Schädel des Toten gewesen. Aus einer italienischen Waffe? Oder war es gar der versehentliche Beschuss durch die eigenen Truppen?

Wie es auch war. Dass Sepp Innerkofler und Piero de Luca – eng verbunden durch die Rettung de Lucas aus den Wänden der Drei Zinnen – am Gipfel des Paternkofel als Feinde unverhofft im Kampf aufeinandertrafen, ist eine Ironie des Schicksals, wie sie bitterer kaum sein könnte.

03 EIN KEGELSPIEL

VON RUT BERNARDI

Im Jahr 1895 erschien das Versepos »La Véra tra Ampëz e Marò« *(Der Krieg zwischen Ampezzo und Enneberg) von* Jan Batista Alton *in* »Stóries e chiánties ladines« *(Ladinische Gedichte und Lieder). Die Geschichte erzählt von den jahrelangen Streitigkeiten der Enneberger gegen die Ampezzaner und Cadoriner um die Grenzziehung der Weiden auf den Almen* Fodara Vedla *und* Senes*. *Daraus entwickelte sich ein harter und blutiger Kampf. Und manchmal scheint diese grausame Geschichte heute seltsam lebendig, wenn man einsam über die Hochfläche der* Senes *wandert …*

*

Am Abend soll ich im Gadertal ein Buch vorstellen. Endlich sind die *Stóries e chiánties ladines* von Jan Batista Alton neu aufgelegt worden. Es war höchste Zeit, denn Altons 1895 veröffentlichte Geschichten und Lieder waren nicht mehr zugänglich.

---

* Ladinische Schreibweise.

Es ist Juni, das Wetter ist schön, die Rezension ist weitgehend konzipiert und im Gehen kann ich das eine oder andere Fehlende zurechtrücken. Ich breche daher am frühen Morgen in Klausen auf und will den Tag für eine Wanderung nutzen. Für den Abend packe ich ein elegantes Kleid und flache Schuhe in eine Tasche und in den Rucksack einen dicken Pullover und eine Windjacke. Mein Vater hat stets gewarnt: »Egal wie das Wetter am Morgen ist, es kann bei uns in den Bergen schnell umschlagen. Und übrigens, wenn du draußen bist, vergiss nicht, die Leute, denen du begegnest, zu grüßen!«

Durch das Pustertal fahre ich bis zur Sonnenburg, die auf Ladinisch *Ciastel Badia* heißt, von wo aus ich ins Gadertal abzweige. Durch die neuen Tunnels gelange ich schnell bis *Longega.* Dort geht es links weiter nach *Al Plan*, von wo aus ich am Abend nach *La Pli* zu meiner Präsentation fahren werde. Jetzt geht es geradeaus weiter und bald werde ich am Eingang des *Val dai Tamersc* sein.

Auf den ersten Kilometern des langen Tales bis nach *Pederü* fällt mir das merkwürdig flatternde Licht über den Wäldern auf, die sich rechts und links der Straße hinaufziehen. Es ist noch recht früh am Morgen, und es wird wohl der Widerschein der ersten Sonnenstrahlen sein, die sich an den hohen Felswänden spiegeln.

Am Parkplatz angelangt, mache ich mich auf den Weg. Ich habe mir vorgenommen, bis auf *Senes* hinaufzuwandern. Ich war nämlich noch nie dort oben.

Das erste Stück des Weges ist eine Forststraße, die in engen Serpentinen steil zwischen zwei Felswänden hinaufführt. Anfangs gehe ich ganz langsam, wie ich es als Kind von meinem Vater gelernt habe. Es ist erstaunlich, dass keine Touristen zu sehen sind. In der völligen Stille höre ich nur einige Steine, die sich von den Wänden lösen. Der Nachtfrost lässt nach. Vielleicht habe ich ja Glück und es kommt bald die Sonne heraus. Noch ist der Himmel bedeckt, und es wird wohl eine Weile dauern, bis es hier in der Scharte wärmer wird. Schön gemächlich gewinne ich an Höhe und höre von Weitem ein rasselndes Geräusch wie von einem Schlüsselbund. Sicherlich ist es ein Käuzchen oder sonst ein Vogel. Da sehe ich einen Schwarm Raben über mich hinwegfliegen. Sie krächzen erbärmlich und scheinen recht mitleidig auf mich herunterzuschauen. Aber sie sind gleich wieder aus meinem Blickfeld verschwunden, da die hohen Felswände nur ein kleines Sichtfenster freigeben. Ich freue mich auf die Alm, wo, wie es heißt, zurzeit sogar Drosselschwärme zu beobachten sind.

Langsam spüre ich, wie durch das Gehen meine Gedanken gelassener werden. Sie drehen sich nicht mehr im Kreis, sondern schlagen um in eine strengere, logisch striktere Geradlinigkeit. So erlaube ich es meinem Kopf, den Vortrag des bevorstehenden Abends zu repetieren. Jan Batista Alton sieht sich als habilitierter Universitätsdozent für romanische Philologie genötigt, den Aberglauben seiner Landsleute zu entschuldigen. Das Irrationale der Sagenwelt und die eigenartigen

Bräuche heidnischer Kultur, die als mythische Relikte in seinem Sagenbuch enthalten sind, seien freilich für einen aufgeklärten und freien Geist etwas verstörend.

Inzwischen habe ich die Höhe erreicht, von wo aus man rechts die *Furcia dai Fers*, links den *Sas dles Nö*, weiter draußen *Pares* und den Talboden des *Val dai Tamersc* klar überblicken kann. In den Niederungen ist es noch hell, aber über den Berggipfeln ziehen sich große Wolken zusammen, und ich höre plötzlich ein Klopfen, als schlüge jemand an eine Tür oder an eine Wand. Das Wetter scheint zu wechseln, doch so schnell gebe ich nicht auf.

Und schon sind meine Gedanken wieder bei Alton. In den *Stóries e chiánties ladines* geht es um legendäre Traditionen, reale Wesen, die mit fantastischen vermischt sind, wahre oder wahrscheinliche Erzählungen, verwoben mit wunderhaften oder außergewöhnlichen Ereignissen, deren Schauplätze Berge, Gletscher, Schlösser, Wälder und Höhlen sind. Dort wohnt die schöne *Gana dĕ Val dĕ Mesdí*, die Salige des Mittagstals. Die schwarze Katze, die weiße Schlange und der Hexer *Cristl da Ras* begegnen sich in einem von Alton paarweise gereimten Universum. Näher eingehen sollte ich abends wohl auf den Krieg zwischen Enneberg und Ampezzo und auf *L Signal*, das Omen. Tief in diesen Gedanken spüre ich aus heiterem Himmel einen Regentropfen auf meiner Hand.

Das kann doch nicht sein. Es wurde kein Regen vorhergesagt. Aber das macht mir nichts aus. Ich werde schlimmstenfalls nass. Beim Gehen wird mir warm und

Trockenes zum Umziehen habe ich dabei. Ich sollte öfter allein losziehen. Es ist ein gelassenes Sinnieren, wie damals beim Schafehüten. Das stundenlange Gehen regt das Hirn an. Inzwischen habe ich die erste Geländekuppe erreicht. Der Weg ist hier weniger steil und verläuft durch den Wald. Der Regen wird stärker, meine Brille ist voller Tropfen und läuft an. Meine Windjacke mit Schildkapuze will ich noch nicht aus dem Rucksack nehmen, denn ich werde sie brauchen, wenn ich oben ankomme und mir kalt wird.

Nach einem kleinen Steg über den Bach gehe ich den Weg geradeaus weiter. Es ist heute tatsächlich niemand unterwegs. Der Regen wird immer stärker. Offensichtlich hat man sich heute bei der Wetterprognose geirrt. Vor mir sehe ich die Abzweigung nach links Richtung *Senes*. Ich überlege, ob ich nur bis *Fodara Vedla* gehen soll. Doch ich wollte ja endlich auf die *Senes*-Alm. Also setze ich mich einen Augenblick auf einen Baumstrunk, um einen Pfirsich zu essen.

Patapam! Ein lauter Knall durchbricht die Stille und ich erschrecke dermaßen, dass mir fast der Pfirsich aus der Hand fällt. Das gibt es doch nicht. Ein so heftiger Donner? Was soll ich tun? Bleib ruhig und überleg! Ich putze die Brille, nehme meinen ganzen Mut zusammen und gehe schließlich weiter. An der Weggabelung schlage ich den engeren Pfad nach *Senes* ein, der wieder etwas steiler wird. Es regnet immer heftiger, aber ich will trotzdem nicht umkehren und meine Entscheidung rückgängig machen.

Patapam! Das klingt gar nicht gut – und sehr nahe. In der Waldlichtung *Plan Lastei*, die sich vor mir ausbreitet, liegt ein riesiger Felsblock. Auf der Wiese dahinter flackern kleine Flämmchen auf, die trotz des strömenden Regens wie Kerzenlichter auf einem Friedhof leuchten. Völlig verblüfft verlasse ich den Weg und nähere mich der Lichtung, um mir das Schauspiel genauer anzusehen.

Da schlägt der Blitz in der Lärche vor mir ein, und gleichzeitig kracht der Donner. Ich kauere mich nieder und verstecke mich unter einem kleinen Felsvorsprung. Mir ist kalt und ich ziehe meine Windjacke an. Eigentlich sollte ich sofort ins Tal hinunter umkehren, aber es überfällt mich eine eigenartige Müdigkeit und ich döse ein wenig vor mich hin.

Drüben auf der Lichtung *Plan Lastei* tragen vier stämmige Männer den zentnerschweren Felsblock auf den Schultern über *Fodara* in Richtung *Senes*. Sie sind unter dem großen Stein so winzig klein, dass ich mich darüber wundere, wie vier Männer allein dieses Gewicht mit einer solchen Leichtigkeit tragen können. Da schallt wie aus dem Nichts ein gellender Schrei: »Jesus Maria! Sie stehlen uns die ganze Alm!« Im selben Augenblick fällt der Felsblock zu Boden und bleibt in der Wiese liegen, und die vier sind vom Erdboden verschluckt.

Schlagartig bin ich wieder wach und erinnere mich an die jahrelangen Streitigkeiten zwischen den Enneberger *Maroi* und den *Ampezans* um die Weiderechte auf

Fodara. Vereinbart war, die Ampezzaner dürften einen Felsblock so weit schleppen, wie ihre Kräfte reichten, und dort sollte die Grenze gezogen werden.

Ich nähere mich dem großen Stein in der Lichtung und sehe, dass die kleinen Flämmchen dahinter in einer schnurgeraden Linie von Süden nach Norden leuchten. Genau an diesem Punkt verläuft die Gemeindegrenze, denke ich. Beim Streit um die Grenzziehung der Weiden muss der Teufel im Spiel gewesen sein, wenn sich die armen gefangenen Seelen bis heute zeigen.

Ich laufe ein Stückchen neben den Lichtlein her, und als sie langsam verglimmen, kehre ich auf den Waldweg zurück. Ich muss versuchen, so schnell wie möglich *Senes* zu erreichen, denn der Regen hat nicht nachgelassen. Da höre ich aus weiter Ferne ein Echo, das wie das Jaulen und Bellen von Hunden klingt. Es werden die Hunde der *Senes*-Hütten sein, die gegen das Gewitter anheulen. Erneut leuchtet ein Blitz auf und der Donner kracht gleich hintendrein, aber schneller kann ich nicht laufen. Das Wasser rinnt überall an mir herunter. Wird es den Blitz anziehen? Es wird schon alles gut gehen. Man hört nur selten, dass jemand vom Blitz erschlagen wird. Gold trage ich nicht, und es sind viele Lärchen hier im Wald. Mit diesen Gedanken gelange ich an den Rand des Waldes und sehe die Zäune der Almwiesen. Erleichtert, gleich die Hütte zu erreichen, wo ich das Ende des Gewitters abwarten kann, beschleunige ich auf dem letzten ebenen Stück des Weges meinen Schritt.

Wie kann das sein? Wieso ist die Touristenhütte geschlossen? Auf einem großen Schild an der Eingangstür lese ich:

Stlüt por gauja dl virus Corona.
Wegen Coronavirus geschlossen.
Chiuso per Covid.
Closed due to coronavirus.
Fermé pour cause de Covid.
Закрыт из-за коронавируса

Ringsum ist keine Menschenseele zu sehen. Wo ist denn der Hirt, und wo sind die Bauern der umliegenden Hütten? Das ist doch fast ein kleines Dorf. Es ist nicht möglich, dass es vollkommen verlassen ist. Und wo sind die Hunde, die ich gehört habe? Gänzlich durchnässt und müde gehe ich zu einer der Hütten und schaue, ob ich einen Unterschlupf finde. Tatsächlich ist eine nicht abgeschlossen, und in meiner Misere nehme ich mir die Freiheit heraus, in die Hütte hineinzugehen, was ich sonst unterlassen hätte.

Es schüttet, blitzt und donnert so heftig, dass ich heilfroh bin, im Trockenen und vor allem in Sicherheit zu sein. Ich ziehe meine nasse Windjacke aus, setze mich hin und beruhige mich erst einmal. Sehr lang kann so ein Gewitter nicht andauern. In dem Moment höre ich deutlich eine Kirchturmuhr schlagen. Es ist schon ein Uhr. Ach, die haben auch ein Kirchlein hier auf der Alm? Ich schaue aus den Fenstern, kann jedoch rundherum keine Kirche oder Kapelle ausmachen. Sie wird oberhalb am Hang stehen, denke ich.

Über die Baumspitzen ziehen jetzt von *Fodara Vedla* große Nebelschwaden her und es wird zunehmend dunkel. Ich habe mich inzwischen in eine Decke eingewickelt, die auf der Ofenbank lag. Der Nebel ist so dicht, dass man nicht einmal mehr die steilen Abhänge des *Col de Lasta* ausmachen kann. Auf einmal ist es ganz still draußen. Einen Moment lang überlege ich, ob ich nicht sofort aufbrechen und ins Tal hinunterlaufen soll. Da überfällt mich wieder eine große Mattheit und ich fühle mich ganz schläfrig.

Augenblicklich lösen sich aus den Nebelschwaden drei gedrungene Männer und ihnen folgen einige Burschen, die aus Schnapsflaschen trinken. Es sind die Bürgermeister, die um die Weiden streiten. Der Enneberger, der Ampezzaner und der Cadoriner. Jeder verteidigt seinen Standpunkt und versucht, die anderen lauthals zu überschreien, als ob es um Leben und Tod ginge. Der Enneberger verliert nicht viele Worte, aber was er sagt, ist hart und bestimmt. Der Cadoriner geht mit seinen Burschen auf und ab und flucht laut, wie es italienischer Brauch ist, alle Heiligen aufrufend. Der Ampezzaner springt zornentbrannt auf, und wie ein Berserker schlägt er dem Enneberger Bürgermeister den Hut vom Kopf. Das ist zu viel. So kann man sich nicht demütigen lassen. Doch der Beleidigte wahrt erstaunlicherweise die Ruhe, steht eine Weile wie erstarrt da, dreht sich um und entfernt sich wortlos mit seinen Begleitern. Da entschwinden auch einer nach dem anderen die Ampezzaner und die Cadoriner vor meinem Fenster.

Ich weiß nicht, wie viel Zeit vergangen ist, als es laut an der Tür klopft. Erschrocken springe ich auf und öffne sie, aber draußen steht niemand. Das Gewitter muss weitergezogen sein. Es regnet nicht mehr so stark. Ich nehme den Rucksack und mache mich auf den Rückweg in Richtung *Fodara Vedla*. Als ich erneut an der Waldlichtung *Plan Lastei* vorbeikomme, schaue ich neugierig zum großen Felsblock inmitten der Wiese hinüber. An den vier Ecken des Steines erheben sich vier knorrige Zirbelkiefern. Ich wundere mich, wie die so schnell wachsen konnten.

Gleich erreiche ich die Wegkreuzung, an welcher der Steig nach *Fodara Vedla* abgeht. Von hier ist es nicht mehr weit bis ins Tal. Als ich dem Lauf des Bächleins ein Stück folge, spüre ich plötzlich ein Kribbeln am Kopf. Ich greife an meine Haare. Sie stehen aufrecht in die Höhe. Über mir haben sich inzwischen wieder schwarze Wolken zusammengezogen. Ich fühle die Spannung in der Luft und im selben Moment schlägt ein Blitz ganz in meiner Nähe ein. Jetzt bekomme ich es mit der Angst zu tun und fange an zu laufen. Das geht ganz schön in die Beine, und die Knie tun mir bald weh.

Patapam! Das war knapp. Jetzt schlagen die Blitze schon rechts und links von mir ein. Es ist nur eine Frage der Zeit, bis mich einer streifen wird. Nur nicht stolpern und sich verletzen.

Am Wegesrand links steht jetzt ein holzgeschnitztes Kruzifix. Komisch, ich hatte es beim Aufstieg gar nicht gesehen. Ich ertappe mich, wie ich zu *Ihm* hinaufschaue und so etwas murmle wie: »Steh mir bei!« Sei doch nicht so verlogen. Sonst gehst du doch auch nie zur Messe.

Zum Glück befindet sich hinter dem Kruzifix ein Unterstand mit Schutzdach. Da werde ich warten, bis das Unwetter vorbei ist. Ich setze mich erschöpft auf das Bänklein und wundere mich, welch klare Aussicht man von hier auf das *Val dai Tamersc* hat. Meine Angst verfliegt sofort und ich fühle mich trotz der Blitzschläge in Sicherheit. Regengeschützt kauere ich mich in die Ecke der Bank. Mir fällt ein, dass ich am Abend meine Buchvorstellung nicht versäumen darf, bevor ich erneut einnicke.

In *Al Plan* läutet der Bürgermeister von Enneberg alle Männer von *Pliscia*, *La Pli* und *Mantëna* zusammen und erzählt ihnen von der Schmach, die er vom Ampezzaner erlitten habe, als er den Streit um die Weiderechte habe schlichten wollen. Er fordert alle Männer auf, in drei Tagen am frühen Morgen bewaffnet zu erscheinen. Zielsichere Gewehre, lange Speere oder scharfe Schwerter, gewetzte Sensen oder spitzige Mistgabeln solle jeder mitbringen. Im Morgengrauen des dritten Tages läutet die große Glocke die Truppe zusammen. Kommandant ist der *Bracon*, der auf seinem schneeweißen Pferd und dem ererbten Familiensattel des heiligen Ritters Georg stolz herbeitrabt. Wer immer in diesem Sattel reite, sei unbesiegbar, heißt es. Der *Bracon* teilt nun die Männer in drei Formationen ein. Insgesamt sind es zehn Reihen zu je 50 Mann.

Nach dem Besuch der heiligen Messe, an der alle mit großer Andacht teilnehmen, machen sich die Kämpfer auf ins *Val dai Tamersc*. Als sie die große Ebene erreichen, hält der *Bracon* die obligate Rede vor dem Waffengang: »Mit eurem gesegneten Kriegswerkzeug werdet ihr gegen die *Lomberc*, diese verdammten ampezzanischen Schufte, die Weiden, die Äcker, die Kühe und die Kälber, die Schafe und die Lämmer, die Hühner, eure Frauen, die Würste und die Häuser verteidigen!« Darauf positioniert er die drei Formationen. Die Lanzenträger schickt er auf den Berggrat nächst *Senes* hinauf. Die felsige Seitenschlucht des *Valon de Rudo* lässt er von den Gabelbewaffneten besetzen, und die Gewehrträger marschieren bis Pederü, wo sie sich hinter Steinen, Bäumen und Hügeln verstecken.

Völlig außer Atem eilt ein Späher herbei, der die Position des Feindes meldet. Die *Lomberc* seien bereits am Schloss Peutelstein vorbei und würden bald schon auf *Fodara* sein. Die feindlichen Späher melden hingegen ihrem Kommandanten keine Gefahr und die ampezzanischen und cadorinischen Truppen wähnen sich in Sicherheit.

Ein lauter Schuss hallt aus dem Wald und ich erwache schlagartig. Ich muss tief eingeschlafen sein, denn es ist schon später Nachmittag und ich muss mich beeilen. Da höre ich lautes Gelächter und Jubelrufe, die näher kommen. Sofort verstecke ich mich hinter den Brettern des Unterschlupfes und warte so still wie möglich.

Ganz in der Nähe rennen einige Burschen mit einer Gams auf dem Rücken talwärts. Nie zuvor habe ich so wilde Gesellen gesehen. Einer von ihnen blickt in meine Richtung und ganz verschreckt sage ich »Bon di« zu ihm. Er aber kehrt sich ab, als ob ich unsichtbar wäre.

Inzwischen wimmelt es im Wald von bewaffneten Gestalten. Sie rufen einander zu und an einigen Satzfetzen verstehe ich, dass sie Ampezzanisch sprechen: *»R'aga ra vien śo néta e garìa par el ru! Ca no n'é negun!«* * Sie verschwinden in kleinen Gruppen in Richtung Pederü.

Nachdem alle vorbeigezogen sind, suche ich mir einen Platz, von wo aus ich den Talgrund überblicken kann, der wie ausgestorben vor mir liegt. Als die ersten Ampezzaner unten ankommen und unbekümmert talauswärts marschieren, fallen die Enneberger wie ein Hornissenschwarm aus ihren Verstecken über sie her.

Was sich jetzt vor mir abspielt, raubt mir den Atem, und ich traue meinen Augen nicht.

Es pfeifen die Kugeln, Speere fliegen, es klirren die Schwerter und es klappern die Rüstungen. Die *Maroi* stechen den *Lomberc* in die Rippen und hauen ihnen die Köpfe ab. Alle schreien und fluchen. Der *Bracon* brüllt wie ein Racheengel auf seinem Pferd: »Zielt,

* Das Wasser rinnt rein und ungetrübt den Bach hinunter! Hier ist niemand!

schießt, stecht sie nieder und gebt nicht auf!« Mit einem Schwerthieb spaltet er dem *Giovanni d'Aquabona* den Kopf in zwei Teile. Dem *Gostin de Bigontina* durchbohrt er das Gehirn. Dem *Flip de Lacedel* bricht er die Rippen. Dem *Tone de Varvei* schlitzt er den Bauch auf, dass seine Gedärme bis auf den Boden hinunterhängen. Dem *Menec de Melers* trennt er eine Schulter ab. Dieser brüllt vor Schmerzen so fürchterlich, dass der *Bracon* ihm mit einem Schwerthieb noch das rechte Bein abschlägt. Sogleich haut er den *Stefo de Coiana* in zwei Teile, die eine ganze Weile einen hässlichen Totentanz vollführen.

Doch die *Lomberc* sind nicht zu unterschätzen. Und sie sind viele. Wie die Fliegen schwärmen ganze Scharen aus den Wäldern. Sie erschlagen die schönen Zwillinge von *Mesavila* und den *Berto*, den Sohn des reichen *Pedevilla*. Dem *Francësc de Rü* schießen sie in den Kopf, dem *Pir de Frontü* in den Bauch. Der Talboden gleicht einem schwarzen Teppich. Er ist durchtränkt vom Blut der Verletzten, die schreien und brüllen.

Völlig unerwartet reitet nun der *Bracon* talauswärts und gibt den Befehl zum Rückzug. Die Ampezzaner und Cadoriner versammeln sich in der Ebene und jubeln siegessicher.

Auf den Bergspitzen ist es noch hell, aber im Tal beginnt es bereits zu dämmern. Ob ich mich besser auf den Weg machen soll? Doch die Angst überwiegt.

Da gibt der *Bracon* ein Zeichen. Der Herold greift augenblicklich zu seiner Trompete und das Sturmsignal hallt schrill durch die Luft. Die im Hinterhalt postierten Enneberger stürzen mit blutgierigem Geschrei vom Berggrat von *Senes* und aus dem *Valon de Rudo* ins Tal und schließen die Feinde ein. Jeder, der sich ihnen in den Weg stellt, wird erschlagen.

Das Gemetzel will kein Ende nehmen. Es ist schon dunkel und über der *Croda Ciamin* und dem *Banch dal Se* geht der Vollmond auf, als schließlich die *Lomberc* in den Wald flüchten. Die *Maroi* haben gesiegt.

Ein freches Grüppchen von ihnen räumt ein Wiesenstück frei. An dessen Ende stellen sie neun Rümpfe der geschlachteten Ampezzaner als Kegel auf und beginnen mit den abgehackten Köpfen der Cadoriner ein übermütiges Kegelspiel.

Da kommt der *Bracon* hinzu, sieht das frevelhafte Treiben und bleibt wie angewurzelt stehen. Nach einer Weile des Schweigens schreit er sie an: »Auf die Knie!«

Erschrocken nehmen alle den Hut vom Kopf und gehorchen.

Nichts aber kann den Kommandanten besänftigen und voller Bitternis spricht er einen Fluch aus: »Diese schändliche Tat wird im Tal fürchterliche Folgen haben. Es wird nachts von Geistern und finsteren Kräften heimgesucht werden. Die Vögel werden es verlassen und die Raben wird man wie rostige Türriegel krächzen hören!«

Das Mondlicht ist plötzlich so schwach, dass ich kaum den Weg vor mir sehe. Der Schotterweg ist steil. Nur nicht ausrutschen. Für die Buchvorstellung muss ich mich wirklich beeilen. Wie unheimlich scheinen mir jetzt die Verse Altons, die ich ins Zentrum meines Vortrags setzen wollte: *»Péž nĕ n' èl plü tĕ këla gran valada!«*[*]

Da ertönt von den unteren Kehren ein eigenartiges Geräusch herauf. Der Lärm kommt näher und klingt wie Hufgeklapper. Eine Herde Ziegen galoppiert auf mich zu. Sie laufen so schnell, dass ich es gerade noch schaffe, auf die Seite zu springen. In der Mitte der Herde läuft ein riesengroßer schwarzer Geißbock, der von einem seltsam hinkenden Jäger mit einer weißen Feder auf dem Hut geführt wird. Aber sie verschwinden sogleich hinter mir in der Dunkelheit.

In *La Pli de Mareo* wartet man am Abend in der *Gran Ciasa* noch eine ganze Weile auf die Vortragende der Neuauflage der *Stóries e chiánties ladines* von Jan Batista Alton. Die Vorstellung wird schließlich vom Präsidenten der Gadertaler Künstlervereinigung übernommen.

Am Tag darauf wird eine Suchaktion eingeleitet. Im hintersten *Val dai Tamersc* findet man Haarsträhnen, die eindeutig der Gesuchten zugeordnet werden können, und am Rande des *Rü d'Al Plan* fällt den Carabinieri eine verdächtige Person auf. Es ist ein grün gewandeter Jäger mit zwei geifernden Hunden, die bellend und mit blutverschmierter Schnauze davonlaufen.

---

* Frieden gab es keinen mehr in jenem Tal!

04 GAULSCHLUCHT

VON RALPH NEUBAUER

»Was mache ich hier?«

Die Falschauer rauschte ungefähr 15 Meter unter ihm und bereitete den Grundton. Ein nicht nachlassendes Strömen, Stöhnen, geräuschvolles Fließen, ein Rumpeln, wenn sie Steine mit sich nahm. Bis hierhin reichte der schmale Steig, der sich oberhalb des wilden Flusses an den Felsen schmiegte. Dann hörte er auf.

»Es geht nicht mehr weiter«, murmelte Tommaso und betrachtete die Szene.

Die Gaulschlucht war an dieser Stelle eng und zwischen die steil aufragenden Steinwände fiel nur ein schmaler Streifen Tageslicht. Tommaso setzte seine Schritte vorsichtig. *Wer hier verunglückt …* Er blickte den steilen Abhang hinunter und dachte den Gedanken nicht weiter.

Andächtig nahm er auf einem Stein Platz und verharrte, lauschte den Geräuschen von Wasser und Wind, nahm seine Umgebung in Augenschein. Der sparsame Lichteinfall zeigte ihm eine gespenstisch anmutende Landschaft und erzeugte Schatten, verursacht von den

Ästen der blattlosen Bäume, die sich an die steilen Felswände klammerten. Dies sorgte hier unten für trübes Licht. Es war feucht und kalt.

Kein Ort, um es sich gemütlich zu machen, überlegte Tommaso. *Wer würde hier leben wollen?*

Sein Blick versuchte, das Astdickicht vor ihm zu durchdringen. Er suchte nach geknickten Ästen, nach Spuren, die ein Mensch hinterlassen haben könnte. Ein Mensch, der an dieser Stelle weitergegangen sein müsste, wenn es ein Mensch war. Der Eingang in eine Höhle hätte Tommaso ebenfalls interessiert.

»Vielleicht war es eine Schnapsidee«, sagte er leise zu sich selbst und erwog umzukehren. Da bemerkte er einen Raben, der fast geräuschlos durch die Schlucht schwebte, möglicherweise getragen von Aufwinden, wie sie in einer solchen Schlucht entstehen können. Der Rabe flog auf Augenhöhe an ihm vorbei. Es schien, als bemerke er Tommaso nicht, der ihm hinterherblickte. Der Rabe bewegte sich in die Richtung, aus der Tommaso gekommen war, Richtung Schluchtausgang.

Die Gaulschlucht öffnete sich Richtung Lana und war im unteren Teil erschlossen. Die Gaulpromenade, wie dieser Teil genannt wurde, galt als wildromantisch, und auf den befestigten Steigen konnte man gefahrlos eine längere Strecke in die Schlucht hineingehen. Teils bestand der Weg aus eisernen Stegen, die frei über der Schlucht schwebten, sodass die Besucher einen leichten Grusel verspüren konnten. Der für Touristen gangbare Weg endete bei einer Veranstaltungsfläche, auf der sich

Reste von Requisiten einer Schauspieltruppe befanden, die hier vor Jahren Stücke aufgeführt hatte. Der schmale Steig, den Tommaso genommen hatte, begann an dieser Stelle und war früher durch einen Zaun versperrt gewesen. Der war zerstört worden. Auch der alte Spielort der Schauspieltruppe war verwahrlost. Die Gruppe hatte inzwischen in einem Kloster eine bessere Kulisse gefunden. Auf dem Platz standen einige dieser großen Apfelkisten herum, mit denen die Bauern ihre Ernte zu den Auktionen fuhren. Solche aus Holz, wie man sie heute selten einsetzt, weil sie schwerer sind als die aus Kunststoff. Und allerlei Gerümpel, um das sich niemand kümmerte.

In Richtung dieses Platzes flog, besser glitt, der Rabenvogel. Geräuschlos, elegant und von der Anwesenheit Tommasos unbeeindruckt.

Tommaso duckte sich. *Was wenn doch?*, dachte er. Aber es passierte nichts weiter.

Nur der eine Rabe war an ihm vorbeigeglitten. Tommaso schaute auf die Uhr. Er brauchte ungefähr eineinhalb Stunden für den Rückweg und im November wurde es früh dunkel. Viel Zeit hatte er nicht mehr. *Ich gebe ihm noch 30 Minuten, dann muss ich zurück*, beschloss er.

Als er seinen Blick wieder in die Schlucht richtete, erschrak er kurz. Während seine Augen dem Raben gefolgt und seine Gedanken gewandert waren, hatte sich die Szenerie vor ihm geändert. Auf den Ästen der kahlen Bäume saßen mehrere Rabenvögel. Völlig geräuschlos saßen sie dort. Hier und da entfalteten sie ihr Gefieder und machten sich damit breiter. Er versuchte, hinter die Vögel zu blicken, in das Gebiet, in das kein Weg führte. Tommaso blinzelte und glaubte, eine schemenhafte Bewegung hinter der schwarzen Wand aus Raben auszumachen. Er stand auf, um besser sehen zu können.

Die versammelte Vogelschar erhob sich vor ihm, flog von links nach rechts und auf und ab. Sie versperrte ihm damit völlig die Sicht. Er sah nur schwarze Flügel und schwarze Vogelkörper. Plötzlich flogen sie ihn gezielt an. Angst schoss in ihm hoch, ein Gefühl, das er lange nicht mehr verspürt hatte.

»Bleib ruhig«, sagte er zu sich. Aber sein Herz schlug schneller. Panisch loszulaufen hätte ihm in dieser engen Schlucht nicht geholfen. Auf der einen Seite ging es steil bergab, unten rauschte die Falschauer, und die andere Seite war nackter, nasser Stein. Er setzte sich langsam hin, und die Vögel taten es ihm nach. Sie besetzten wieder die kahlen Äste der Novemberbäume. Eine gespenstische Stille trat ein. Die Vögel rührten sich nicht.

Ihr Verhalten ist merkwürdig, dachte Tommaso. *Ich muss jetzt zurück, sonst schaffe ich es nicht mehr, bevor es dunkel wird.*

Er drehte sich um und schritt langsam den Weg zurück. Seine Sinne waren zum Zerreißen gespannt. Er lauschte, konnte aber keine Regung wahrnehmen. Nachdem er eine kurze Strecke gegangen war, wagte er es zurückzublicken. Kein Vogel war mehr zu sehen. Alle Äste, die eben von Raben besetzt gewesen waren, reckten sich nackt und starr in das fahle Licht der Schlucht. Ein erneuter Blick auf die Uhr ließ Tommaso schneller werden. Der Einbruch der Dunkelheit drohte. Der Weg blieb schmal und glitschig, doch die Schlucht weitete sich. Als er den alten Spielort der Theatertruppe passierte, bemerkte er einen Raben, der auf einer der Apfelkisten saß. Tommaso ging an ihm vorbei und der Vogel flog in die Schlucht zurück.

*

»Es war ein Troll«, hatte ihm der Junge erzählt.

Matthias aus der Klasse 3E der Mittelschule Lana war der einzige Zeuge. In der Früh habe er auf seinem Schulweg beobachtet, wie der Troll eine leblose Frau vor der Apotheke abgelegt und sich schnell in Richtung Gaulschlucht entfernt habe. Außer Matthias waren nicht viele Menschen zu dieser Morgenstunde unterwegs gewesen. Die Apotheke und alle anderen Geschäfte in der Nachbarschaft waren noch geschlossen gewesen, Fußgänger hatte es wenige gegeben und die Sonne war noch nicht aufgegangen.

Matthias hatte das Geschehen von der gegenüberliegenden Straßenseite aus beobachtet und das einzig Richtige getan: den Notruf gewählt.

Um die Frau hatte sich der Notarzt gekümmert. Der Troll blieb verschwunden. Die Frau hatten sie ins Krankenhaus gebracht, und sie wäre gestorben, hätte Matthias nicht sofort Hilfe geholt. Sie hatte schwere Verletzungen am Kopf. Die Ärzte hatten sie in ein künstliches Koma versetzt. Wer sie war, wusste man nicht. Die Frage aller Fragen war heute: Wer war dieser Troll?

Matthias beschrieb ihn als ein Wesen, das zottelig gewesen sei und sich irgendwie komisch fortbewegt habe, aber auch sehr schnell. Er habe nicht erkennen können, ob es ein Mann oder eine Frau gewesen sei. Der Junge hielt das Wesen für einen Troll, wie sie in den Sagen Südtirols vorkamen. Wesen aus der Zwischenwelt mit unheimlichen Kräften und Eigenschaften. Der Junge wirkte aufgeweckt und keinesfalls wie ein Fantast. Deshalb nahm Tommaso ihn ernst.

»Der Opa hat von den Trollen erzählt, die in der Gaulschlucht das Siegel bewachen. Wenn ein Mensch es bricht, wird es grausam. Und die Frau hat bestimmt genau das getan«, hatte Matthias gemeint.

Die Mutter, die bei der Befragung dabei gewesen war, hatte Tommaso erklärt, dass Matthias' Opa den Kindern gerne Schauergeschichten erzähle, die sich am Rande der Sagen- und Mythenwelt Südtirols bewegten, vermischt mit realen Ereignissen aus der Vergangenheit. Und so tobten durch die Geschichten Trolle, Hexen und Fabelwesen aller Art. »Es gibt viele Erzählungen aus Lana, die seit Hunderten von Jahren erzählt werden. Und unser Opa kennt sie alle. Manchmal drängt sich der Eindruck auf, dass er sie ein wenig durcheinandermischt«, hatte die Mutter angegeben.

Tommaso glaubte nicht an Trolle oder Halbwesen. Er hielt den Troll, den der Junge beobachtet hatte, für einen Menschen aus Fleisch und Blut. Und den galt es zu finden, denn er oder sie war entweder ein wichtiger Zeuge oder er hatte die junge Frau selbst so schwer verletzt.

Matthias hatte noch eine Beobachtung gemacht, die für Tommaso wichtig war. Als sich der Troll in Richtung Eingang zu der Gaulschlucht entfernt habe, seien viele Raben aufgeflogen, hatte der Junge erzählt. »Komisch war, dass alle Raben, ohne ein Geräusch zu machen, hinter dem Troll hergeflogen sind, so wie Hunde, die ihrem Herrchen folgen.«

Und das, zusammen mit dem gerade selbst Erlebten, machte Tommaso stutzig. *Raben gibt es in der Gaulschlucht.* Das wusste er jetzt. *Und wenn sie einem Wesen, Mensch oder Troll, folgen, dann wird er im unwegsamen Teil der Gaulschlucht leben. So könnte es sein. Aber was hat dieses Wesen mit der schwer verletzten Frau zu tun?*

Tommaso hoffte, dass sie irgendwann würde aussagen können, was mit ihr passiert sei. Dann würde sich vielleicht das Rätsel um den Troll aufklären lassen. Er telefonierte mit dem Krankenhaus und erfuhr leider nichts Neues. Der Zustand der Frau war kritisch. Papiere hatte sie keine dabeigehabt, niemand wusste, wer sie war.

Der Arzt druckste etwas herum und Tommaso hakte nach.

»Die Frau ist schwanger. Erster oder zweiter Monat. Wir kämpfen also um zwei Leben.«

*

Der Friedhof in Niederlana lag im Schatten des Kirchturms. Der Messner kümmerte sich um alles, was in der Kirche und um die Kirche herum zu erledigen war. Er war Hausmeister, Friedhofswächter und derjenige, der sich um die Dohlen in der Kirchturmspitze kümmerte.

Die Dohlen hatten sich den Kirchturm als Nistplatz ausgesucht und bauten ihre Nester auf den Holzbalken, die die Spitze trugen. Weil sie ihre Nester jedes Jahr auf die alten bauten, türmten sie sich auf. Diese Türme galt es, hin und wieder abzutragen, was keine schöne Arbeit war, zumal es im Gebälk des Kirchturms im November kalt und zugig war.

In diesem Jahr machte der Messner einen seltsamen Fund: Ein Notizheft lag eingeklemmt zwischen zwei miteinander verfugten Holzbalken. Dabei ging niemand sonst an diesen Ort.

Später betrachtete der Messner im Licht der Lampe, die über seinem kleinen Küchentisch hing, was er im Dohlenturm gefunden hatte. Es handelte sich um Notizen über Rabenvögel.

Vielleicht lag das Heft deshalb im Dohlenturm, überlegte er. *Es gehört jemandem, der sich mit den Dohlen auskennt.*

Er wusste, dass er dieses Heft bei seiner letzten Inspektion des Turms vor eineinhalb Jahren nicht gesehen hatte.

Also muss da jemand herumgeturnt sein, ohne dass ich es bemerkt habe.

Und das wiederum wunderte ihn, denn er war jeden Tag hier. Urlaub machte er nie. Sein Leben waren die Kirche, der Friedhof und die Bar.

Ein Schüler vielleicht? Einer, der sich für Dohlen interessiert? So wie Peter früher?

Peter war seit zwei Jahren tot. *Ach, wie schnell ist man vergessen,* dachte er, ehe er aufstand, noch einen Blick auf das Heftchen warf, sein Häuschen verließ und sich auf den Weg machte.

*

Tommaso hatte Bereitschaft. Schlafen konnte er ohnehin nicht. Das Schicksal der jungen Frau ging ihm nicht aus dem Kopf.

Eine Schwangere. Allein, ohne Papiere, niemand scheint sie zu kennen, schwer verletzt.

Tommaso kam der glitschige enge Steig in den Sinn, den er heute beschritten hatte.

Wer da abstürzt, kommt ohne Verletzungen nicht aus der Schlucht. Wenn das Wesen, Troll oder Mensch, die Verletzte gefunden hat, ist es aller Ehren wert, dass er sie gerettet hat. Warum verschwindet er dann spurlos? Warum ruft er nicht die Rettung?

*

Der Messner war ein Trunkenbold und alle wussten, dass er nicht besonders hell im Kopf war. Am Rande des Schwachsinns, hieß es oft, wenn man sich über seine Eskapaden unterhielt.

Der Pfarrer aber ließ nichts auf seinen Messner kommen. »Der Mann arbeitet für zwei, ist zuverlässig, und dass er trinkt, ist nichts«, der Pfarrer hatte dabei einige Männer der Gemeinde scharf ins Auge gefasst, »was ausgerechnet ihr ihm vorwerfen solltet. Nicht wahr?«

Weil der Messner dergestalt kirchlichen Beistand hatte, ließ man ihn in der Bar trinken, bis er streitlustig wurde, was oft vorkam.

Normalerweise würden sie das unter sich regeln: Drei packen den Randalierer und werfen ihn auf die Straße. Im Fall des Messners hatten sie gelernt, dass es einfacher war, die Carabinieri zu rufen. Doch musste es ein bestimmter Carabiniere sein. Sie riefen Tommaso nicht allein deshalb, weil er eine beruhigende Wirkung auf den Messner hatte, sondern weil Tommaso sich im Dorf den Ruf eines untadeligen Carabiniere erarbeitet hatte. Sie hatten Respekt vor ihm, weil er mit seiner ruhigen, bedächtigen Art das Wesentliche im Blick behielt, aber konsequent war. Er schaute den Menschen ins Herz und riss es nicht gleich heraus, wenn sie ertappt wurden. Bei was auch immer. Der Messner jedenfalls hielt Tommaso für seinen Freund und wurde ruhig, wenn dieser auftauchte. Er ließ sich von Tommaso nach Hause bringen. Warum das jedes Mal funktionierte, konnte Tommaso nicht sagen.

Auch an diesem Abend hatte Tommaso einen solchen späten Einsatz in Niederlana. Er kannte die Bar, er kannte die Leute und er kannte den Messner. Er wusste, was seine Aufgabe war: den Betrunkenen ins Bett zu bringen.

Was für ein Tag, resümierte er, als er das Telefon aus der Hand legte, seine Dienstmütze nahm und ins Auto stieg.

Der Messner wohnte in einem winzig kleinen Häuschen mit zwei Zimmern neben der Kirche. Er war Tommaso brav gefolgt, als er ihm das Kommando für den Aufbruch gegeben hatte. Sie waren ein seltsames Paar. Tommaso war stattlich, 1,95 Meter groß, mächtiges Kreuz, bärenstark. Der Messner war ein Hutzelmännchen, das Tommaso kaum bis zu den Achseln reichte.

Auf dem Weg zu seinem Häuschen brabbelte der Mann vor sich hin und kicherte zwischendurch.

Tommaso fragte, was denn so lustig sei.

»Der Tote schickt mir Botschaften«, verstand der Carabiniere. »Ein ganzes Heft. Hihihi. Das war noch nicht da, als wir ihn beerdigt haben, hihihi. Der ist wiedergekommen, hihihi.«

Tommaso stieß die unverschlossene Tür zum Häuschen auf und beförderte den Messner auf das Sofa im Raum, auf dem dieser meistens sofort schnarchend einschlief. Dieses Mal klappte er nicht sofort die Beine hoch, sondern deutete auf ein Heftchen, das auf dem Küchentisch lag.

»Da ist es!«, rief er. »Der Mann ist tot, begraben, hier auf dem Friedhof. Und heute habe ich das gefunden.«

Tommaso nahm die Papiere und versuchte zu entziffern, was dort stand.

Der Messner kam näher und setzte sich auf den einzigen Stuhl. Er blickte Tommaso von unten ins Gesicht. »Ist mir aufgegangen, als ich ein paar Glas getrunken hatte. Kann nur von ihm stammen. Das passt zusammen.« Er kicherte und Tommaso verstand nichts.

Das Heftchen, das er in der Hand hielt, war mit Texten und Skizzen vollgeschrieben. Soweit er sie bei dem schwachen Licht entziffern konnte, handelten sie von Rabenvögeln.

»Peter Steigmoser hat er geheißen«, brabbelte der Messner. »War ein komischer Kauz. Er liegt an der Mauer.«

Tommaso blickte den Messner an. Dessen Augen blitzten. So betrunken, wie es den Anschein hatte, war der Mann gar nicht. Sein Blick war nicht trübe, sondern munter.

Der Messner stand auf, nickte heftig und raunte Tommaso ins Ohr: »Komm mit.« Er ergriff eine Taschenlampe und ging voran.

Der Ort, an den er Tommaso führte, lag im äußersten Winkel des Friedhofs. Dort, wo reichlich Platz für weitere Tote aus dem Dorf war. Der Messner trat an einige Bäumchen heran, die Tommaso im Schein des Lichtkegels ausmachen konnte. »Hier liegt er.«

Rasch ging er zurück zu seinem Häuschen. Es war kalt in dieser Novembernacht.

»Und was weißt du über diesen Peter Steigmoser?«, fragte Tommaso.

Der Messner wiegte seinen Kopf hin und her: »Peter war ein Sonderling, hatte mit niemandem Kontakt und wurde tot aufgefunden. Einfach so gestorben. War keine 40. Beerdigt haben wir ihn vor zwei Jahren im November. Peters Eltern sind gestorben, da war Peter gerade aus der Schule. Er wurde von seiner Oma aufgenommen, der Steigmoser Greta. Die wohnte in einem kleinen Haus am Rand von Lana.« Der Messner verstummte und schaute Tommaso mit zusammengekniffenen Augen an. »Bei der schwarzen Wand, da hat sie gewohnt.«

Tommaso nickte, wusste aber nicht, was ihm der Messner damit sagen wollte.

»Die Greta war etwas merkwürdig. Sie kannte sich mit Heilkräutern gut aus. Deshalb haben die Leute sie gefragt, wenn sie eine Krankheit hatten. Das hat den Arzt geärgert. Es gab deswegen Scherereien. Die Greta hat komische Dinge getan. Das ist lange her und sie ist schon ewig tot. Aber der Peter, der nahm am Dorfleben nicht teil, hatte keine Freunde, die Nachbarn kannten ihn nur vom Sehen. Ein Eigenbrötler.« Der Messner kicherte wieder. »So wie ich. Dass die mich alle für schwachsinnig halten, hält mir vieles vom Leib. Du bist bisher der Einzige, den das nicht gestört hat. Nur darum lasse ich dich wissen, dass ich nicht so blöd bin, wie es den Anschein hat.« Er senkte den Blick. »Aber behalt es für dich.« Der Messner ergriff das Heftchen, blätterte darin. Er hielt inne und blickte Tommaso eindringlich an. »Es kann nur von ihm sein. Und ich sage dir, warum ich das glaube.« Er sammelte sich und wirkte nun vollkommen nüchtern. »Peter hatte eine Leidenschaft. Das waren die Raben. Ich habe mich mit ihm darüber unterhalten. Er war so eine Art Rabenprofessor und wusste alles über diese Vögel. Schon sehr lange studiere er sie, hat er mir erzählt, und wie er Raben gezähmt und mit ihnen zusammengelebt habe.«

Tommaso räusperte sich: »Und deshalb glaubst du, dass er dieses Heftchen im Turm liegen gelassen hat?«

Der Alte nickte. »Es kann nur er gewesen sein. Gruselig ist, dass es passiert sein muss, nachdem wir ihn beerdigt haben.«

Tommaso lehnte sich zurück und betrachtete den Messner.

Der ahnte, was Tommaso dachte. »Ich bin nicht betrunken. Jedenfalls nicht so wie sonst. Die Geschichte ergibt Sinn, glaub mir. Da war etwas, was ich mir bis heute nicht erklären konnte. Doch jetzt ist es mir wieder eingefallen.« Er begann zu erzählen.

*

Der nächste Morgen war angebrochen. Die strahlende Novembersonne machte Tommaso gute Laune. Nachdenklich rekapitulierte er die Ereignisse des gestrigen Tages: *Eine schwangere junge Frau kommt fast zu Tode, ein Toter hinterlässt Heftchen im Dohlenturm in Niederlana, ein Troll legt die Schwerverletzte im Zentrum von Lana vor der Apotheke ab, niemand weiß, wer die*

Frau ist. Die Gaulschlucht ist eine Sackgasse, wohin kein Mensch entfliehen kann. Ein Troll vielleicht schon. Nur dass ich nicht an Trolle glaube. Er überlegte, was er heute als Erstes machen sollte.

»Gefahr im Verzug«, sagte er sich, als er das Fenster einschlug, um von innen an den Türknauf zu gelangen. Das Haus, in dem Peter Steigmoser tot aufgefunden worden war, lag am Rande des Dorfes und war immer noch unbewohnt.

»Ganz dicht an der schwarzen Wand«, hatte ihm der Messner gesagt. »Dort treffen sich die Hexen zum Tanz.« Nachdenklich hatte er hinzugefügt: »Die Greta, die ist im Mittelalter als Hexe gesehen worden, ganz sicher ist sie das. Die ist manchmal nackt durch den Garten getanzt und hat merkwürdig gesungen.«

Tommaso hatte nachgefragt.

»Nun, ich habe es einmal gesehen, als ich noch ein Junge war. Um ein Feuer ist sie getanzt, mit so Zuckungen, und dann ist sie plötzlich auf den Boden gefallen. Ich habe hingewollt, um ihr zu helfen, da stand sie auf einmal wieder auf den Füßen, hat mich ganz irre angeschaut und aus ihrem Mund kamen Schleim und schlimme Töne. Ich habe mich gefürchtet und bin weggelaufen.« Er hatte ergänzt, dass sie zwei Tage später wieder ganz normal gewesen sei.

Noch so eine alte Schauergeschichte, hatte Tommaso gedacht. Trotzdem wollte er nachsehen, ob er in dem Häuschen einen Hinweis auf Peter Steigmoser fand. Die Geschichte, die der Messner ihm gestern Abend erzählt hatte, war nicht so absurd, dass man ihr nicht folgen sollte. Er hatte ihm erzählt, dass der Sarg in der Nacht vor Peter Steigmosers Beerdigung in der Leichenkapelle gestanden habe. Und am Morgen sei ein Fenster offen gewesen, das er, der Messner, ganz sicher verschlossen gehabt habe, denn er verschließe immer alle Fenster. Das wäre doch ein Hinweis, dass der Peter vielleicht dem Sarg entstiegen sei, hatte der Messner gemeint.

Tommaso hatte die Augen über diese Erzählung verdreht. Natürlich konnte es sein, dass der Verstorbene das Heftchen vor seinem Tod dort hinterlassen hatte und der Messner erst jetzt darauf gestoßen war. Aber der Alte kannte seine Kirche in- und auswendig.

Tommaso öffnete die Tür des Hauses. Er sah Küchenutensilien. Ein Tisch und ein Stuhl waren die einzige Möblierung. Eine steile Stiege führte in das Dachgeschoss. Durch kleine Fenster schaute Tommaso in einen verwilderten Garten. Ein Regal mit Büchern fiel ihm auf. Er trat näher und studierte die Buchrücken. Nachschlagewerke über Raben, Krähen, Elstern, Eichelhäher, auch wissenschaftliche Werke.

»Ein Vogelkundler«, murmelte Tommaso. *Da passt was zusammen,* dachte er.

Es gab keinen Kühlschrank. Der Herd wurde mit Holz befeuert. Er bestieg die schmale Treppe, die nach oben führte. Unter dem spitzen Dach fand er ein einfaches Bett. Mehr nicht. Erst hier oben bemerkte Tommaso einen leichten Geruch nach verbranntem Holz. *Nanu? Hier wohnt seit zwei Jahren niemand.*

Er öffnete die Feuertür des Ofens. In der Brennkammer fand er Asche. *Die ist bestimmt keine zwei Jahre alt.*

Er setzte seinen Inspektionsgang fort und schaute sich den verwilderten Garten an. Alles war zugewachsen, die blattlosen Äste von Bäumen und Sträuchern reckten sich in alle Richtungen, sie waren längere Zeit nicht beschnitten worden. Bis auf … Tommasos Blick fiel auf eine Art Schneise. Ein schmaler Weg durch dichtes Gestrüpp, begehbar, wo ansonsten alles wild wucherte. Er schob seine massige Gestalt durch diesen Gang und gelangte auf eine Gartenfläche, die nicht besonders groß war und gepflegter aussah als der übrige Garten. Er hatte den Eindruck, als kultiviere hier jemand etwas, was vor den Blicken der Nachbarn verborgen bleiben sollte, denn das Areal war von dichten Büschen umgeben. Jetzt im November konnte man nicht mehr erkennen, was hier zuvor gewachsen war. Tommaso ging in die Knie und betrachtete den Boden aufmerksam.

Pilze, von der Novemberkälte zusammengeschrumpelt, waren zu erkennen. Nachdenklich zupfte er eines der verfrorenen Pilzchen ab und schnupperte daran. Sie rochen modrig, waren weich und klebrig. »Ist halt keine Pilzzeit«, murmelte Tommaso. Er war ein Pilzfreund, aber diese Sorte kannte er nicht. Er nahm ein Exemplar mit. Vielleicht könnte er es mithilfe seines Bestimmungsbuchs identifizieren.

*

»Sind Sie absolut sicher, dass Peter Steigmoser an Herzversagen gestorben ist?«, fragte Tommaso keine halbe Stunde später den Arzt, der den Totenschein ausgestellt hatte.

Der war nicht erfreut, als er nach so langer Zeit dem Carabiniere Auskunft geben sollte. »Was soll das denn jetzt noch?« Offensichtlich befürchtete der Arzt Kritik an seiner Arbeit. Er war Allgemeinmediziner und wurde als solcher zu Verstorbenen gerufen, um deren Tod festzustellen. Es gab Richtlinien für eine Leichenschau. So sollte die Leiche entkleidet und der Körper betrachtet werden, um äußere Verletzungen zu erkennen und zu dokumentieren. Eine Arbeit, die viel Zeit in Anspruch nahm und nur bescheiden bezahlt wurde. Er habe damals bei dem Steigmoser Peter keinerlei Lebenszeichen feststellen können und im Totenschein Herzversagen als Todesursache angegeben. Hätte er ungeklärte Todesursache in den Totenschein geschrieben, wäre viel Schreibkram auf ihn zugekommen. Deswegen bekräftigte er: »Herzversagen, ja, das war die Todesursache. Ist untypisch für einen relativ jungen Menschen, kommt aber vor.« Damit hielt der Arzt das lästige Gespräch für beendet.

Doch Tommaso ließ nicht nach.

Zerknirscht musste der Arzt zugeben, dass er die Leichenschau so, wie sie hier auf dem Lande durchgeführt werde, vorgenommen habe.

Tommaso wusste, was das bedeutete. Ihm war aufgefallen, dass Peter Steigmoser bereits am Tag, nachdem der Arzt den Totenschein ausgestellt hatte, beerdigt worden war.

Darauf angesprochen, konnte der Arzt ihm nur sagen, dass die Leiche übel gerochen habe. »Möglicherweise hat es der Bestatter deshalb eilig gehabt.«

Was haben wir?, überlegte Tommaso. *Einen Totenschein, der nicht viel wert ist. Eine Blitzbeerdigung. Ein Toter, der angeblich nach seiner Beisetzung Hefte im Dohlenturm hinterlegt. Ein Häuschen, das offensichtlich hin und wieder benutzt wird, obwohl der Eigentümer längst verstorben ist.*

Er fuhr zum Friedhof und suchte das Grab, das ihm der Messner gestern bei Dunkelheit gezeigt hatte. Er fand es nicht mehr und ging die ganze Mauer ab. Nichts, was wie ein Grab aussah. Er erkannte jedoch die Stelle, an der die einzelnen kahlen kleinen Baumstämmchen standen.

»Das ist es«, hörte er hinter sich die Stimme des Messners.

Tommaso deutete auf die Bäumchen. »Hier?«

»Ja. Es gibt keinen Grabstein. Keine Angehörigen. Bei der Beerdigung war ich mit dem Pfarrer ganz allein.« Nachdenklich fügte er hinzu: »Die Bäumchen wachsen nur dort. Es sind Nussbäume. Walnuss.«

Tommaso erzählte, was er in Peters Haus vorgefunden hatte. Dass sich dort einer rumtreibe, Feuer mache. Er zeigte dem Messner auch die Pilzchen. »Jaja, Pilze, davon hat er mir mal erzählt. Er hat gesagt, dass er mit Pilzen experimentiere. Was auch immer das bedeutet.«

Tommaso nickte und betrachtete die kleinen schrumpeligen Dinger in seiner Hand. Da kam ihm eine Idee.

Der Messner hörte interessiert zu, nickte, ging in sein Haus und holte das Heft, das er im Dohlenturm gefunden hatte.

*

Tommaso platzierte das Heftchen gut sichtbar und wartete. Er hoffte, dass so wie gestern ein Rabe geflogen kam. Als Bote, als Auge, als Bindeglied. Zu was? So genau wusste er das nicht.

Aber es passierte nichts.

Tommaso saß auf demselben Stein wie gestern. Heute war er früher dort und bis zum Einbruch der Dunkelheit war mehr Zeit. Es zeigte sich kein schwarzes Gefieder, es tauchte keine schemenhafte Bewegung auf, doch es gab etwas mehr Licht als gestern. Bis auf das Tosen der Falschauer, deren Wasser durch die enge Schlucht drängte, gab es keine Geräusche.

Tommaso blickte suchend, lauschte angestrengt nach weiteren Lauten. Nichts tat sich. Die Schlucht kam ihm so friedlich vor.

Plötzlich spürte er in seinem Rücken einen Stich, etwas Spitzes wurde ihm zwischen die Schultern gedrückt. Er beugte sich leicht nach vorn, drehte den Oberkörper und den Kopf blitzschnell, und gleichzeitig fuhr sein linker Arm nach hinten, ergriff das Stockende, das ihm in den Rücken gebohrt worden war, zog kräftig daran und stieß es im Augenblick danach heftig von sich weg.

Tommaso stand inzwischen auf beiden Beinen, den Gegner im Blick, der durch seinen kräftigen Stoß auf dem schmalen Weg gelandet war. Mit der Rechten hatte der Carabiniere die Waffe gezogen und richtete sie auf sein Gegenüber, das vor ihm auf seinem Hintern saß und ihn mit Augen ansah, die Furcht, Wut und Wahnsinn erahnen ließen. Es war gewiss kein Troll, sondern ein Mann. Ein verwahrloster Mann, der erstarrte, als er in den Lauf von Tommasos Pistole blickte.

»Sind Sie Peter Steigmoser?«, fragte Tommaso.

Als der Mann diesen Namen hörte, zuckte er zusammen, sagte jedoch kein Wort.

»Hören Sie, ich möchte nur mit Ihnen reden. Ich bin Carabiniere.« Tommaso betrachtete den Mann vor ihm und ließ die Waffe langsam sinken. »Ich heiße Tommaso Caruso. Mich interessiert die junge Frau, die Sie vor der Apotheke abgelegt haben. Sonst nichts. Verstehen Sie mich?«

Der Mann hatte Tommaso aufmerksam zugehört. Doch er blieb stumm. Den Stock, mit dem er Tommaso eben noch in den Rücken gestoßen hatte, hielt er fest in der Hand.

»Vielleicht legen Sie den Stock weg?«, versuchte es Tommaso vorsichtiger. »Dann würde ich mich wohler fühlen.«

Der Mann nickte kaum merklich. Er ließ den Stock sinken und stand langsam auf.

»Und jetzt unterhalten wir uns. Ganz friedlich. Bitte!«, sagte Tommaso.

Der Mann trug einen Umhang aus verdrecktem Lodenstoff, der den ganzen Körper verhüllte. Die Haare standen kreuz und quer vom Kopf ab und waren verfilzt. Das Gesicht wirkte ausgemergelt und hatte lange Zeit keine Rasur gehabt. Der Blick des Mannes wirkte sanfter.

»Sind Sie Peter Steigmoser?«, fragte Tommaso erneut.

Die Augen des Mannes blitzten auf.

»Vor mir brauchen Sie sich nicht zu fürchten«, beruhigte ihn Tommaso. »Ich habe Ihnen das Heft mitgebracht, das Sie im Dohlenturm liegen gelassen haben. Der Messner hat es gefunden. Den kennen Sie doch?«

»Den Messner? Ja.« Der Mann räusperte sich. Seine Stimme war brüchig. Sie war offenbar lange nicht mehr benutzt worden. Er würde Zeit brauchen, um sich an alles zu erinnern. »Die Frau.« Die Augen des Mannes flackerten erneut. Er drehte seinen Kopf in Richtung des Schluchtausgangs. »Die Frau«, wiederholte er und wandte sich jetzt gänzlich um. »Dort«, sagte er und schritt voran. Eine Schar Raben, die in den Bäumen hoch über ihnen gesessen haben musste, flog auf und glitt mit leisem Flügelschlag voraus.

Tommaso folgte ihm. Das war nicht so leicht, denn der Mann bewegte sich schnell und sicher in diesem Gelände. Tommaso konnte mit ihm nicht mithalten. Und so geriet der Mann außer Sichtweite. Tommaso ging in seinem eigenen Tempo weiter, immer darauf bedacht, keinen Fehltritt zu riskieren.

Am alten Aufführungsplatz der Schauspieltruppe wartete der Mann. Er stand vor einer großen hölzernen Apfelkiste, auf die eine weitere gestapelt war, leicht schräg, sodass sich eine Öffnung zur unteren Kiste bildete. Die Raben hüpften auf dem Platz herum. Manchmal flogen sie ein paar Meter in die Höhe, um leicht versetzt wieder zu landen.

»Hier«, sagte der Mann und deutete auf die untere Kiste. »Hier war die Frau eingesperrt. In der Kiste unten. Die andere war darübergeschoben.«

Tommaso schaute den Mann interessiert an. »Die Frau war in der Kiste eingesperrt? Und Sie haben sie befreit?«

»Die Raben haben mich zu ihr geführt.« Er blickte sich um, betrachtete seine Vögel und lächelte. »Sie finden Tiere, die verunglückt sind. Das ist Fleisch für mich«, sagte er. »Aber hier war es eine Frau.« Er blickte zu Boden. »Ich wusste nicht, was ich machen sollte. Ich habe sie befreit und befürchtet, sie sei tot. Sie hat sich nicht gerührt. Ich habe sie vor die Apotheke gebracht. Dort wird man sie finden, habe ich gedacht.«

Tommaso sah, dass der Mann verunsichert war. »Ja, das ist so passiert. Die Frau ist jetzt im Krankenhaus.«

Der Mann nickte und lächelte. »Gut.«

Tommaso nahm sein Telefon. »Hören Sie, Peter, Sie sind doch Peter, richtig?«

Der Mann nickte erneut.

»Also, Peter, ich muss jetzt meine Kollegen rufen. In einer halben Stunde werden hier viele Menschen sein. Ich muss Sie aber noch befragen. Bleiben Sie bitte hier.«

Peter wich vor Tommaso zurück, schaute ihn ängstlich an. Gleichzeitig erhoben sich die Raben. Peter wirbelte seinen Stab in der Luft und die Raben flogen dicht um ihn herum, sodass Tommaso nichts erkennen konnte außer einem Schwarm Vögel, der sich schnell von ihm fortbewegte.

»Peter, bleiben Sie hier, ich brauche Ihre Aussage!«, rief Tommaso hinter ihm her.

Peter entfernte sich immer schneller und war kurz darauf im Wald verschwunden.

*

Der Bericht, den Tommaso drei Tage später verfasste, beschrieb ein menschliches Drama. Die Spurensicherung hatte in der Apfelkiste Blutspuren der jungen Frau gefunden. Bei der Durchsuchung des alten Spielorts fand man die Handtasche des Opfers. Darin ihre Papiere und ihre Arbeitserlaubnis als Erntehelferin. Es war einfach herauszufinden, in welchem Betrieb sie gearbeitet hatte. Der Jungbauer geriet schnell in Verdacht, der Frau Gewalt angetan zu haben, weil er sich in Widersprüche verstrickte. Sein Lügengebäude brach zusammen, er gestand schließlich, sein Opfer an den Tatort geführt zu haben, nachdem sie ihm von der Schwangerschaft erzählt habe. Sie hätten gestritten, sie habe Unterhalt gefordert, er habe zugeschlagen, die leblose Frau in die Kiste gesperrt und dieses Gefängnis mit einer anderen Kiste verschlossen. Dann habe er sich nicht mehr gekümmert.

Die junge Frau würde wieder gesund werden. Peter blieb verschwunden. Tommasos Versuch, ihn an dem alten Treffpunkt wiederzusehen, war erfolglos geblieben. Weder Peter noch seine Raben waren aufgetaucht.

Die Pilze, die Tommaso aus Peters Garten mitgenommen hatte, waren Spitzkegelige Kahlköpfe und zählten zu den halluzinogenen Pilzen. Das hatte Tommaso herausgefunden, als er die kleinen Dinger mit den Abbildungen in seiner Pilzfibel verglichen hatte. Das erklärte die Beobachtungen des Messners über Peters Großmutter. Möglicherweise hatte Peter eine Überdosis Pilze tot wirken lassen und möglicherweise wäre er um ein Haar lebend beerdigt worden.

Tommaso hatte den Messner gebeten, inoffiziell nachzusehen. Der Sarg war voller Zeug, das Peter in der Leichenhalle gefunden haben musste, und enthielt auch einen Beutel Walnüsse. Die hatte er wahrscheinlich immer dabei – für seine Raben. Vielleicht waren sie ihm im Sarg aus der Tasche gefallen? Man musste davon ausgehen, dass Peter freiwillig ein Leben in der Wildnis leben wollte – als Troll.

05 ANNAMIRL

VON GÜNTER NEUWIRTH

Die Saligen sind weibliche Sagengestalten der Alpen. Andere Bezeichnungen sind Salkweiber, Salaweiber, Wilde oder Weiße Frauen. Als menschenscheue Bergbewohnerinnen leben sie in Gebirgshöhlen, meiden jeden Lärm, helfen aber bereitwillig armen Bauern. Vor allem die stillen und bescheidenen Menschen können sich der Unterstützung der Saligen erfreuen. In manchen Sagen leben sie bei den Bergbauern als Mägde und bringen Frieden und Wohlstand über das Gehöft. Doch bei der kleinsten Störung des stillen Alltags verlassen sie die Menschensiedlungen und gehen zurück in die Berge.

In der Sage »Die Saligen in Villnöß« gaben salige Frauen dem Fischnallerbauern gute Ratschläge zur Arbeit auf dem Feld. Weil er aber die Hänseleien der anderen Dorfbewohner nicht ertrug, wurde er den Saligen gegenüber zornig und schrie sie an, er wisse selbst gut, wie er zu arbeiten habe. Woraufhin die saligen Frauen nie wieder auftauchten und am Fischnallerhof alles schiefging.

*

August 1978

Die Kinder brachen im Normalfall frühmorgens zum Fußmarsch in die Schule auf, aber heute hatten sie eine halbe Stunde länger schlafen können. Peter hatte sie mit dem Auto ins Dorf gefahren. Was für ein Segen, dass sein Nachbar Josef so geschickt mit Motoren war und den alten Fiat Seicento wieder zum Laufen gebracht hatte. 14 Jahre hatte der Wagen mittlerweile in den Kugellagern, da musste man schon hoffen, ihn in Fahrt zu halten.

Er hatte die Kinder vor der Schule aussteigen lassen, dann war er weitergefahren, hatte im Laden Einkäufe besorgt, hatte schließlich sein Haar noch einmal gekämmt und war auf den Friedhof gegangen. Noch hielt das Wetter, noch regnete es nicht, aber mit Niederschlägen war an diesem Tag zu rechnen. Beim Betreten des Friedhofes hatte Peter seinen Hut gezogen und war zum Familiengrab gegangen. Bereits seine Urgroßeltern lagen hier begraben, und alle nachfolgenden Generationen der Koflers hatten sich bei der Pfarrkirche St. Peter bestatten lassen, nicht am Friedhof in St. Magdalena. Daher lag neben seinen Vorfahren auch seine geliebte Monika. Mit nur 42 Jahren hatte der unerbittliche Tod sie nach kurzer schwerer Krankheit geholt. Drei Kinder und ein paar gute Jahre hatte Monika ihm geschenkt, das gemeinsame Altwerden war ihnen verwehrt geblieben. Auf den Tag genau vor einem Jahr war sie für immer entschlafen. Am letzten Sonntag hatte er nach der Messe mit den Kindern den Friedhof besucht, sie hatten den großen Strauß Wiesenblumen in die Vase gestellt, zwei Kerzen angezündet und gemeinsam gebetet. Heute, am Jahrestag, ging er alleine zum Grab.

Peter wusste nicht, wie lange er in stiller Andacht vor ihrer letzten Ruhestätte gestanden hatte, vielleicht zehn Minuten, vielleicht eine Stunde. Irgendwann aber saß er wieder im Auto und fuhr ohne alle Eile erst die asphaltierte Straße hoch, dann den Weg zu seinem Hof. Er stellte den Wagen ab, ging zur großen Esche bei der Scheune und schaute in das Villnößtal hinunter und danach zu den Odles empor, den markanten Nadeln der Geislergruppe.

Wie schön die Welt war. Berge, Wälder, Wasser, klare Luft und gesunde Tiere. Und die Sache mit dem Naturpark kam nun auch in Schwung. Monika hatte sich dafür eingesetzt und nach ihrem Tod hatte Peter das Engagement in der Bürgerinitiative übernommen. Das Leben war zu kurz und zu klein, um es zu vergeuden, der Mensch musste nehmen, was er bekam, und geben, was er konnte. So schwer war das nicht. Das hatte ihn Monika durch ihre Heiterkeit, durch ihren Mut und ihre Ehrlichkeit gelehrt. Peter blickte zu den ziehenden Wolken hoch. Mit diesen Wolken war Monika fortgeflogen und kam als Regen und Schnee zurück zu ihm, den Kindern, dem Hof und dem Dorf.

Er ging ins Haus. Die Suppe für die Kinder war zu kochen, die Milchkühe mussten gefüttert werden und bald sollte er beginnen, für den heranziehenden Herbst Brennholz zu schneiden.

*

Der Lehrer hatte Peters Eltern gesagt, der Bub lerne gut, er solle auf eine weiterführende Schule gehen, doch daraus war nichts geworden, die Arbeit am Hof hatte höhere Bildung verhindert. Die Neugier an Büchern war ihm geblieben, daher nahm sich Peter, so oft es ging, die Zeit, seinen Kindern bei den Schulaufgaben zu helfen. Der Preis dafür war allerdings, dass manche Arbeiten in Haus und Hof nur langsam vorankamen. Diesen Preis zahlte er gern. Außerdem packten sein Sohn Georg und seine Töchter Sofia und Magda auch tüchtig an, da war es doch nur gerecht, wenn er sie beim Lernen unterstützte. Der schulische Erfolg seiner Kinder gab seinen Bemühungen recht.

Am Nachmittag hatten sich die Wetterwolken immer massiger ins Villnößtal geschoben und strömender Regen hatte eingesetzt. Die Kinder waren im Haus, er selbst arbeitete im Stall bei den Milchkühen. Seine Jungrinder waren wie jeden Sommer auf der Alm. Ein Senner hütete das Fleckvieh dreier Bauern. Einmal pro Woche stieg Peter zur Alm auf, um seine Tiere zu inspizieren. Sie waren beträchtlich gewachsen.

Der Abend rückte näher. Peter kehrte eben den Boden, als er durch das offen stehende Stalltor drüben beim Holzschuppen eine Person sah, die sich an die Bretterwand drückte, um sich vor dem prasselnden Regen zu schützen. Peter stutzte. Wer unternahm bei so einem Wetter eine Wanderung?

Er ging zum Tor und schaute genauer. Die junge Frau trug sportliche Wanderkleidung, wie man sie dieser Tage in Bozen oder Meran kaufen konnte, ein Rucksack stand neben ihr am Boden. Die Kleidung war völlig durchnässt.

»Ist Ihnen kalt?«, rief er über den Hof.

Die Frau nickte.

»Ich komme rüber.« Peter stellte den Besen ab, klopfte sich den Staub aus der Kleidung und griff nach seinem Stallmantel. Diesen warf er sich über den Kopf und eilte durch den Regen zum Schuppen.

»Sie sind ja ganz durchgefroren. Kommen Sie, gehen wir ins Haus. Am Küchenherd können Sie sich wärmen und Ihre Kleider trocknen.«

»Sind Sie Peter Kofler von der Bürgerinitiative Naturpark Puez-Geisler?«

»Der bin ich.«

»Ich möchte mit Ihnen über den Naturpark sprechen.«

»Worum geht es?«

»Ich möchte mithelfen, anpacken, mich für etwas Gutes nützlich machen.«

»Sind Sie Umweltschützerin?«

»Ja.«

Peter nickte. Die junge Frau verfügte über eine wohlklingende Stimme. Überhaupt war sie von attraktiver Erscheinung, ihre Augen leuchteten, ihr Haar war zu einem Knoten hochgesteckt. »Dann kommen Sie herein. Meine Kinder sind drinnen. Da ist es warm. Sind Sie hungrig? Wir haben Suppe vom Mittag. Dazu ein Glas Milch. Das wird Sie stärken.«

»Sehr gerne, Herr Kofler.«

Peter reichte ihr die Hand. »Sagst halt Peter zu mir.«

Sie schlug ein. »Ich bin Annamirl.«

»Bist du zu Fuß gekommen?«

»Ich besitze kein Auto, aber gutes Schuhwerk.«

»Heute gehst du hoffentlich nicht mehr runter ins Dorf. Bei dem Regen sieht man in der Dunkelheit nicht die Hand vor Augen. Du kannst in der Kammer übernachten.«

Annamirl lachte erfreut. »Das wäre großartig.«

Peter packte ihren Rucksack, warf den schützenden Mantel über sie und führte sie ins Haus. In der Stube saßen die Kinder bei Tisch, schlugen Nüsse auf und erzählten sich kichernd lustige Geschichten. Sie blickten überrascht hoch, als ihr Vater die unerwartete Besucherin ins Haus brachte.

»Georg, mach die Kammer für unseren Gast bereit. Sofia, bring der Annamirl trockene Kleider. Von Mutter liegen noch Schürzen und Strümpfe im Schrank. Magda, schenk ein Glas Milch ein.«

Die Kinder erhoben sich, begrüßten Annamirl und taten wie ihnen geheißen. Peter stellte den Topf mit der Suppe auf die Herdplatte und schob zwei Holzscheite in die Glut. »Geh mit Sofia, dann kannst du gleich die nasse Kleidung gegen trockene tauschen.«

Wenig später kehrten Annamirl und Sofia zurück in die Stube. Peters Augen wurden weit. Annamirl trug ihr Haar offen. Wie schön sie war.

»Du, Papa«, sagte Sofia, »Mamas Kleider passen Annamirl wie angegossen.«

Peter schaute seinem Gast in die Augen. Was für eine sanfte Stille und seelenvolle Weite sich darin spiegelten. Bezaubernd.

»Die Suppe ist warm. Kinder, nehmt euch auch noch einen Teller.«

September 1978

Sie schoben gemeinsam die Tischkreissäge vor das Scheunentor. Sein Nachbar und Peter hatten vor drei Jahren Geld zusammengelegt, um diese Maschine zu kaufen. Eine mehr als sinnvolle Investition, jetzt, wo auch die höher gelegenen Höfe von Villnöß an das Stromnetz angeschlossen waren. Peter hatte noch lebhaft in Erinnerung, wie mühsam die Holzarbeit früher gewesen war. Was einst zwei Männer in einer Woche geschafft hatten, hatte er jetzt gemeinsam mit Annamirl in nur drei Tagen erledigt. Die elektrische Kreissäge machte es möglich, Peter hatte an der Säge gestanden, Annamirl hatte das Holz gereicht. Die geschnittenen Scheite hatte er auf den Anhänger geworfen. War die Ladefläche voll, hatten sie die Scheite in den Holzschuppen geschlichtet. Die Arbeit war ihnen leicht von der Hand gegangen.

»Wann holt der Josef die Säge mit dem Traktor?«, fragte Annamirl.

»Nicht vor Sonnenuntergang.«

Annamirl schaute in den Himmel. Wolken zogen durch, aber es sah nicht nach Niederschlägen aus, also konnte die Kreissäge ruhig anderthalb, zwei Stunden im Freien stehen.

Peter musterte Annamirl von der Seite. »Ich danke dir wieder einmal, dass du so tatkräftig angepackt hast.«

»Gern.«

»Was täte ich nur ohne dich?«

»Ich mag die Arbeit am Hof.«

»Ich bin beschämt, dass ich dir für die Arbeit so wenig bezahlen kann.«

»Viel Geld brauche ich hier oben nicht. Gibt ja keinen Supermarkt.«

Die beiden lachten.

»Jetzt bist du einen Monat hier und ich kann mir gar nicht mehr vorstellen, wie es vorher ohne dich gewesen ist.«

Annamirl lächelte Peter kokett an. »Gar nicht, sagst du?«

»Du bist eine Salige, hab ich recht?«

Annamirl lachte. »Ja, genau, ich bin eine salige Frau aus dem Hochgebirge, die den gerechten und stillen Bauern hilft, und nicht eine Studienabbrecherin aus Bozen.«

Peter kam näher. »Seit du da bist, blüht der Hof auf.«

»Der war auch vorher gut in Schuss.«

»Und mit der Bürgerinitiative kommen wir auch voran. Alles, was du in die Hand nimmst, wird gut.«

»Alles, was wir beide in die Hand nehmen.«

Peter schaute sich sorgsam um, beugte sich ihr zu und

flüsterte: »Und wenn ich heute Nacht in deine Kammer komme? Öffnest du die Tür?«

»Finde es heraus.«

*

»Hast du gehört, dass der Reinhold wieder im Ort ist?«, fragte Karl Rungaldier, als die beiden Biergläser serviert wurden.

»Natürlich. Ich habe ihn gestern getroffen.«

»Er plant wieder eine Besteigung. Der nächste Achttausender ist an der Reihe. Der gefürchtete K2. Man sagt, dass das der schwerste aller Berge sei. Dieser Teufelskerl.« Der Bürgermeister war natürlich stolz auf den berühmtesten Sohn der Gemeinde. »Am Dienstag findet ein Pressetermin im Rathaus statt. Für den Reinhold Messner kommen die Reporter sogar aus München und Mailand nach Villnöß.«

»Das ist ja alles schön und gut, aber ich will mit dir etwas anderes besprechen«, sagte Herwig Fischbacher.

Rungaldier verzog seinen Mund. »Du willst wieder über die Seilbahn und die Skipisten sprechen, nicht wahr?«

»Wir müssen endlich die Rückständigkeit im Ort überwinden. Mit der Zeit gehen. Die Wirtschaft stärken. Der Naturpark Puez-Geisler ist ein gewaltiger Fehler, das lähmt jeden sinnvollen Ausbau. Wir brauchen die Seilbahn.«

Der Bürgermeister griff zu seinem Bierglas, nahm einen guten Schluck und wischte sich mit dem Handrücken die Lippen ab. »Bringen Hotel und Wirtshaus nicht genug Umsatz?«

Herwig Fischbacher wusste, dass sein Parteifreund und Bürgermeister Karl Rungaldier in Sachen wirtschaftlicher Weiterentwicklung der Gemeinde Villnöß ein Bremsklotz war. Rungaldier war viel zu konservativ in der Tradition des Südtiroler Bauerntums verhaftet, er zeigte kaum Sinn für weitblickende Investitionen. Die Seilbahn musste einfach gebaut werden, um Dorf und Tal voranzubringen. Die wertvollen Berghänge als Naturpark zu klassifizieren war Unsinn. Es war einfach der Zug der Zeit, die Menschen aus den Städten drängten mit ihren Autos immer ungestümer in die Berge und auf die Skipisten. Überall in den Tiroler Bergen diesseits und jenseits der Staatsgrenze wurden Seilbahnen gebaut und Pisten in die Wälder geschlagen. Wenn Villnöß jetzt nicht handelte, würde seine Heimatgemeinde hinter den anderen Bergdörfern zurückfallen.

»Wachse oder weiche«, sagte Herwig. »Das ist die einfache Devise. Wenn ich weiterhin mein Hotel betreiben und das erste Wirtshaus im Ort führen will, dann müssen wir in die Seilbahn investieren. Das geht nicht anders. Unser Kapital sind die Berge und der Schnee im Winter. Dieses Kapital müssen wir nutzen. Naturschutz ist schön und gut, darf aber niemals die wirtschaftliche Entwicklung bremsen. Das ist dir doch klar? Oder willst du, dass uns die Grödner endgültig abhängen?«

Die hübsche Kellnerin aus dem Süden servierte den beiden Männern die Teller mit Tiroler Gröstl. Rungaldier schaute ihr wohlwollend hinterher. Nach der Sonntagsmesse war viel Betrieb in der Dorfschenke, die Männer trafen sich zum Reden und Trinken, und Herwig hatte den Bürgermeister zum Essen eingeladen. Köstlicher Duft stieg von den üppig belegten Tellern empor.

»Hab eh schon Hunger«, sagte der Bürgermeister, griff zum Besteck, langte aber noch nicht zu, sondern schaute seinem Gastgeber unverwandt in die Augen. »Herwig, ich gebe dir ja recht, natürlich müssen wir in die Zukunft blicken. Aber der Naturpark wird kommen. Der Landeshauptmann will ihn, die Verbände wollen ihn und die Bürgerinitiative will den Naturpark erst recht.«

»Deswegen müssen wir schnell handeln und Fakten schaffen. Wenn ich heute die Baubewilligung bekomme, fahren morgen die Bagger.«

Der Bürgermeister zuckte mit den Schultern. »Das mit der Baubewilligung geht nicht so einfach.«

»Und warum nicht?«

»Dort, wo du die Pisten anlegen willst, liegen die Grundstücke von drei Bauern.«

»Und? Die Milch und das Fleisch kriegen wir weitaus billiger aus dem Flachland. Wozu brauchen wir da Bergbauern? Die Almen nur dem Vieh zu überlassen ist unwirtschaftlich. Wenn unsere Bauern Geld sehen, werden sie zugreifen.«

Die beiden begannen nun doch zu essen. »Der größte Teil der zukünftigen Piste würde auf der Alm und dem Wald vom Kofler Peter liegen«, sagte Rungaldier. »Der wird nicht verkaufen.«

»Ach, der Kofler Peter, den knöpfe ich mir schon vor. So wie in der Schule. Dass sich der so wichtigmacht, geht mir auf die Nerven. Ich dachte, dass er nach dem Tod seiner Frau abwirtschaftet. Sie hat doch die Zügel in der Hand gehalten und diese lächerliche Bürgerinitiative gegründet.«

»So wie es ausschaut, hat jetzt eine andere die Zügel in der Hand«, sagte Rungaldier mit einem Schmunzeln.

Herwig warf die Stirn in Falten. »Hör auf. Ich wusste nicht, dass er wieder geheiratet hat.«

»Vor einem Monat ist so eine Naturschützerin zu ihm auf den Hof gekommen. Die hilft ihm bei der Schreibarbeit für die Bürgerinitiative und arbeitet zusätzlich als Magd am Hof. Das ist nur eine Frage der Zeit, bis Peter sie heiratet. Es ist eigentlich ein Wunder, dass so ein fesches Mädchen als Magd arbeitet.«

Herwig zog die Augenbrauen hoch. »Fesch ist sie, sagst du?«

»Das ist ein Bild von einem Weib. Da ist alles an der richtigen Stelle. Und sie arbeitet für zwei. Wenn der Peter die nicht heiratet, ist er ein gottloser Depp und gehört bestraft. Dann lass ich mich scheiden und schleppe sie höchstpersönlich ins Standesamt.«

»Du machst mich neugierig. Warum habe ich das Mädel noch nicht gesehen?«

»Die kommt selten ins Dorf. Ich habe sie bei der Versammlung der Bürgerinitiative letzte Woche kennengelernt. Ein Prachtweib.«

Herwig kaute versonnen einen Happen Rindfleisch.

Er war heute wieder zufrieden mit den Kochkünsten in seinem Wirtshaus. »Ich glaube, ich werde dem Peter beizeiten einen Besuch abstatten.«

*

»Ist dein Vater zu Hause?«

Die neunjährige Magda erhob sich und schaute den Dorfwirt mit ihren großen Augen an, ohne dabei die Katze aufzuwecken, die in ihren Armen schlummerte.

»Nein. Er ist gleich in der Früh zu den Viechern auf die Dusler Alm hochgestiegen.«

Herwig verzog sein Gesicht. Ärgerlich, dass Kofler kein Telefon besaß, so war er auf gut Glück losgefahren. Diese rückständigen Bergbauern lebten wie in der Nachkriegszeit. Verflixte Zeitverschwendung. »Kannst du deinem Vater etwas ausrichten?«

»Natürlich.«

»Sag ihm, dass ich da war und ihn sprechen wollte. Ich komme in den nächsten Tagen wieder.«

»Ist gut.«

Erst jetzt entdeckte Herwig die Frau, die in einiger Entfernung zwischen den Obstbäumen das milde Wetter und den Sonnenschein nutzte, um Bettwäsche zum Trocknen aufzuhängen. »Ist das eure neue Magd?«

»Annamirl ist keine Magd. Und sie ist auch nicht neu. Sie wohnt schon einen Monat bei uns.«

»Keine Magd? Was ist sie sonst?«

»Sie ist meine Freundin«, sagte Magda und lief davon.

Herwig stemmte die Fäuste in die Hüften. Aus der Ferne beobachtete er die junge Frau. Sie hielt in ihrer Arbeit inne und blickte zu ihm herüber. Herwig hob grüßend seinen Hut und ging los. Das Fräulein musste er aus der Nähe sehen.

*

Herwig sah sie von Weitem. Annamirl saß mitten auf der Wiese und ließ sich die Sonne ins Gesicht und auf die nackte Haut scheinen. Sie hatte Hose und Bluse ausgezogen und war nur mit Unterwäsche bekleidet. Herwig duckte sich und kramte den Feldstecher aus dem Rucksack. Meine Güte, was für eine schöne Frau. Eine Weile bewunderte er sie aus der Ferne. Er musste sie besitzen, er musste bei ihr liegen, er musste einfach.

Seit er sie vor einer Woche am Koflerhof zum ersten Mal gesehen hatte, dachte er an nichts anderes. Warum durfte ein Mann von 45 Jahren nicht in eine Frau von 25 verliebt sein? Nur wegen ihr war er an diesem Sonntag nicht in die Kirche gegangen und stand nach der Messe nicht hinter der Theke am Zapfhahn. Er musste mit Annamirl alleine sein. Ganz alleine mit ihr, der Göttlichen, der Angebeteten.

Herwig schaute sich um. War irgendjemand zu sehen? Nein, weit und breit war keine Menschenseele auf der Alm. In der Ferne grasten Rinder. Das Wetter war klar und sonnig, noch war es in dieser Höhe morgendlich kühl, aber ein herrlicher Spätsommertag war angebrochen. Ideal für eine Bergtour. Wahrscheinlich würden später Wanderer bis hier heraufkommen, jetzt aber hatte er freie Bahn. Herwig packte den Feldstecher ein und schulterte den Rucksack. Er marschierte weiter den Weg empor.

»Grüß Gott!«, rief er, als er die Wiese erreichte.

Annamirl drehte erschrocken den Kopf. »Grüß Gott.« Sie schlüpfte schnell in ihre Bluse und Hose.

Herwig wartete schicklich in der Ferne, bis sie sich bekleidet hatte, dann ging er näher. »Entschuldige, Annamirl, dass ich dein Sonnenbad störe. Ich habe dich aus der Ferne gesehen und gleich gerufen.«

»Kein Problem.«

Herwig setzte sich zu ihr in die Wiese und holte seine Jause aus dem Rucksack. »Unser Tal ist ja wirklich prächtig. Im Alltag vergisst man oft, in was für einer wundervollen Gegend wir leben. Der Herrgott hat es gut mit uns gemeint. Darf ich dir ein bisschen Speck abschneiden?«

»Vielen Dank, Herr Fischbacher, ich habe selbst eine Jause dabei.«

»Verstehe. Du bist ja eine sehr erfahrene Bergwanderin, wie ich gehört habe. Du kommst regelmäßig hier auf die Alm. Hab ich recht?«

»Ja. Und Sie? Ist nicht am Sonntag nach der Messe Ihr Wirtshaus immer voll.«

Herwig zwinkerte Annamirl zu. »Das schon, aber heute müssen meine Leute mal ohne den Chef auskommen.«

»Sind Sie extra hier heraufgestiegen, um mich zu treffen?«

»Na freilich. Für dich, Annamirl, würde ich sogar die ganzen Alpen überqueren, nicht nur zur Glatschalm hochsteigen.«

Annamirl schaute sich um und schnürte ihre Schuhe.

»Bleib doch ein Weilchen, Annamirl. Lass uns reden.«

»Worüber wollen Sie reden?«

»Warum sagst du immer noch Sie? Ich habe dir doch das Du-Wort angeboten.«

»So gut kennen wir uns nicht, Herr Fischbacher.«

»Aber wir können uns kennenlernen. Du hast mir immer noch nicht gesagt, wann du mit mir in Trient zu Abend isst.«

»Doch, das habe ich klar und deutlich gesagt. Gar nicht.«

»Ich möchte dich ausführen, mit dir einkaufen gehen, dir etwas Schönes und Wertvolles schenken.«

»Ich brauche nicht viel. Schon gar nicht von Ihnen.«

Herwig kniff die Augen zusammen. »Was würdest du sagen, wenn ich meine Pläne für den Seilbahnbau aufgebe und mich für die Errichtung des Naturparks einsetze? Würdest du dann mit mir zu Abend essen?«

Annamirl erhob sich und schulterte ihren Rucksack. »Ich würde mich fragen, was Ihre Frau dazu sagt. Sie sind ein verheirateter Mann, Herr Fischbacher.«

Herwig winkte ab. »Ach, meine Frau. Ja, früher habe ich sie geliebt, geradezu angebetet, aber meine Frau ist kalt und abweisend, meine Ehe besteht seit Langem nur mehr auf dem Papier. Jutta liebt mich nicht mehr, das macht mich traurig und einsam. Aber mit dir, Annamirl, da würde ich wieder aufblühen, einen zweiten Frühling erleben. Gib mir eine Chance.«

»Auf Wiedersehen, Herr Fischbacher. Ich muss jetzt weiter.«

Herwig schaute ihr lange hinterher. Er schnitt ein Stück Speck ab und kaute es. Grüblerisch ließ er den Blick in die Ferne schweifen. Jutta zerstörte sein Leben, das war klar. Irgendetwas musste er sich einfallen lassen.

Oktober 1978

»Meine Güte, was soll denn das für ein Vorschlag sein? So ein Unsinn.«

Herwig schüttelte verneinend den Kopf. »Das ist kein Unsinn. Ich möchte unbedingt deine Meinung zum Standort für das neue Berghotel hören.«

»Und warum?«, fragte Jutta Fischbacher ihren Ehemann genervt.

»Weil du Sinn für Ästhetik und Architektur hast, weil du Stil besitzt und ich wissen muss, ob die Lage so reizvoll ist, dass dort zahlungskräftige Touristen ihren Urlaub verbringen werden.«

»Und deswegen soll ich unbedingt mit dir die Seceda hochsteigen?«

»Ja. Wir nehmen die Seilbahn von St. Ulrich und gehen zum Aussichtspunkt hinüber. Von dort können wir einen Rundgang machen und das gesamte Villnöß-tal überblicken. Ich nehme mein neues Fernglas mit und du suchst den besten Standort für das Hotel aus.«

Jutta verzog skeptisch ihren Mund. »Und muss das unbedingt an diesem Wochenende sein?«

»Das Wetter ist optimal für eine Bergtour. Es dauert nicht mehr lang und der Winter zieht ins Land. Früher haben wir auch Bergtouren unternommen.«

»Mir sind diese Wanderungen immer auf die Nerven gegangen. Um mich in Form zu halten, spiele ich lieber Tennis oder fahre zum Schwimmen ans Meer. Die Berge sind höchstens für Rinder und Steinböcke gut. Außerdem wollte ich am Wochenende nach Verona zum Einkaufen.«

»Nach Verona kannst du später fahren, die Boutiquen und Schmuckhändler laufen dir nicht fort, aber das Wetter kann bald umschlagen.«

Schon als junges Mädchen hatte Jutta gewusst, dass sie zu Höherem berufen war. Milchbäuerin? Landpomeranze? Niemals! Sie war von den eleganten Menschen in den neuesten Filmen aus Rom, Paris oder Hollywood fasziniert gewesen. Einige Zeit hatte sie mit dem Gedanken gespielt, aus Südtirol fortzugehen und Schauspielerin zu werden. Aus der Filmkarriere war zwar nichts geworden, aber immerhin hatte sie den Sohn des reichsten Mannes im Dorf geheiratet. Keine schlechte Wahl. Herwig war in jungen Jahren geradezu vernarrt in sie gewesen und hatte brav nach ihrer Pfeife getanzt. Jutta hatte Herwigs Vater bei manchen

Wochenendausflügen nach Mailand, Florenz oder ans Meer einen zweiten Frühling verschafft. Der Alte hatte ihr jeden Wunsch von den Augen abgelesen, Geld hatte keine Rolle gespielt. Ihr Schwiegervater war so freundlich gewesen, nach seinem Herzinfarkt das skandalöse Geheimnis mit ins Grab zu nehmen.

Nachdem Herwig das Hotel und Gasthaus übernommen und erstaunlichen Ehrgeiz entwickelt hatte, die Geschäfte zu modernisieren und auszuweiten, war es Jutta noch besser ergangen. Ihr Mann war mit seiner Arbeit beschäftigt und sie führte ein Leben, das ihrer würdig war. Ihre Garderobe war exquisit, ihre Schmucksammlung beachtlich, sie fuhr im Sommer ein feuerrotes Alfa-Romeo-Spider-Cabrio und im Winter einen weinroten Lancia Beta Coupé. Mit ihren Freundinnen besuchte sie die großen Modeschauen in Mailand und regelmäßig traf sie sich mit ihrem feschen Tennislehrer. Das Leben war perfekt.

Jutta überlegte. »Nun, das Berghotel ist natürlich ein wichtiges Projekt. Wenn du das baust, werden sich unsere Einkünfte erheblich verbessern.«

»Natürlich! Du hast die Wachstumsprognosen gelesen. Die Seilbahn, die Pisten und das Berghotel. Wir werden in Geld schwimmen.«

»Glaubst du wirklich, dass im Naturpark irgendetwas gebaut werden kann?«

»Da sind die letzten Worte nicht gesprochen. Du wirst sehen, bald rollen die Bagger. Und der Rubel rollt mit.«

Jutta nickte ihrem Ehemann zu. »Also gut, gehen wir am Wochenende ins Gebirge.«

*

Das gesamte Dorf hatte sich dem Trauerzug angeschlossen, mehr noch, aus der gesamten Region waren Hoteliers und Gastwirte zusammengekommen. So ein trauriger Anlass. Der Bürgermeister hielt eine bewegende Rede am offenen Grab der Fischbacherin. Ja, die Wirtsgattin war nicht bei allen Einwohnern beliebt gewesen, manche hatte ihre arrogante Art gestört, manche hatten sie für eitel und verschwendungssüchtig gehalten, aber die Fischbacherin war eine Hiesige, also fand man sich zu ihrer Beerdigung ein. Und dass sie die schönste Frau des Eisacktals samt aller Seitentäler gewesen war, konnte niemand bestreiten. Wie viele Männer hatten von einem Stelldichein mit der Fischbacherin geträumt? Unzählige. Und jetzt war sie tot. Mit 35 Jahren. Im besten Alter. So eine Tragödie.

Vor zehn Tagen hatte sich das Ehepaar Fischbacher zu einer Bergwanderung aufgemacht. Der Dorfwirt war ein Schatten seiner selbst. Alle wussten, dass er es mit seiner Frau nicht immer leicht gehabt hatte, aber er war halt in sie verliebt gewesen, und wahre Liebe kennt keine Bedingungen. Herwig Fischbacher bot am offenen Grab seiner Frau den Anblick eines Häufchens Elend. Ein gebrochener Mann.

Es war ein furchtbares Unglück. Die Fischbacherin

war beim nordseitigen Abbruch der Seceda ausgerutscht und mehr als 100 Meter in die Tiefe gestürzt. Die Bergretter hatten bei der mühsamen und gefährlichen Bergung ihren zerschmetterten Körper aus dem Geröllfeld geborgen.

Was für eine Misere.

April 1979

Es war ein Fieberwahn. Dass ihm so etwas widerfahren könnte, hatte er sich nicht einmal in seinen verrücktesten Träumen ausgemalt. Seit Wochen kam Herwig Fischbacher nicht zur Ruhe. Immerzu träumte er von diesen strahlend blauen Augen, den vollen Lippen, von ihrem schönen Haar. Wie konnte es eine so schöne junge Frau bei einem Versager wie Peter Kofler aushalten? Was fand sie an ihm? Morgen schon könnte sie als Schönheitskönigin auf den großen Bühnen für Furore sorgen, sie könnte Mannequin in Mailand werden, Karriere im Ausland machen, begehrt, geliebt, vergöttert würde ihr die ganze Welt zu Füßen liegen. Aber nein, Annamirl versauerte als Magd auf einem Bergbauernhof. Was für eine Verschwendung von Jugend und Schönheit! Er hatte ihr einen gut bezahlten Posten in seinem Hotel angeboten, er hatte ihr einen Mercedes schenken wollen, er hatte ihr allen Luxus der Welt versprochen, wenn sie zu ihm ziehen würde. Sie hatte alle Angebote ausgeschlagen. Den gesamten Winter über hatte sich sein Zustand zusehends verschlechtert, seine Geschäfte begannen, wegen seiner Zerstreutheit Schaden zu nehmen. Er litt furchtbare Qualen. Und hörte Stimmen. Das war beunruhigend. Herwig wusste, was ihm helfen würde. Er wusste es nur zu genau. Deshalb hatte er einen Plan geschmiedet.

Er wartete ungeduldig.

Jetzt, im Frühling, ging Annamirl wieder in die Berge. Er spekulierte, dass sie an diesem Samstag zur Glatschalm hochsteigen würde. Auf dem halben Weg würde er sie abpassen.

Da kam sie schon. Sie ließ ein Waldstück hinter sich und marschierte auf die Wegkehre zu, oberhalb derer er sich postiert hatte.

Herwig schlug zu. Der Schmerz trieb ihm die Tränen in die Augen. Er verbiss den Schrei. Annamirl kam um die Kehre und entdeckte ihn. Herwig winkte mit schmerzverzerrtem Gesicht. Annamirl eilte los.

»Herr Fischbacher, ist etwas geschehen?«

»Ja. Ich bin ausgerutscht und habe mir den Knöchel angeschlagen.«

»Können Sie aufstehen?«

»Ja, aber mit dem Auftreten tu ich mir schwer. Das schmerzt höllisch.«

Annamirl kniete sich zu Herwig und fasste nach seinem linken Fuß. »Sind Sie mit dem Knöchel gegen einen Stein gestoßen?«

»Ja.«

»Der Knöchel wird wahrscheinlich weiter anschwellen. Am besten, man legt einen kalten Umschlag auf.«

Er versuchte aufzustehen und ächzte. Herwig war zufrieden, der Schlag mit dem Stein war nicht zu schwach, aber nicht zu stark ausgefallen. Gerade richtig.

»Annamirl, wäre es möglich, dass du mir einen kräftigen Stock suchst? Dann könnte ich mich stützen und zum Auto gehen. Der Wagen steht unten bei der Zanser Alm.«

»Der schwarze?«

»Ja, mein Mercedes.«

»Ich begleite Sie.«

»Das kann ich nicht von dir verlangen, Annamirl. Du willst bestimmt deine Bergwanderung fortsetzen. Obwohl das Wetter heute nicht wirklich einladend ist.«

Annamirl winkte ab. »Ich kann ja nächste Woche wieder in die Berge gehen. Sie brauchen Hilfe.«

»Du bist ein Juwel, Annamirl.«

*

Peter schaute zum Fenster hinaus in die Dunkelheit. Wo blieb sie nur? Er hatte ihre Rückkehr von der Bergwanderung wie üblich vor Sonnenuntergang erwartet. Manchmal begleitete er Annamirl zu ihren Touren, wenn auf dem Hof wenig zu tun war. Sie liebte die Berge, das klare Wasser der Quellen und die gute Luft. Wer seine Heimat wirklich liebe, so lautete ihr Credo, der schütze die Natur vor der Gier der Menschen.

Im Scherz hatte er sie abwechselnd einen weiblichen Waldgeist oder eine Berghexe genannt, aber am häufigsten bezeichnete er sie als Salige. Mit solchen Beschreibungen entlockte er ihr immer wieder Gelächter. Monika, seine geliebte Frau, hätte es bestimmt gewollt, dass er nach einem Jahr der Trauer wieder das Leben eines Mannes führte.

Seit Annamirl auf dem Hof aufgetaucht war und er sie eine Salige genannt hatte, sammelte er alle Geschichten über diese Sagengestalten der Alpen. So war über die Monate eine hübsche Sammlung zusammengekommen. Der Grundtenor aller Geschichten besagte, dass die Saligen den Lärm mieden und den stillen Menschen, die sich an ihre Versprechen hielten, Glück und Segen brachten, dass sie aber sofort und unwiderruflich gingen, wenn die Versprechen gebrochen wurden.

Glück und Segen hatte Annamirl auf den Hof gebracht. Auch die Kinder verstanden sich prächtig mit ihr. Nur wo blieb sie? War ihr etwas zugestoßen? Annamirl kletterte nicht in die Steilwände, sie war Wanderin, das war weitaus weniger gefährlich, und sie war sehr trittsicher. Aber passieren konnte immer etwas.

Peter ging vor das Haus und schaute sich um. Er war beunruhigt.

*

Herwig Fischbacher lief im Wohnzimmer auf und ab. Er war außer sich. Was hatte ihn nur geritten? Eine Wahnsinnstat. Er würde sich noch um Kopf und Kragen bringen. Aber er konnte nicht anders. Auf dem Plattenspieler drehte sich eine Langspielplatte, Rockmusik, fast auf voller Lautstärke. Das brauchte er. Die Musik putschte ihn auf. Herwig griff zum Glas und kippte den Weinbrand in sich hinein. Sein Lebenselixier. Zuletzt hatte er häufig zum Glas gegriffen. Der Weinbrand besserte seine Stimmung, zumindest abends. Morgens am nächsten Tag war es dann immer eine Tortur, aus dem Bett zu steigen.

Nach dem Tod seiner Frau im letzten Herbst hatte er zwei Tage lang ohne Unterbrechungen gearbeitet, um Juttas Spuren zu verwischen. Ihre immense Kleider- und Schuhsammlung hatte er in Kartons gepackt und in die Scheune gestellt, zahlreiche Möbelstücke, die sie mit seinem Geld gekauft hatte, hatte er ebenfalls in die Scheune geräumt. Alles, was an seine Frau erinnerte, musste raus. Er brauchte Platz für sich und sein neues Leben.

Herwig trat an den Plattenspieler und schaltete das Gerät aus. Er musste Annamirl sehen. Jetzt. Für immer. Es lief auf Mitternacht zu. Er konnte nicht mehr länger warten, also stieg er die Treppe in den Keller hinab und trat vor die Tür der Kammer, in der sie sich befand. Als er sie heute Vormittag auf der Alm überwältigt, gefesselt und in den Kofferraum seines Autos verfrachtet hatte, war sie völlig überrumpelt gewesen und hatte kaum Widerstand geleistet. Ein Volltreffer. Auch als er sie von der Garage direkt in die Kellerkammer befördert hatte, hatte sie sich nicht gewehrt. Kein Geschrei, kein Gejammer, kein Geheul. War das nicht ein Zeichen, dass sie in Wahrheit mit allem einverstanden war, dass die Drohung mit der Pistole gar nicht nötig gewesen wäre? Herwig glaubte fest daran. Endlich gehörte sie ihm. Die schöne Annamirl. Sie würde immer bei ihm sein. Wie sehr er sie liebte und begehrte, sich nach ihr verzehrte.

Herwig schloss die Kammertür auf und schaltete das Licht ein. Annamirl lag auf dem Bett, an Händen und Füßen gefesselt, in ihrem Mund steckte ein zum Knebel umfunktioniertes Taschentuch. Sie blickte ihn an, als er sich neben sie kniete.

»Bitte, Geliebte, schrei nicht.« Er befreite sie vom Knebel.

Annamirl schrie nicht.

»Bist du durstig?«

Annamirl nickte.

Herwig hob sanft ihren Kopf und führte ein Wasserglas an ihre Lippen. Nachdem sie getrunken hatte, stellte er es ab. Schwer atmend strich er über ihren makellosen Körper. Er begann, ihre Weste aufzuknöpfen.

»Machen Sie das nicht, Herr Fischbacher. Bitte. Das ist ein Verbrechen.«

»Ein Verbrechen wäre es, dich nicht zu begehren.«

»Sie machen mir Angst.«

»Du brauchst keine Angst zu haben, ich bin gut zu dir. Ich liebe dich.«

»Sie sind verrückt.«

»Verrückt nach dir.« Herwig schaute über seine Schulter hinter sich und brüllte: »Hör auf, mir reinzureden! Ich weiß genau, was ich mache.«

Annamirl erschrak. Mit wem sprach er da? Niemand sonst war in der muffigen Kellerkammer. Sie verstand. »Hören Sie Stimmen, Herr Fischbacher?«

Herwig war sichtlich zerstreut. »Was fragst du da?«

»Geht es Ihnen gut?«

»Nein. Die Nervensäge lässt nicht locker. Ständig quatscht sie mir dazwischen. Halt endlich die Luft an, du blöde Kuh!«

»Spricht Ihre Frau mit Ihnen, Herr Fischbacher?«

»So ein Trampel. Sie geht mir auf die Nerven.«

»Ist sie zu einem Geist geworden?«

Herwig raufte sich die Haare. »Seit ich sie in den Abgrund gestoßen habe, flüstert sie mir ins Ohr. Aber das hat heute ein Ende, denn jetzt bist du ja bei mir, Annamirl. Endlich können wir zusammen sein. Dann wird alles gut.«

»Sie haben Ihre Frau in den Abgrund gestoßen?«

»Ich würde es wieder tun. Selbst wenn ich wüsste, dass sie mich verfolgt.«

Annamirl überlegte fieberhaft. Sie war überrascht, wie klar und deutlich ihre Gedanken in dieser Ausnahmesituation waren. »Ich muss auf die Toilette.«

»Jetzt auf einmal?«

»Nein, schon seit einer halben Stunde.«

»Verflixt, ich habe gar nicht daran gedacht, dass das nötig sein wird.«

»Ich bin kein Geist, ich habe einfache menschliche Bedürfnisse.«

Herwig wiegte den Kopf. »Na gut, ich führe dich

zur Toilette.« Er löste die Seile, mit denen er sie an den Bettrahmen gebunden hatte.

*

Zwei Polizisten sicherten die Straße, vier Mann den Garten, der Commissario und sein Adjutant näherten sich der Haustür. Als die junge Frau völlig außer Atem und mit echter Angst in den Augen auf der Dienststelle der Gemeindepolizei erschienen war, hatte niemand daran geglaubt, dass sie verwirrten Unsinn erzählte. Allen im Dorf war die Veränderung des Wirtes aufgefallen. Einige seiner Angestellten hatten im Winter gekündigt und sich andere Arbeitgeber gesucht, die, die geblieben waren, konnten den Verfall der Geschäfte kaum bremsen. Herwig Fischbacher schien der Verlust seiner Frau schwer zuzusetzen, manche hatten schon geflüstert, dass er bald ärztliche Hilfe benötigen würde. Und dann kam die junge Frau in die Dienststelle gestürmt, diese Umweltschützerin aus Bozen. Viele im Dorf hatten sich gefreut, dass der beliebte Peter Kofler nach seinem tragischen Verlust ein neues Glück gefunden hatte. Ja, das Fräulein Annamirl hatte sich in den Monaten ihrer Anwesenheit in Villnöß einige Freunde gemacht. Warum sollte sie bizarre Lügen und Anschuldigungen gegen Herwig Fischbacher vorbringen?

Der Dorfwirt habe sie mit einer Waffe bedroht, gefesselt und in sein Haus gebracht, dort habe er sie im Keller eingesperrt, weil er sich an ihr vergehen wolle. Sie sei aber aus dem Toilettenfenster geklettert und fortgelaufen, auf direktem Weg hierher zur Dienststelle. Der Dorfwirt sei gefährlich, er sei verrückt geworden, weil er seine Frau im letzten Herbst in den Abgrund gestoßen habe. Seither höre er Stimmen.

Der diensthabende Wachmann hatte das Fräulein Annamirl mit gutem Zureden und einer Tasse Kräutertee beruhigen können, dann hatte er den Commissario angerufen. Dieser war gleich mit seinem Adjutanten ins Auto gestiegen und nach Villnöß gefahren.

Der Commissario betätigte die Klingel und wartete.

Niemand öffnete, obwohl Lichter im Haus brannten.

Er klingelte ein zweites Mal. Nichts tat sich.

Einer der uniformierten Polizisten kam auf die beiden Kriminalisten zu.

»Commissario?«

»Haben Sie etwas entdeckt?«

»Fischbachers Mercedes ist nicht da. Das Garagentor steht offen und in der Gegend haben wir das Auto auch nicht entdeckt.«

»Danke für die Meldung«, sagte der Commissario und drückte die Klinke nach unten. Die Tür war nicht versperrt.

*

Der Fiat Seicento hielt vor dem Bahnhof in Klausen. Peter zog den Zündschlüssel ab und schaute zu Annamirl hinüber. »Noch eine Viertelstunde, bis der Zug abfährt.«

Sie erwiderte seinen Blick. »Danke, dass du mich gefahren hast.«

»Das ist doch selbstverständlich.«

»Mir hat es fast das Herz zerrissen, als Magda geweint hat.«

»Dafür war Sofia sehr tapfer.«

»Ja, das war sie. Die Kinder werden mir fehlen.«

»Du wirst mir fehlen.«

»Bist du traurig?«

Peter wiegte den Kopf. »Natürlich. Aber ich denke mir, es muss sein. Du hast dich entschieden, zurück nach Bozen zu gehen, um Abstand zu gewinnen, also ist es das Richtige.«

»Du bist so verständnisvoll.«

»Was würde es mir bringen, ein Sturkopf und Narr zu sein?«

Annamirl drückte Peters Hand. »Ich werde dich vermissen.«

Er strich sich durch seinen Bart. »Der Hof rennt nicht fort, das Villnößtal wird auch nächstes Jahr noch an Ort und Stelle sein. Und den Weg vom Bahnhof hinauf zu mir kennst du ja. Du wirst immer eine offene Tür vorfinden.«

Annamirl nickte lächelnd, doch dann schaute sie mit ernster Miene durch die Windschutzscheibe. »Mir sitzt die Entführung noch sehr in den Knochen. Und dieser Blick des Dorfwirts. Gefährlich. Vom Wahnsinn entstellt. Beängstigend. Was für ein Glück, dass ich rechtzeitig fortlaufen konnte. Nicht auszudenken, wenn …«

Jetzt griff Peter nach Annamirls Hand und drückte sie. »Denk nicht daran. Der Herwig hat sich an der Stelle, wo er seine Frau in den Abgrund gestoßen hat, selbst in den Tod gestürzt. Es ist vorbei. Die Toten haben ihre Ruhe, die Lebendigen aber müssen den morgigen Tag bestehen.«

Annamirl seufzte. »Da hast du recht, Peter. Morgen ist auch noch ein Tag.«

Er zwinkerte ihr verschmitzt zu. »Und ich kenne ja die Geschichten über euch salige Frauen. Ihr kommt, wann ihr wollt, und geht, wann ihr wollt. Den Gerechten bringt ihr Glück und Segen, den Ungerechten Verderben. So ist das zauberhafte Frauenvolk aus den Bergen.«

06 HEXENNACHT MIT SCHUSS

VON SIGRID NEUREITER

Wer einmal in den Naturparkgemeinden Kastelruth, Seis oder Völs am Schlern war, ist ihnen mit Sicherheit begegnet: Puppen in bunten Kitteln, mal verschmitzt, mal grimmig dreinblickend, stets auf einem Besen reitend und mit einem spitzen schwarzen Hut auf dem Kopf. Sie sind in Schaufenstern ebenso zu finden wie in Hotellobbys, zieren so manche Gaststube und werden in Souvenirshops als Urlaubsmitbringsel feilgeboten. Die Rede ist von den Schlernhexen, Sagenfiguren aus zahlreichen Legenden, die sich um die Gebirgsmassive Schlern und Rosengarten nördlich der Südtiroler Landeshauptstadt Bozen ranken.

Die Fabelwesen, teils bösartig und durchtrieben, teils gutmütig und kinderfreundlich beschrieben, sind fixer Bestandteil der touristischen Vermarktung der Gegend. So finden im Juli und August in den Schlerngemeinden die sogenannten Hexennächte statt. Dabei handelt es sich um lange Einkaufsabende mit Shoppingmöglichkeiten, Musik und fröhlichem Treiben im gesamten Ort. Zu diesem Anlass verkleiden sich viele einheimi-

sche Frauen als Hexen, schminken sich das Gesicht mit magischen Zeichen, und auch die Touristinnen kommen – nach Abgabe eines entsprechenden Obolus – in den Genuss einer solchen Verwandlung.

*

»Wow. Isch des geil.« Andrea hält eine Plastikkröte in der Hand und blickt das Tier verzückt an. Dani schnappt sich einen Reisigbesen, klemmt ihn zwischen die Beine und kreischt: »I bin a Hex, i bin a Hex.«

Schon eilt eine Frau im Flickenkostüm herbei. »Wollts ihr richtige Schlernhexen sein?«, fragt sie und fügt geschäftig hinzu: »Kostet fünf Euro pro Person, inklusive Hexendrink, damit ihr in Stimmung kemmts.«

»Cool. Des mache mir!«, rufen die beiden wie aus einem Mund. »Komm, Jenny«, fordern sie ihre Begleiterin auf, die bisher stumm daneben gestanden ist. »Du musch au mitmache.« Andrea zückt ihre Geldbörse, entnimmt ihr einen Zehn- und einen Fünfeuroschein und sagt zu der Frau: »Dreimol bitte. Und jetzt servieret Sie uns glei die Drinks.«

Andrea hat kaum zu Ende gesprochen, da kommt eine weitere Verkleidete mit wirren Haaren und einer aufgeklebten Warze im Gesicht auf die Freundinnen zu und drückt ihnen je einen Pappbecher in die Hand. »Wohl bekomm's. Lassts es enk schmecken«, wünscht die Einheimische.

Dani und Andrea prosten zuerst einander und dann Jenny zu. »Cheers. Heut lasse mir's krache«, erklären sie unisono und nehmen je einen kräftigen Schluck. Gleich darauf verziehen sie die Gesichter.

»Brr«, meint Dani.

Andrea sekundiert: »Des hat's in sich.«

Die beiden schütteln sich, stoßen erneut an und setzen die Becher an ihre Lippen.

Währenddessen beäugt Jenny Sommer skeptisch die blutrote Flüssigkeit, von der ein scharfer Geruch ausgeht und ihr in die Nase steigt. Im Gegensatz zu ihren Begleiterinnen, die aus dem Schwabenländle angereist sind, lebt sie bereits seit einiger Zeit in Südtirol, kennt die heimischen Bräuche und weiß, dass in dem Hexendrink ein ordentlicher Schuss Schnaps drin ist.

»Jetzt sei koi Spaßverderberin. Trink a Schlückle«, meint Andrea und Dani nickt bekräftigend.

Jenny nimmt einen tiefen Atemzug. Eigentlich hat sie so gar keine Lust, sich dem fröhlichen Treiben anzuschließen. Gestern hat sie mit ihrem Freund Lenz Hofer gestritten. Nach einer unruhigen Nacht, in der sie sich hin und her gewälzt hatte, ist sie mit einem Hexenschuss im Genick aufgewacht. Ausgerechnet an dem Tag, an dem ihre Freundinnen aus Baden-Württemberg ankommen würden, um ihre Ferien in der Schlerngemeinde Kastelruth zu verbringen. Nolens volens hat Jenny ein starkes Schmerzmittel geschluckt, Andrea und Dani mit dem Auto vom Bahnhof abgeholt und sie in ihr Feriendomizil gebracht. Zu einer Aussprache mit Lenz ist keine Zeit mehr gewesen. Da Jenny, um nicht täglich zwischen ihrer Wohnung in Bozen und Kastelruth hin- und herfahren zu müssen, ebenfalls ein Zimmer im Ort gebucht hat, wird es in den nächsten Tagen zu keiner Versöhnung mit ihrem Freund kommen.

Jenny zuckt mit den Schultern. »Was soll's?«, spricht sie sich selbst Mut zu und kippt das Gebräu entschlossen hinunter. Das Brennen in der Kehle ignoriert sie ebenso wie das flaue Gefühl, das sich gleich darauf in ihrem Magen ausbreitet. Kurz denkt sie daran, dass sie seit dem Frühstück nichts mehr gegessen hat. Sie und ihre Freundinnen sind gerade auf dem Weg in ein Gasthaus gewesen, wo sie sich stärken wollten. Daraus wird nun nichts. Denn Andrea und Dani haben sich auf die Stühle gesetzt, die auf dem Platz im Freien stehen. Die Dorffrauen beginnen ihr Werk. Eifrig wird mit Kohlestiften auf den Gesichtern der Freundinnen herumgemalt, Kopftücher werden umgebunden und schließlich bekommen beide einen Reisigbesen in die Hand gedrückt.

»Jetzt bisch du dran«, sagt Andrea, springt von ihrem Sessel auf, fuchtelt mit ihrem Besen herum und zeigt schließlich mit dem Stiel auf Jenny.

Dani ist eben fertig geworden, erhebt sich und weist einladend auf den Stuhl, auf dem sie gerade gesessen hat.

»Zwei Hexen reichen«, versucht Jenny sich aus der Affäre zu ziehen. Ihr Magen knurrt und sie ist nicht in der Stimmung, sich dem Verwandlungsritual zu unterziehen.

»Noi, kommt ned infrage«, insistiert Andrea energisch. »Mir habet scho für di zahlt. Du kannsch di jetzt ned drücke.«

Jenny verdreht die Augen und schaut zum Himmel. Ziehen da nicht dunkle Wolken auf? Tatsächlich, denkt sie. Im selben Moment zuckt ein Blitz, es donnert und erste Regentropfen ergießen sich auf den Platz. Hektisch räumen die Frauen ihre Utensilien zusammen, die drei Freundinnen stehen ratlos herum.

»Kommts mit, kommts mit.« Die Einheimische mit den wilden Haaren und der falschen Warze eilt auf die Frauen zu, nimmt Jenny bei der Hand und zieht sie ins Innere des Gebäudes. Ihr bleibt gerade noch Zeit, einen Blick über die Schulter zu werfen und sich zu vergewissern, dass Dani und Andrea hinterherkommen.

*

»Wo hast du dich dem Teufel versprochen? In welcher Gestalt hat er sich dir gezeigt? Wie oft hast du mit ihm verkehrt?« Die donnernde Stimme reißt Jenny aus ihren Gedanken. Eben war sie froh, dem Gewitter entkommen zu sein. Wo ist sie hier gelandet? Und wo sind ihre Freundinnen?

Suchend bewegt Jenny den Kopf. Ein heftiger Schmerz durchzuckt sie. »Der Hexenschuss«, denkt sie und kommt zu dem Schluss, dass die Wirkung der Tabletten nachgelassen habe. Sie hält in der Bewegung inne. Das unangenehme Gefühl in ihrem Nacken bleibt, breitet sich sogar aus. Es zieht vom Hals über die Schultern bis hinunter zu den Handgelenken. Ihre Hände fühlen sich ganz taub an.

Jenny blickt an sich herab und erstarrt. Sie kann ihre Arme nicht sehen. Jetzt bemerkt sie, dass ihre Handgelenke straff am Rücken gefesselt sind. Sie versucht, sie zu bewegen, da schneidet der Strick beißend in ihr Fleisch. Jenny schreit auf.

»Dir gefällt's wohl, wenn du an den Teufel denkst. Hat er dich aufstöhnen lassen vor Lust, der Antichrist?« Der Mann, der zu Jenny spricht, lacht höhnisch. Ein Gesicht beugt sich über sie, das sie noch nie in ihrem Leben gesehen hat. Akkurate Stirnfransen und kinnlange Haare umrahmen ein hartes, von scharfen Falten durchfurchtes Antlitz. Ein Augenpaar sieht auf sie herab, so stechend, als wolle der Fremde sie mit Blicken durchbohren.

Ein fauliger Geruch entströmt seinem Mund. »Erzähl uns, was du getrieben hast. Gib es zu, dass du mit dem Teufel im Bunde bist, und deine Qualen werden ein Ende haben. Wenn du weiter leugnest …«

Ehe der Mann seine Drohung zu Ende bringen kann, erhebt sich ein anderer von einem großen rechteckigen Holztisch, an dem mehrere Gestalten in seltsam altmodischen Kleidern sitzen. Sie tragen Kniehosen, Wämser und ausladende Hüte, teils mit Federn geschmückt.

Nun nimmt Jenny ihre Umgebung wahr. Es ist ein düsterer Raum mit Wänden aus rohem Stein. Durch ein schmales Fenster direkt unterhalb der Decke dringt etwas Tageslicht. Die Öffnung hat keine Scheiben, nur Gitterstäbe. Ihr Blick wandert auf den Boden. Auch er ist aus Stein. Sie steht mit bloßen Füßen darauf und trägt ein wadenlanges Hemd aus einem festen, kratzigen Stoff.

»Wo bin ich?«, stammelt sie und erntet hämisches Lachen.

»Tu nicht so, als ob du's nicht wüsstest, verfluchtes Weib. Uns täuschst du nicht. Wir wissen um deine Verbrechen und machen dir jetzt den Prozess. Hier auf Schloss Prösels, wie es das Gesetz vorsieht«, sagt der Mann, der sich zuvor vom Tisch erhoben hat.

Schloss Prösels? Jenny kennt die mittelalterliche Burg, die hoch auf einem Felsen über Völs am Schlern thront. Hier ermittelte sie vor Jahren mit Lenz in einem Mordfall, sehr zum Ärger des leitenden Kommissars, der sich vehement gegen ihre Einmischung gewehrt hat. Doch damals hat es hier ganz anders ausgesehen. Die Wände waren verputzt, die Räume mit Möbeln dekoriert. Und in den Fenstern waren Scheiben …

»Hör zu, Weib. Wir verlesen jetzt die Anklageschrift, wie es vorgeschrieben ist. Eines sage ich dir gleich: Leugnen nützt dir nichts, denn wir haben Zeugen.« Der Mann, der dem anderen Einhalt geboten hat, ist dicht zu ihr getreten und spricht mit leiser, aber umso bedrohlicherer Stimme auf sie ein.

Jenny sieht zu ihm auf. Er kommt ihr seltsam vertraut vor. Im Gegensatz zu den anderen im Raum trägt er weder einen Hut noch hat er sein Haar glatt gescheitelt und gekämmt. Es ist zu Zöpfen geflochten, die wirr ineinander verknotet oder nachlässig hochgesteckt sind. Alles in allem erinnert seine Frisur an ein Vogelnest, wie sie es vor Kurzem bei einer der Frauen auf dem Dorfplatz gesehen hat, die sich als Hexen verkleidet haben. Und ebenso wie diese hat der Mann eine Warze im Gesicht.

»Was starrst du mich so an?«, geifert er jetzt.

»Nimm dich in Acht vor dem bösen Blick«, dröhnt ein anderer vom Tisch her. »Sonst verhext sie dich wie die Kuh vom Mair Hans. Die gibt jetzt keine Milch mehr.«

Jennys Inquisitor – das muss er sein, so wie er sich gebärdet – wendet sich dem Sprecher zu. »Die Kuh vom Mair Hans ist unser geringstes Problem. Die ist alt und macht's sowieso nicht mehr lang. Das Weib hier«, der Warzige beugt sich zu Jenny herab, »hat viel schlimmere Gräueltaten begangen. Damit wir dir einen ordentlichen Prozess machen können, verlese ich jetzt die Anklageschrift.«

Mit diesen Worten richtet er sich auf und entrollt ein Pergament, das ihm ein anderer in die Hand gedrückt hat.

»Ich, Richter Berchtold von Lafay, beschuldige dich, Anna Jobstin, einen Hexenflug auf den Schlern angeführt zu haben. Dort haben du und andere Völser Weiber einen Hexensabbat gefeiert und einen Pakt mit dem Teufel geschlossen, indem ihr euch ihm hingegeben habt. Außerdem …«

Der Richter macht eine Kunstpause, beugt sich näher über seine Schriftrolle und kneift die Augen zusammen, als könne er selbst nicht glauben, was da geschrieben steht. Die versammelten Männer am Tisch starren mit offenem Mund auf den Ankläger.

»Außerdem«, fährt er mit triumphierender Stimme fort, »wurdest du dabei beobachtet, wie du den Leib des Herrn aus deinem Mund genommen und in einen Topf gelegt hast, in dem eine Kröte kochte. Dann grubst du das Behältnis in der Erde im Stall ein, auf dass ein Pulver entstünde, um damit Menschen und Tieren Schaden zuzufügen.«

Wie bitte?, fragt sich Jenny. Beinahe hätte sie laut aufgelacht über derart hanebüchenen Unsinn. Sie beherrscht sich. Das hier scheint alles andere als ein Scherz zu sein. Sie kann es sich allerdings nicht verkneifen, ihre Mundwinkel verächtlich herabzuziehen.

Dem Mann ist ihre Grimasse nicht verborgen geblieben. »Ha, Jobstin!«, fährt er sie an. »Jetzt zeigst du dein wahres Gesicht. Du glaubst, du kannst dich über uns gute Christen erheben. Aber hier nützen dir deine Hexenkünste nichts. Hier stehst du unter dem Bann des Herrn.«

Zur Bestätigung seiner Worte zieht er etwas aus seinem Umhang und hält es Jenny entgegen. Zuerst denkt sie, es sei ein Kreuz. Dem ist nicht so. Vielmehr handelt es sich um einen Gegenstand aus Metall, in dessen Mitte sich eine Drehschraube befindet.

»Schau dir das gut an, Jobstin. Damit du nachher nicht behaupten kannst, wir hätten dir die Instrumente nicht gezeigt.« Er wendet sich den Männern am Tisch zu. »Das ist ein ordentliches Verfahren. Ihr, die Geschworenen, könnt das bezeugen«, sagt er mit einem drohenden Unterton in der Stimme.

»Ordentliches Verfahren, jawoll«, murmeln die Männer, die der Richter Geschworene genannt hat.

Jetzt winkt er einen herbei, der nicht am Tisch sitzt, sondern abseits steht. Es ist derjenige mit dem zerfurchten Gesicht und den stechenden Augen, der Jenny gleich zu Beginn beschuldigt hat. Der Richter drückt ihm die Konstruktion aus Metall in die Hand.

»Henker, erkläre du ihr, was das ist«, befiehlt er.

Zuerst Geschworene, jetzt ein Henker? Jenny kann es nicht fassen. Einmal mehr fragt sie sich, wo sie da hineingeraten ist. Ehe sie einen weiteren Gedanken fassen kann, tritt der Angesprochene auf sie zu und hält ihr das Ding hin, das Ähnlichkeit mit einem Küchengerät aus Großmutters Zeiten hat. Jenny kann sich beim besten Willen nicht vorstellen, wozu es gut sein soll. Zum Nüsseknacken?

»Das sind Daumenschrauben, Jobstin«, herrscht der Henker sie an. »Da kommen deine Finger hinein und werden so lange gequetscht, bis du dich deiner Sünden besinnst und sie eingestehst.« Er zieht einen Schemel heran und stößt Jenny darauf mit solcher Wucht nieder, dass sie beinahe hintenüberfällt.

Nur mit Mühe gelingt es ihr, das Gleichgewicht zu halten. Dies ist umso schwieriger, da ihre Hände gefesselt sind und sie sich nicht damit abstützen kann.

Jetzt tritt er hinter sie und beginnt am Strick zu hantieren, der erneut in ihre Gelenke schneidet.

»Halt!«, gebietet der Richter und tritt einen Schritt näher. »Du musst ihr zuerst die anderen Instrumente zeigen. Wenn sie weiter leugnet, beginnen wir mit dem Verhör.«

Welches Verhör?, wundert sich Jenny, hat sie doch den Eindruck, als würde sie schon die ganze Zeit verhört. Allerdings, wenn sie es recht bedenkt, hat man ihr bisher nur Beschuldigungen an den Kopf geworfen, sie aber keineswegs zu Wort kommen lassen. Sie hätte gar nicht gewusst, was sie auf die haarsträubenden Vorwürfe hätte antworten sollen. Keinem Menschen würde heutzutage so etwas in den Sinn kommen.

Heutzutage ... Mit einem Mal wird Jenny bewusst, dass sie sich nicht im Hier und Jetzt befinden kann. Erneut mustert sie die Umgebung: die Wände aus rohem Stein, das scheibenlose, vergitterte Fenster und die Menschen in ihrer altmodischen Kleidung. Und da ist sie selbst, barfuß im Büßergewand. Das Seltsamste ist jedoch, und erst jetzt wird sie sich dessen gewahr, der Name, mit dem sie angesprochen wird: Jobstin.

Schnatternde Laute reißen Jenny aus ihren Überlegungen. »Ha noi, wo simmer denn do neig'rate?«, vernimmt sie eine Stimme, die sie an ihre Freundin Andrea erinnert.

»In den Weinkeller«, sagt eine zweite Stimme, die nach Dani klingt. Ein Kichern folgt. Dann herrscht Stille.

Waren das tatsächlich ihre Freundinnen oder hat sie es sich nur eingebildet?, fragt sich Jenny. Trotz ihrer misslichen Lage, gefesselt auf dem Schemel sitzend, versucht sie, sich in die Richtung zu wenden, aus der sie Dani und Andrea gehört zu haben glaubt. Da fordert der Henker ihre Aufmerksamkeit ein.

»Die Schnur kann ich der Jobstin nicht zeigen. Sie ist ja damit gefesselt. Aber ich könnt ein wenig daran ziehen.« Beifall heischend schaut der Peiniger den Richter an.

»Untersteh dich«, gebietet der und richtet seine Augen mit einem gefährlichen Glitzern an Jenny. »Ich erkläre es dir, Jobstin. Der Strick, mit dem du gefesselt bist, heißt ›kluge Schnur‹. Der Henker kann sie so fest binden, dass sie dein Fleisch bis auf die bloßen Knochen durchdringt. Möchtest du das, Weib?«

Jenny schaut zu dem Mann empor. Wortlos schüttelt sie den Kopf.

»Du möchtest das nicht? Willst nicht die Schmerzen am eigenen Leib spüren, die du anderen zugefügt hast? Die kleinen Kinder, die du aus dem Mutterleib gerissen und beim Hexensabbat verspeist hast. Meinst du, die haben nicht gelitten?« Berchtold von Lafay, der bisher so beherrscht gewirkt hat, redet sich in Rage. Er spuckt vor Jenny aus. »Henker«, befiehlt er, »zeig der Unseligen das dritte Instrument.«

Auf dem Gesicht des Scharfrichters zeichnet sich ein höchst zufriedener Ausdruck ab. Fehlt nur, dass er sich die Hände reibt, denkt Jenny. Doch die sind damit beschäftigt, an einem Seil zu zerren, das von der Decke hängt.

»Schau's dir gut an, Jobstin«, sagt er in schmeichlerischem Ton. »Daran hängen wir dich an den Händen auf und lassen dich baumeln. So lange, bis dir einfällt, was du bisher leugnest.« Beinahe liebevoll lässt er den Strick durch seine Finger gleiten, bevor er fortfährt: »Wenn du uns dazu zwingst, hängen wir Gewichte an deine Füße. Das bekommt nicht einem jeden. Neulich hat's einem das Bein weggerissen. Und das war ein ausgewachsener Mann, nicht so ein Zniachtl wie du.« Er grinst hämisch und zupft weiter an dem Seil herum.

»Jetzt ist es genug«, gebietet Lafay. Der Ratsherr hat zu seiner gewohnten Souveränität zurückgefunden und richtet sein Wort an die Geschworenen: »Ihr habt alle gesehen, dass wir der Angeklagten die Instrumente gezeigt haben, wie es die Verfahrensregel vorschreibt.«

Die Männer am Tisch nicken eifrig.

»Jetzt ist es an dir, Jobstin«, wendet sich der Richter Jenny zu. »Gestehe deine Verbrechen und wir ersparen dir die Qualen. Wenn du kein Geständnis ablegst …«

Lafays Rede wird von lautem Schimpfen unterbrochen.

»Autsch, was fällt denn Ihne ei?«, mault eine Frauenstimme.

Und eine zweite setzt energisch nach: »Jetzt send Se ned so grob.«

Ein Poltern ertönt, zwei Gestalten, die Hände aneinandergefesselt, werden vom Henker an einem Strick hereingezogen und kommen in der Mitte des Raumes zum Stehen.

Jenny, die vor Angst erstarrt war, richtet sich von ihrem Schemel auf. Sie kann nicht glauben, was sie sieht. Die beiden Wesen sind ihre Freundinnen, Andrea und Dani. Sie tragen die bunten Sommerkleider, die Jenny von dem gemeinsamen Abend in Kastelruth in Erinnerung hat. Auch sonst sehen sie aus wie immer. Wären da nicht die Fesseln um ihre Handgelenke, die seltsamen Teufelsrunen im Gesicht und die schlichten Kopftücheln, die eher an Bauersfrauen erinnern als an ihre schicken Freundinnen.

»Jenny!«, rufen die beiden gleichzeitig. »Da bisch du ja. Mir habet di scho vermisst. Wo bisch du g'wese?«

Andrea will auf sie zulaufen, der Strick hindert sie daran. Sie beginnt zu zerren.

Dani funkelt den Henker an: »Guter Mann, jetzt machet Sie uns amol los. Langsam habet mir genug von Ihre Fisimatente.«

»Was glaubet Sie, wen Sie da vor sich habet?«, empört sich jetzt Andrea. »Mir sind G'schäftsfraue, koine kloine Kinder«, klärt sie ihn auf und wirft verächtlich ihren Kopf nach hinten.

»Ruhe jetzt!« Berchtold von Lafay, der das Treiben bisher stumm verfolgt hat, hebt herrisch die Hand, streckt den Zeigefinger aus und deutet damit auf Dani und Andrea.

»Winklerin und Moserin«, erhebt er die Stimme, »sagt mir nur eins: Erkennt ihr die Frau da vor dem Schemel?«

»Ei, freilich«, beeilt sich Andrea zu versichern. »Des isch unsere Freundin …«

»… die Jenny«, beendet Dani den Satz.

»Hat sie Jobstin gesagt?« Der Richter wendet sich an die Geschworenen.

Die nicken eifrig. »Jobstin«, murmeln sie. »Jobstin, ich hab's genau gehört.«

»Ja, Jobstin«, sagen sie und nicken bekräftigend.

»Damit ist deine Schuld eindeutig erwiesen, Anna Jobstin«, donnert der Richter. »Die Zeuginnen«, er zeigt auf Dani und Andrea, »haben dich überführt.« Die beiden sehen ihn verdutzt an, er spricht weiter: »Und du, Juliana Winklerin«, streng blickt er zu Andrea, dann zu Dani, »und du, Katharina Moserin, ihr seid ebenfalls der Hexerei schuldig. Gerade habt ihr es offenbart, indem ihr zugegeben habt, dass die Jobstin eure Freundin ist. Ihr alle drei seid mit dem Teufel im Bunde. Dafür müsst ihr am Scheiterhaufen brennen. Brennen, brennen …«

*

»Jenny!« Jemand ruft ihren Namen dicht an ihrem Ohr und rüttelt sie an der Schulter. Jenny schlägt die Augen auf und blickt in die Gesichter von Dani und Andrea, die sich besorgt über sie beugen. Ihre magischen Male sind noch da, allerdings ziemlich verwischt, die Kopftücheln sind verrutscht.

Eine der Dorfbewohnerinnen in ihrem Flickenkostüm nähert sich. Es ist diejenige, die Jenny zu Beginn des Gewitters in das Gebäude gezogen hat.

Jenny sieht sich in dem Raum um und stellt fest, dass es sich um eine gemütliche Weinstube mit Tischen und Eckbänken handelt. Auf einer davon sitzt sie, links und rechts ihre beiden Freundinnen.

»Du musch eig'schlafe sei«, sagt Andrea und Dani bekräftigt: »Genau, sie isch eig'schlafe. Hat wohl den Hexendrink ned vertrage.«

Jenny reibt sich die Augen. »Ich habe was Schreckliches geträumt. Ich war auf Schloss Prösels. Sie haben mir den Hexenprozess gemacht. Die Folterinstrumente haben sie mir gezeigt und …«

Dani und Andrea sehen sich betreten an. Ein wissendes Grinsen legt sich auf ihre Gesichter. »Heilig's Blechle aber au«, sagt Dani. »Des hascht du gar ned 'träumt. Die Berthi«, sie zeigt auf die Dorfbewohnerin mit den wirren Haaren und der aufgeklebten Warze, »hat uns die G'schichte von den Hexenprozessen erzählt, die auf Schloss Prösels stattg'funde habet. Sie wollt uns die Zeit vertreibe, bis des Gewitter vorbei isch …«

Irritiert mustert Jenny die Frau. Irgendetwas an ihr kommt ihr bekannt vor. Hat sie nicht eine Ähnlichkeit mit Richter Berchtold?

Jenny schüttelt den Kopf. Sie greift nach dem Glas, das vor ihr steht. Wie zuvor mit dem Hexendrink prosten ihr die Freundinnen nun mit einem guten Südtiroler Weindl zu. Langsam verblasst die Erinnerung an den bösen Traum, der keiner war.

*

Weithin sichtbar auf einem Felskopf oberhalb von Völs am Schlern liegt Schloss Prösels. Es gilt als einer der bedeutendsten Burgenbauten Tirols aus der Zeit Kaiser Maximilians I. und ist heute beliebtes Besichtigungsziel. Es ist Zeuge eines düsteren Kapitels unserer Historie. 1506 und 1510 war Prösels Schauplatz von Hexenprozessen. Zu den ersten Verurteilten unter Richter Berchtold von Lafay gehörten Anna Jobstin, Juliana Winklerin und Katharina Moserin. Insgesamt wurden auf der Burg nach den erhaltenen Dokumenten 28 Frauen und zwei Männer gefoltert und anschließend auf dem Scheiterhaufen verbrannt.

Mag diese Bilanz im Vergleich zu den rund 40.000 bis 60.000 geschätzten Opfern der europäischen Hexenverfolgung gering erscheinen, so zählt doch jedes einzelne Menschenleben. Diesen »unschuldig gerichteten Völser Frauen und Männern« widmet sich Elmar Perkmanns Gedenkschrift »Die Völser Hexenprozesse 1506 und 1510«, erschienen in der Gemeinde Völs am Schlern im Juli 2006. Die darin enthaltenen Schilderungen der Ereignisse haben mich zu der vorliegenden Geschichte inspiriert.

07 DER FLUCH DES LAURIN

VON CHRISTOF WEIGOLD

Aus dem Talkessel, in dem die Stadt Bozen liegt, hat man nach Osten den Blick auf eine gewaltige Bergkette. Jeden Abend zur Dämmerung färben sich dort, genau über einem breiten Plateau mit dem Namen »Rosengarten«, die Gipfel in einem prächtigen blutroten Alpenglühen. Eine Legende besagt, dass dies an einem Fluch liege, mit dem einst der Zwergenkönig Laurin jene Gegend belegt habe. Er habe schaurige Untaten begangen, bevor er dort gefangen worden sei. Oder geht er heute immer noch um?

*

Der Tote war ein sehr großer Mann, etwa so groß wie sie, das sah die Commissaria mit einem Blick aus dem Autofenster, als sie auf den Parkplatz fuhr. Alle anderen waren schon da und um die Leiche versammelt, die lang ausgestreckt auf den Kieseln des Eisack-Ufers lag, der rechte Arm fast bis in die hellgrünen Fluten des Flusses ragend. Dass sie auch heute wieder als Letzte kam, lag nicht nur daran, dass für jemanden mit ihrer Statur alles langsamer und mühevoller vonstattenging, so wie jetzt, als sie sich hinter dem Lenkrad hervor aus der Fahrertür ihres Fiat quälte: Carla Mazzetti hatte erst ihre Tochter zum Basketballtraining gefahren und war dann zur Physiotherapie in Gries gegangen, die man ihr zweimal wöchentlich gegen die extremen Rückenschmerzen verordnet hatte. Zu viel sitzende Tätigkeit, zu viele Wirbel in diesem verdammten langen Rücken, zu viel Anspannung als Commissaria, Leiterin der Squadra mobile der Staatspolizei.

»Mord?«, fragte sie Claus, der an ihren Wagen herantrat, während sie sich zu ihrer vollen Größe von 1,93 Meter erhob.

»Ja«, nickte der Commissario. »Er ist erstochen worden.«

Mazzetti stöhnte auf und dehnte instinktiv die Schultern. Sofort fühlte sie den entspannenden Effekt der Übungen verpuffen. Gemeldet worden war ihr zunächst nur eine »Leiche«; dies war also der erste Mord in Bozen seit … sie musste kurz nachdenken … der alten Frau im Oktober, ein Streit unter Eheleuten mit Todesfolge, beide über 80. Ein klarer Fall, doch dieser hier sah nicht so aus. Sie wusste, was das ab sofort bedeutete: *wenig* sitzende Tätigkeit, *viel* Anspannung und Herumlaufen und wenig Schlaf.

Sie gingen nebeneinander über den Parkplatz zu den Stufen, die hinab zur Promenade und ans Ufer führten, Mazzetti wie immer leicht gekrümmt. Ihr Kollege Claus

Perathoner war seit letzter Woche 34, gut aussehend, gut gekleidet, fleißig und zuverlässig. Sie sprachen deutsch miteinander, sie mit einem leichten italienischen Singsang und harten »Rs« und »Chs«.

»Erstochen? Sagt wer?«

»Der Dottore. Muss gerade eine Stunde her sein, dass er gestorben ist.«

»Hier, am helllichten Nachmittag?« Sie sah sich auf dem Parkplatz um, am östlichen Stadtrand gelegen und meist von Spaziergängern oder Wanderern genutzt, die von hier aus in die umliegenden Berge starteten. Er wurde nicht so oft frequentiert wie die Touristenplätze weiter oben.

»Gibt es Zeugen?«

Claus nickte. »Deswegen sind wir so schnell benachrichtigt worden. Nicht für die Tat selbst, sie haben ihn nur daliegen sehen und er war schon tot. Doch sie haben gesehen, wie jemand weggelaufen ist.« Er zögerte.

Mazzetti sah mit hochgezogenen Augenbrauen zu dem jungen Kollegen herunter.

»Sie sagen, es war ein *Zwerg*«, brachte Claus hervor.

Sie blieb stehen.

»Ihre Worte«, fügte Claus schnell an. »Ein Kleinwüchsiger, aber so haben sie ihn genannt … Da sind sie. Einheimische, aus Schlern.«

Er zeigte auf ein Ehepaar mit Wanderausrüstung, die bunten Funktionsjacken angesichts der Sommerhitze um die Hüften gebunden. Die Menschen hielten sich am Rand und warfen scheue Blicke, denen man den Schock ansah.

»Fünf Stichwunden, Carla«, sagte der Dottore, der in seinem weißen Overall zu ihnen getreten war. »Zwei davon waren tödlich. Da wollte jemand ganz sichergehen.«

Sie folgten ihm zu der Leiche, die mit dem Gesicht nach oben auf den großen grauen Steinen lag, in einer Lache von Blut, und der Dottore zeigte auf blutige Einstiche.

»Von unten?«, fragte Mazzetti und blickte von dem Arzt zu Claus.

Die Blutlache leuchtete rötlich in der Juniabendsonne, die dicht über den Bergen stand. Die Ermittler warfen lange Schatten.

»Ich weiß schon, wegen des sogenannten Zwergs«, antwortete der Arzt. »Aber die hier sind von oben *und* unten.« Er zeigte erneut auf die Einstichkanäle. »Der Mörder hat dabei auch im Bein eine Schlagader erwischt, doch das lässt keine Rückschlüsse auf seine Größe zu. Es muss einen Kampf gegeben haben, sie haben sich auf dem Boden gewälzt. Ich kann nur sagen, dass es ein Messer mit feststehender Klinge gewesen sein muss.«

»Die Tatwaffe haben wir nicht gefunden.« Claus zuckte die Achseln. Der große tote Mann hatte grau meliertes Haar, er trug Anzug und eine Nickelbrille, die verrutscht war. »Aber wir suchen noch, auch entlang des Ufers und im Wasser, solange es hell ist.«

Mazzetti vergrub die Hände in ihren Anorak und machte kehrt, ein paar Schritte hin zu dem Ehepaar, bei dem ein Streifenpolizist stand. Claus folgte ihr.

»Mazzetti, Polizei Bozen.«

»Wir kennen Sie. Unsere Tochter spielt auch Basketball«, grüßte die Frau. Beide waren Mitte 40 und nach der Wanderung ziemlich verschwitzt.

»Sie sagen, Sie haben einen ›Zwerg‹ weglaufen sehen? Wo?«

»Dort drüben.« Der Mann zeigte ein Stück den Eisack hinunter. »Dann verschwand er hinter dem Brückenpfeiler.«

»Haben Sie sein Gesicht gesehen?«

»Nein, er ist ja von uns weggelaufen. Als käme er von hier, aber beschwören könnte ich es nicht. Wir sahen erst den Toten, dann dort die Bewegung.«

»Kann es auch ein Kind gewesen sein? Das Angst bekommen hat?«

Beide sahen einander ratlos an.

»Wie kommen Sie zu der Ansicht, es sei ein Kleinwüchsiger gewesen? Hatte er kurze Beine, ist er gewatschelt?«

»Ja.«

»Ich glaube nicht.« Mann und Frau antworteten fast gleichzeitig.

»Ich meine schon. Er trug eine grüne Jacke und eine dunkle Mütze«, ergänzte der Mann rasch.

»Wenn es ein *Er* war«, fügte die Frau entschuldigend an und hob die Schultern.

Mazzetti seufzte und nickte dem Polizisten zu. »Nimm alles auf.« Sie ging weg und wechselte einen Blick mit Claus. Wie immer verstanden sie sich ohne viele Worte. Seit Jahren waren sie gut eingespielt. »Was zu unserem Opfer?«

»Er ist Schweizer, hatte Pass und Handy bei sich – Auswertung der Daten läuft. Friedrich von Ax, 60 Jahre, Unternehmer aus Luzern. Waffenfabrikant, ihm gehört dort die Von-Ax-AG, ein mittelständisches Rüstungsunternehmen.«

Mazzetti blinzelte. »Wirklich? Und hatte er eine Waffe dabei?«

»Nicht dass wir wüssten. Aber eine Schlüsselkarte vom Hotel. Das Beste natürlich. Er ist im Parkhotel Laurin abgestiegen, heute Vormittag angekommen. Zusammen mit seiner Ehefrau, Christiane von Ax. Als wir vorhin im *Laurin* angerufen haben, war sie noch in der Stadt beim Einkaufen. Vermutlich müssen wir es ihr beibringen.«

»Fahren wir hin«, sagte Mazzetti.

Sie gingen zu seinem Polizeiwagen und stiegen beide ein. Er würde sie später zu ihrem Fiat und dem Tatort bringen, darüber mussten sie nicht reden. Der neue Audi Q7 des Opfers mit Schweizer Kennzeichen wurde von zwei Kollegen der Spurensicherung bearbeitet, denen sie zuwinkten.

»Ein guter, etwas abgelegener Treffpunkt, um in Ruhe etwas zu besprechen«, überlegte Mazzetti bedächtig, als Perathoner losfuhr. »Vermutlich eine Verabredung, keine zufällige Begegnung.«

»Oder es war doch ein ›Zwerg‹«, meinte ihr Partner süffisant und nickte in Richtung der entfernt vor ihnen aufragenden Bergkette, deren hohe Zinnen von der untergehenden Sonne in einem rostroten Glühen erleuchtet wurden wie jeden Abend. »Zumindest grüßt uns der König Laurin vom Rosengarten her, als wollte er uns genau das sagen!«

Sie grinsten sich zu, während sie in das Hotel fuhren, das nach ihm benannt war. Beide waren echte Bozner und hier aufgewachsen, er in der Altstadt, sie im italienischen Viertel jenseits der Talfer.

*

Christiane von Ax wusste bereits von der Hotelleitung, dass ihr Mann tot war, als die Polizisten in ihrer Suite ankamen, und der Schock war ihr deutlich anzumerken. Sie war eine hübsche kleine Brünette Ende 30, ungefähr 20 Jahre jünger als ihr Mann Friedrich, eine äußerst gepflegte und gut gekleidete Erscheinung, doch nun liefen ihr Tränen über das Gesicht und verschmierten ihre Wimperntusche.

»Es war alles wie immer!«, brachte sie hervor.

Perathoner holte ihr aus der Minibar eine kleine Flasche Bourbon, und als sie nickte, goss er ihr ein Glas ein.

»Ich dachte, mein Mann sei im Hotel und geht schwimmen oder er macht einen Spaziergang – wir haben beide Bekannte in Bozen … Ich habe meine Freundin Angela getroffen und in der Via Portici dieses Kleid abgeholt, das ich beim letzten Besuch gekauft habe.« Sie deutete auf ein hinreißendes Abendkleid mit

Goldfäden auf schwarzem Tüll, das an der Garderobe hing. Die geräumige Suite wurde dominiert von handgeschnitzten Möbeln mit feinen Polstern, nach links ging es durch eine halb offene Tür ins Schlafzimmer, aus dem Musik erklang, eine düstere Wagner-Arie. Auf dem Couchtisch standen ein fülliger Blumenstrauß und ein Obstkorb. Mazzetti und Claus verständigten sich erneut über Blicke.

»Was ist überhaupt der Anlass Ihres Aufenthalts hier?«

»Wir kommen alle paar Monate her – wir lieben die Gegend –, um Freunde zu besuchen, gut zu essen und Wein zu trinken und wie immer in die Oper zu gehen. Wir sind Wagnerianer und haben noch keine hiesige Aufführung des ›Rheingold‹ verpasst …« Frau von Ax musste sich unterbrechen und einen Schluck trinken, während ein neuer Schub Tränen ihre rosigen Wangen flutete.

»Sie hatten also keine Anzeichen für irgendetwas Ungewöhnliches, hier oder im Vorfeld – dass Ihr Mann Streit mit jemandem hatte, Ärger in der Firma oder so etwas?« Perathoner saß ganz vorn auf der Sesselkante. Er konnte sehr einfühlsam sein; vielleicht hatte die hübsche weinende Frau in seinem Alter es ihm angetan. Er war nicht verheiratet oder liiert, redete nie über so etwas. Mazzetti fragte sich seit Jahren, ob er auf Frauen oder auf Männer stand, sie wusste es einfach nicht. So diskret sie war, sie war natürlich auch neugierig, wie ihr Job es nun mal mit sich brachte. Dass sie das bei ihm trotz ihrer professionell geschulten Empathie nicht einschätzen konnte, ging ihr auf den Geist.

Die Schweizerin schüttelte heftig den Kopf und putzte sich die Nase.

»Sie wissen nicht, was er auf diesem Parkplatz wollte? Und ob er vorhatte, dort jemanden zu treffen – womöglich einen Kleinwüchsigen?«

Frau von Ax stutzte irritiert, sah die Commissaria mit tränenumflorten Augen an und zog eine Grimasse.

»Einen ›Zwerg‹ hat man nämlich angeblich dort gesehen, einen kleinen Menschen – ich weiß, es klingt absurd, aber ich muss Sie danach fragen.«

Die Ehefrau des Toten schüttelte erneut heftig den Kopf, dann begann sie, richtig zu weinen.

Ab da war nichts mehr mit ihr anzufangen, vermutlich hatte sich die Erkenntnis, dass ihr Mann tot war, nun erst wirklich durchgesetzt. Die beiden Kommissare holten sich von ihr nur noch die Nummer der Freundin sowie den Namen des Ladens, ehe sie sich verabschiedeten. Christiane von Ax würde in Bozen bleiben, bis die Formalitäten geregelt wären, und für weitere Fragen zur Verfügung stehen, so lange, wie sie sowieso geblieben wäre: für drei Tage.

Nachdem Mazzetti ihrem Mann Alfredo zu Hause durchgegeben hatte, dass es später werden würde, nahmen sie unten in der schönen, beliebten Bar des Hotels Laurin noch einen Apéro und besprachen sich.

»Schweizer Unternehmer müsste man sein, da kriegst du auch mit 60 noch eine viel jüngere und bildhübsche

Frau.« Auf diesen lahmen Versuch von Mazzetti, den Kollegen aus der Reserve zu locken, ging er nicht ein:

»Na ja, er war ja auch ein Bild von einem Mann und dazu sehr reich. Ich glaube, in deren Welt passt das zusammen. Und sie scheinen die gleichen Interessen gehabt zu haben. Bozen, die Oper – diese Inszenierung soll wirklich sehr gut sein.«

Sie nickte. »Der Schock und ihre Trauer wirkten jedenfalls echt.«

Während Mazzetti ihren roten St. Magdalener schlürfte und Claus an seinem Weißen nippte, checkten sie mit kurzen Anrufen die Aussage von Frau von Ax, wo diese zur Tatzeit gewesen sei. Sowohl ihre Freundin Angela als auch die Verkäuferin in dem Geschäft, wo sie das Kleid abgeholt hatten, bestätigten ihre Angaben.

Die Commissari sahen sich dabei die schönen bunt gemalten Fresken unter der dunklen holzvertäfelten Decke der Bar an, welche die Laurinsage zeigten – den kleinen Zwergenkönig mit seinem Bart und seinem großen Schwert, sein Felsenschloss in den Bergen, seinen magischen Rosengarten und die Kämpfe, die er sich dort mit den Recken lieferte, die man gegen ihn ausgesandt hatte.

Mazzettis Handy klingelte. Aus dem Büro erreichte sie die Nachricht, dass die Auswertung der Handydaten keine Telefonate mit unbekannten Nummern ergeben hatte – nur mit dem Hotel und seiner Firma, genauer mit von Ax' persönlichem Vorstandsassistenten, von dem seinerseits mehrere Anrufversuche verzeichnet waren.

Prompt rief Mazzetti den Mann unter seiner Schweizer Handynummer an und erreichte ihn auf Anhieb. Er hieß Kurt Hug und sprach mit starkem Akzent und einer rauen, jedoch fast jungenhaften Stimme, wirkte sehr beflissen und eifrig. Hug wusste noch nichts vom Tod seines Chefs in Bozen, hatte allerdings mehrfach vergeblich versucht, ihn zu erreichen, und deshalb schon Befürchtungen gehegt.

»Das ist ja … schrecklich … einfach unglaublich, oder?«, versuchte sich der Assistent zu fassen.

Mazzetti fragte nach den aktuellen Verhältnissen der Firma, nach möglichen Problemen.

Hug versicherte ihr, es habe nichts Ungewöhnliches gegeben. »Die Geschäfte laufen sehr gut – im Gegensatz zu denen mancher Konkurrenten. Einige mussten völlig umsatteln, auf Maschinen zur Herstellung von Getränkeverpackungen zum Beispiel, ein anderer wurde in einem Merger übernommen.«

Diesbezügliche Angebote an seine Firma seien ihm nicht bekannt. »Und sie *wären* mir bekannt, versichere ich Ihnen!« Das Unternehmen sei schon lange – in der dritten Generation – im Familienbesitz der von Ax, alles ganz solide. Ihre Verkaufsschlager, wie Hug es nannte, seien ein Maschinengewehr, das auch die Schweizer Armee im Arsenal habe, und eine Panzerabwehrwaffe, die in alle Welt verkauft werde.

Hug war und blieb eloquent, selbst angesichts der schockierenden Nachricht vom Tod seines Chefs. Wie alle Schweizer, mit denen Mazzetti zu tun gehabt hatte,

hatte er seine Emotionen recht gut im Griff. Was jetzt werden würde, fragte sie.

Nun, Friedrich sei ein Einzelkind gewesen, Christiane, die Ehefrau, habe mit dem operativen Geschäft nichts zu tun gehabt. Sie werde die Leitung der Firma gewiss nicht übernehmen, ob sie als Erbin begünstigt werde, darüber könne er natürlich ohne Kenntnis des Testaments nur spekulieren. Verheiratet seien sie seit zehn Jahren, Kinder gebe es nicht. Kurzum, die Nachfolge in der Unternehmensführung werde sicher durch eine Lösung von außen, durch Bestallung eines Fachmanns geregelt, den der Aufsichtsrat zu gegebener Zeit bestimmen werde.

Mazzetti fragte den Assistenten weiter, was er über den Zweck dieser Reise nach Bozen wisse.

Sie sei rein privat gewesen, eben Herrn von Ax' Art, gemeinsam mit seiner Frau auszuspannen. Keine Termine, berufliche oder private, von denen er wisse. Der Grund seiner Anrufe heute sei nur die Übermittlung einer Frage aus dem Vertrieb gewesen, intern dringend, aber ansonsten nicht von Belang.

Mazzetti dankte ihm und legte auf. Sie war müde und ihr Rücken tat rechtschaffen weh. Sie trank den letzten Schluck Roten und die Polizisten zahlten.

Auf dem Weg nach draußen meinte die Commissaria: »Klingt alles solide. Andererseits: die Waffenbranche, ob da wirklich alles so seriös und ungefährlich ist? Ich würde nicht ausschließen, dass das Mordmotiv darin liegt, in Geschäften oder Intrigen. Oder in etwas Privatem – vielleicht hatte Herr von Ax ja hier eine heimliche Affäre, die ihm zum Verhängnis wurde?«

»Mit einer ›Zwergin‹?«, neckte Claus. »Und obwohl er eine so schöne und junge Frau hat?«

»Manche Männer können nicht genug kriegen, vor allem mächtige«, lächelte Mazzetti. Dann gähnte sie und öffnete die Beifahrertür. »Das mit dem sogenannten Zwerg war vermutlich nur ein zufälliges Zusammentreffen, ein ängstlicher Beobachter, der keinen Ärger kriegen wollte, oder doch ein Kind.«

Mazzetti hatte schlecht geträumt, am Morgen wusste sie nicht mehr, wovon. Den Vormittag verbrachte sie im Büro der Questura, im ersten Stock an ihrem Fensterplatz auf dem orthopädischen Schreibtischstuhl. Sie sammelte die Ergebnisse der Spurensicherung und ging die routinemäßigen Untersuchungen durch. Die Tatwaffe war nicht gefunden worden, trotz intensiver Suche unter aufgestellten Flutlichtern, die sie gestern Nacht beim Abholen des Fiats hatten beobachten können. Zwei Mann suchten heute bei Tageslicht entlang des Eisack weiter.

Claus Perathoner kam erst zur Mittagszeit und hatte Vinschgauer, Speck und Käse für eine Brotzeit mitgebracht.

Während beide sich darüber hermachten – eine Tatortskizze im Blick, über die sie diskutierten–, kam Ispettora Lisa Volpini von unten herauf, ihr Gesicht war blass und sie hielt ihnen mit zitternden, weiß behandschuhten Händen ein Blatt Papier hin. »Hier, das ist eben gekommen.«

Es war ein anonymer Brief, unfrankiert am Revier eingeworfen, den sie soeben – nach vorsorglicher Sicherung aller Spuren – geöffnet hatten. Der Text war in einer schönen Schreibschrift gehalten und lautete: »*Das war nur der Anfang. Es werden mehr Menschen sterben. Kommt mich suchen, doch ihr werdet mich nicht finden, denn ihr könnt mich nicht sehen. Laurin.*«

Sprachlos, den Speck noch im Mund, starrten die beiden Kommissare das Blatt an.

*

Volpini berichtete, dass es keinerlei Fingerabdrücke an Brief und Umschlag gab, und dass das Schreiben mit einer Schablone verfertigt, insofern grafologisch wertlos war. Sie hatten keine verwertbaren Hinweise.

Claus schüttelte den Kopf. »Wenn wir das ernst nehmen und es nicht so absurd wäre, könnte man denken, ein Nachfahre des Zwergenkönigs hätte die alte Rechnung mit den Schweizern beglichen wie in einer Blutfehde zwischen Zwergen und Menschen, jetzt mal politisch höchst unkorrekt ausgedrückt.«

Beide sahen sich an und mussten eine kurze Irritation, einen gewissen Grusel unterdrücken.

Mazzetti sagte: »Oder aber, ein Mörder geht um, der uns nur *glauben* machen will, dass da einer die Laurinsage nachspielt – vielleicht, um von sich und den wahren Motiven abzulenken. Wahrscheinlich sogar.«

»Vielleicht aber auch, weil er noch mehr Morde vorhat, die er aus diesem Szenario herausholen will.« Sie sahen durchs Fenster auf die Straße hinunter, wo im Sonnenlicht viele Menschen umherwuselten.

»Du meinst aber nicht, der Fluch des Laurin wäre real und ernst zu nehmen?«

»Nicht im Sinne mystischer, sagenhafter Ereignisse natürlich«, gab Claus zu. »Sondern als bewusste Entscheidung eines Täters, der mit der Symbolik Aufsehen erregen will. Uns damit also weiter in Atem halten wird.«

»Die Frage ist nur, wer? Denkst du wirklich an einen kleinwüchsigen Serienmörder?«, fragte Mazzetti Claus.

»Nein, auch wenn das momentan nicht auszuschließen ist. Vielleicht ist es auch ein Terrorist, Aktivist oder wie immer man es nennen will. Und er nutzt den Decknamen Laurin für einen Rachefeldzug gegen … was weiß ich, von Ax als Waffenfabrikanten oder gegen ausländische Gäste, gegen den Tourismus?«

»Okay, falls er wirklich mit genau den Elementen der Laurinsage spielt – lass sie uns einmal alle zusammentragen!« Sie sah ihn erwartungsvoll an, weil sie wusste, dass er gerne las und sehr kulturbeflissen war, anders als sie selbst.

»Nun ja, der Zwergenkönig Laurin hatte einst ein unterirdisches Felsenschloss oben in den Bergen, dort arbeitete sein Zwergenvolk in Minen und trug Gold und Geschmeide zusammen. Von seinem Reichtum hatte sich Laurin einen prächtigen Rosengarten angelegt. Als der König von Bozen ein Fest veranstaltete, bei dem alle Adeligen der Gegend um seine wunderschöne Tochter Similde freien sollten, war Laurin als Einziger nicht eingeladen und empfand dies als Schmach. Aber mithilfe einer Tarnkappe nahm er ungesehen teil, verliebte sich in Similde und entführte sie in die Berge. Ritter nahmen die Verfolgung auf, angeführt von Dietrich von Bern und seinem Waffenmeister Hildebrandt, und es kam im Rosengarten zum Kampf. Durch einen Zaubergürtel, der ihm die Kraft von zwölf Männern verlieh, und die Tarnkappe war Laurin im Vorteil. Doch da, wo er hinlief, bewegten sich auch die Rosen, dadurch konnten seine Gegner ihn gefangen nehmen. Sie befreiten Similde, und als Laurin abgeführt wurde, verfluchte er den verräterischen Rosengarten: Kein Mensch werde ihn mehr bei Tag und bei Nacht sehen dürfen.«

»Und da er die Dämmerung zu erwähnen vergaß, erglüht dieser heute noch jeden Abend bei Sonnenuntergang«, ergänzte Mazzetti grinsend und nahm sich ihren Anorak. »Na, dann mache ich mich mal auf!«

»Wohin?«

»Zum Rosengarten natürlich!«

»Ein Ort steht da nicht!« Perathoner zeigte auf den Brief.

»Nein, aber der Verfasser bezieht sich darauf. Ich glaube, dass dieser Jemand uns dorthin locken und uns vielleicht beobachten will. Jedenfalls ist es unsere beste Spur im Moment, also fahre ich hin. Währenddessen wirst du alle Kleinwüchsigen in Bozen ermitteln und nach ihrem Alibi fragen.«

»Gut«, sagte Perathoner. »Ich kenne einen, den Peter – ansonsten frage ich bei den Ärzten und in den Hotels herum.«

»Ruf mich an, sobald du etwas weißt.« Sie sprang nach unten in den Polizeiwagen und fuhr schnell, jedoch ohne Blaulicht und Sirene los.

Noch vor wenigen Jahren wäre es erheblich weniger komfortabel gewesen, einen Ausflug hinauf ins Bergmassiv der Rosengartengruppe zu machen. Doch seit Dezember 2020 war die neue Kabinenbahn in Betrieb, die Skifahrer und jetzt im Sommer Wandertouristen von der Frommeralm aus auf 2.300 Meter zu jenem sagenumwobenen Gelände bringen konnte.

Als Mazzetti außerhalb von Bozen in Richtung Osten durch das Eggental fuhr, kam ein Anruf von Claus. Es gebe nach übereinstimmenden Auskünften nur zwei kleinwüchsige Bozner, beide waren Männer. Den kleinen Straßenkehrer Peter kannte fast jeder, durch seine Arbeit war er im Stadtbild stets präsent. Claus hatte ihn bereits gesprochen. »Gestern Nachmittag hat er zur Tatzeit in der Altstadt gearbeitet, rund um den Marktplatz. Zahlreiche Leute haben das bestätigt. Touristen haben sogar Fotos gemacht und ihn angefasst, weil das angeblich Glück bringt … Er fällt also raus.«

»Und der zweite?«, fragte Mazzetti, lenkte um eine Kurve und musste abbremsen, bevor sie einen Lastwagen überholen konnte.

Claus zögerte kurz. »Der ist tot. Christoph Nachreiner war arbeitslos und lebte sehr zurückgezogen, vor einem halben Jahr ist er an Leberzirrhose verstorben. Aber jetzt halt dich fest, es gibt Leute, die sagen, dass er immer noch *umgeht.*«

»Was?«, fragte Mazzetti verblüfft.

»Ja, ich weiß. Manche von den älteren Einheimischen glauben an so was. Und es gibt welche, die behaupten, den Nachreiner noch nach seinem Tod in der Stadt gesehen zu haben, mehrfach. Er komme und gehe und verschwinde auf übernatürliche Weise, heißt es.«

Mazzetti verdrehte die Augen. »Haben die Zeugen gestern das vielleicht auch im Kopf gehabt? Egal. Also ein Schlag ins Wasser das Ganze, wie zu erwarten.«

»Ich sehe mich jetzt noch unter den Hotelgästen um. Die Parallelen, mal wörtlich genommen, sind jedenfalls interessant, findest du nicht? Ein Zwerg, der unsichtbar wird, sein Gegner ein Schweizer, der – anders als in der Sage – im Kampf stirbt ... und jetzt scheint er dich in den Rosengarten zu locken.«

»Wenn ich dort auch noch auf eine schöne Prinzessin treffe, sag ich Bescheid!«

Bald darauf erreichte die Commissaria die Frommeralm und hielt auf dem Parkplatz vor der Talstation an. »König-Laurin-Bahn«, verkündete ein Schild. Mehrere Schulklassen mit Rucksäcken warteten auf die Fahrt nach oben, fröhlich plappernd und kreischend, durcheinanderlaufend, schubsend und neckend. Die Kommissarin sah sich aufmerksam unter den Kleinen um.

Diese vermischten sich mit den anderen Fahrgästen und viele von ihnen trugen Mützen, die es erschwerten, ihre abgewandten oder gesenkten Gesichter zu begutachten. Mazzetti nahm eine Zehner-Kabinenbahn, in der mit ihr eine Lehrerin und mehrere Schüler nach oben schwebten. Es herrschte bestes Ausflugswetter, doch sie sah von Osten eine Nebelwand herannahen. Mit ihren Kindern und Alfredo war sie schon hier oben gewesen, die anderen waren Ski gefahren, sie hatte zugesehen und die Aussicht genossen.

Nach nur sechs Minuten Fahrt erreichte man über eine Mittelstation die Bergstation, die 800 Meter weiter oben unterirdisch angelegt war. Es gab bloß zwei Öffnungen im Berg, durch die die Umlaufbahn rechts hinein- und links hinausfuhr. Der Ausstieg befand sich im Inneren, das einer bunt beleuchteten, glitzernden »Höhle« nachempfunden war.

Die Lehrerin erklärte ihrer Klasse die Bezüge zur Sage: »Stellt euch vor, wir wären hier in einer Diamanten- und Goldmine voller Zwerge.« Sie stieß nur auf wenig Aufmerksamkeit.

Mazzetti drängte sich mit all den Schülern zur Rolltreppe, die nach oben führte. Man kam auf einer Panoramaterrasse heraus, die zu einem Restaurant mit Namen »Laurin's Lounge« gehörte und einen spektakulären Ausblick hinab ins Tal bot. Noch, denn die Nebelwand kam schnell näher. Im Winter startete man direkt von hier zur Abfahrt, nun führten die schneefreien Wanderwege von unten in Kurven direkt herauf. Mazzetti sah sich auf der Terrasse um und blickte nach oben. Oberhalb der Lounge war die »Kölner Hütte« gelegen, ein Übernachtungsort, den viele Bergwanderer nutzten, um von hier aus auf Touren zu gehen. Dahinter ragten in zwei Reihen übereinander jene hohen Bergzinnen auf, die jeweils in der Dämmerung von der Sonne zum Glühen gebracht wurden, auch bei normalem Tageslicht ein imposanter Anblick. Links davon lag ein weites abschüssiges Geröllfeld; dies war der »Rosengarten«. Dort tollten bereits Kinder herum. Mazzetti musste sich beeilen, denn in Kürze würde die Nebelbank sie erreichen.

Als sie auf den »Rosengarten« zuschritt, überkam sie ein mulmiges Gefühl, als werde sie beobachtet. Doch sie sah niemanden, der verdächtig wirkte, unter den vielen Kindern konnte sie keinen Kleinwüchsigen ausmachen. Die Terrasse der »Kölner Hütte« war voll belegt mit Gästen, die meisten von ihnen trugen Sonnenbrillen. Mazzetti stand jetzt am Rand des Rosengartens, der von dürren Sträuchern gesäumt wurde. Ein scharfer Wind ging hier oben und bewegte sie, manche von ihnen sahen aus, als tanzten sie. Die Nebelbank schob sich heran und hüllte in kurzer Zeit das Areal ein. Die benachbarte Hütte wurde zu einem Schemen, dann war sie gar nicht mehr zu erkennen.

Mazzetti hörte ein keckerndes Lachen voraus im Nebel. Die Sichtweite betrug keine zehn Meter mehr. Sie ging mit vorsichtigen Schritten darauf zu. Wieder hörte sie das Lachen, diesmal weiter links. Ein Schauer lief ihr über den Rücken. Sie hörte Zweige, die rauschten, nach zwei weiteren Schritten sah sie die Sträucher, die sich bewegten. Lief dort jemand Unsichtbares?

Sei nicht albern, dachte sie. Da blitzte etwas Grünes am Rande des Nebelfeldes auf, es wischte nach rechts hinüber, bevor sie es richtig sah. Erneut ertönte ein Lachen, diesmal aus allen vier Richtungen zugleich.

Sie blieb stehen und lauschte. Noch mal streifte etwas über Zweige – der Wind, oder ging dort jemand? Sie meinte, wieder Grün zu sehen. Hatte nicht der Zeuge gesagt, der Zwerg am Eisack habe eine grüne Jacke getragen? Sie folgte der Bewegung. Eine noch dichtere Nebelschwade verschluckte sie, und sie sah buchstäblich die Hand nicht mehr vor Augen. Etwas streifte sie am Ärmel, sie schrie auf, die dicke Schwade verzog sich und gab ihr den Blick frei auf eine Reihe Sträucher, die eben zurückschwangen, als habe jemand sie im Vorbeigehen beiseitegebogen. Sie ging darauf zu bis zum Abhang des Geröllfeldes. Dort blieb sie stehen.

Vor ihr tat sich in der steil ansteigenden Wand etwas auf, das wie der Eingang zu einer Höhle aussah. Vielleicht nur eine Felsspalte, vielleicht ein Tierbau. Jedenfalls musste sie ihren Kopf herunterbeugen, um hineinsehen zu können. Es war dunkel, drinnen hörte sie etwas rascheln. Da war jemand – oder etwas.

Mazzetti nahm ihr Handy heraus und schaltete die Taschenlampe ein. Sie leuchtete in die Höhle, zwei fluoreszierende Augen starrten sie an. Sie erschrak und sprang zurück. Auf dem abschüssigen Geröll rutschte sie nach unten und musste sich mit den Händen abfangen. Nach einigen Metern gelang es ihr, Halt zu finden.

Heftig atmend hockte sie da, bis der Nebel sich endgültig verzog. Die Hütte war wieder klar zu sehen. Den Höhleneingang konnte sie nicht mehr entdecken, sie befand sich am rechten Rand des Geröllfeldes, des »Rosengartens«. Was sie besonders gespenstisch fand: Es war kein Mensch mehr zu sehen. Die Panoramaterrasse der Hütte war wie leergefegt, alle Kinder waren wie vom Erdboden verschluckt. Das konnte nicht sein. Beinahe so, als hätte jemand Böses sie alle entführt und hielte sie nun unter Tage fest, wo sie für ihn schuften müssten. Was für ein Blödsinn, dachte sie und schüttelte den Gedanken ab. Langsam ging sie auf die Hütte zu, da sah sie seitlich davon wieder das Grün aufleuchten, nur für einen Moment, es schien sich von ihr wegzubewegen, in Richtung der Bergstation.

Mazzetti lief hinterher, so schnell sie konnte, und hörte sich keuchen. Etwas schien sich unten über die Terrasse der Lounge zu bewegen, in den Eingang der Bahn hinein. Als sie auf der Terrasse angelangt war, fuhr gerade eine verglaste Kabinenbahn aus dem Ausgang heraus und schwebte gen Tal. Mazzetti stützte sich auf das Geländer und starrte zu ihr hinüber, bemüht, hinter die Scheiben zu blicken, die in der Sonne spiegelten.

Die Kabine war leer, oder zumindest hatte es den Anschein. *Ihr werdet mich nicht finden, denn ihr könnt mich nicht sehen*, erinnerte sie sich an die Zeilen aus dem anonymen Brief. Dann dachte sie an den toten

Nachreiner, der angeblich auf übernatürliche Weise auftauchte und verschwand.

In diesem Moment klingelte ihr Handy. Perathoner rief an. »Hallo, Claus.«

Bevor sie erzählen konnte, was ihr widerfahren war, sagte er aufgeregt: »Stell dir vor, dieser Schweizer Assistent, Kurt Hug, der ist in Bozen! Und zwar schon die ganze Zeit!«

Mazzetti fragte verblüfft nach.

Bei seinem routinemäßigen Hotelcheck war Claus in der Gästeliste eines Hotels auf Hug gestoßen, der dort bereits seit zwei Tagen nächtigte. Hug hatte jedoch bei ihrem Telefonat so getan, als sei er in der Schweiz. Zumindest hatte er verschwiegen, dass er zur Tatzeit in der Stadt gewesen war. »Das muss unser Mann sein!«

»Ist er vielleicht kleinwüchsig?«

»Nein, ist er nicht. Ich schicke dir sein Foto von der Firmen-Homepage.«

Die Terrasse füllte sich nun wieder mit Menschen. Ihr Handy piepste, das Foto zeigte einen blonden, streng gescheitelten Mittdreißiger mit kalten Augen, stehend, von normaler Größe.

»Er ist nicht auf seinem Zimmer und niemand kann sagen, wohin er gegangen ist. Aber der Portier bestätigte, ihn heute früh mit einem Brief gesehen und ihm angeboten zu haben, diesen aufzugeben. Doch das habe der Gast selbst tun wollen. Er ist also der anonyme Briefschreiber, und wie es scheint, mit genau dem Motiv, das du vermutet hast: Er wollte von sich ablenken.«

»Hier oben habe ich ihn bisher nicht gesehen.«

»Ich warte weiter im Hotel auf ihn.«

»Mach das. Wenn etwas ist, melden wir uns sofort.«

Mazzetti atmete durch. Sie ging nach oben auf die Terrasse der Hütte, von wo sie – nun bei guter Sicht – alles prima im Blick hatte, und bestellte eine Knödel-Tri und einen Gespritzten. Immer noch etwas mitgenommen fragte sie die Kellnerin, ob sie hier heute oder wann anders einen Kleinwüchsigen zu Gast gehabt habe.

Die Bedienung verneinte.

Die Commissaria stieß ihre Gabel in den Speckknödel und aß mit Appetit. Zum Glück hatte sich der ganze Spuk mit dem Zwerg in nichts aufgelöst. Kurt Hug musste der Täter sein, was war sein Motiv? Ärger mit dem Chef? Warum reiste er hierher? Hatte er den Urlaub des Ehepaares von Ax für einen Mord ausnutzen wollen oder war etwas aus dem Ruder gelaufen? Sie studierte die Leute, genoss die Sonne und blätterte in einem Tourismus-Prospekt, in dem auch der Opern-Spielplan abgedruckt war, mit der Aufführung von Wagners »Rheingold« morgen Abend, die die Schweizer hatten sehen wollen.

Als die Kellnerin abräumte, zeigte Mazzetti ihr auf dem Handydisplay das Foto von Hug und fragte nach ihm. »Heute hab ich ihn nicht gesehen, aber der war schon mal hier«, bestätigte die Frau. »Muss ein paar Wochen her sein.«

Da kam ein erneuter Anruf von Claus. »Hug ist immer noch nicht aufgetaucht.« Er wolle als Nächstes dessen Zimmer durchsuchen, doch dazu benötigten sie einen Beschluss des Staatsanwalts.

Sie stimmte zu und er ging daran, diesen so schnell wie möglich einzuholen. Es würde etwas dauern, bis man den leitenden Beamten erreicht, gesprochen und überzeugt haben würde, sie kannten das.

Die Sonne war bereits sehr tief gesunken, und das verstärkte Mazzettis Gefühl, dass hier oben nichts war, das zur Lösung beitragen könnte. Sie beschloss, die letzte Bahn nach unten zu nehmen, ins Parkhotel Laurin zu Frau von Ax zu fahren und diese nach dem Assistenten ihres Mannes zu befragen. Mit einer letzten Handvoll Wanderer fuhr sie kurz darauf in der Kabine talwärts. Als sie auf halber Höhe gähnend zur Seite blickte, entdeckte sie in einer aufsteigenden Kabine Christiane von Ax. Sie sah sie deutlich im Profil, wie versteinert und in Gedanken. Mazzetti blickte ihr nach, wie sie in Richtung des Alpenglühens fuhr, und sofort war ihr klar, dass sie ihr folgen musste. Der Aufstieg wäre zu Fuß in anderthalb Stunden zu machen, in der Dunkelheit mit Stirnlampe eher in zwei, doch sie hoffte auf eine bessere Option.

Als sie an der Talstation auf der Frommeralm ankam, ging sie zu dem Seilbahnbetreiber, der die Station eben schließen wollte, zeigte ihm ihren Polizeiausweis und fragte ihn, ob er in einem dringenden Notfall ausnahmsweise eine weitere Bahn mit ihr nach oben fahren lassen könne.

Er willigte ein und zehn Minuten später erreichte die

Commissaria die »Laurin's Lounge«, kurz bevor die Rolltreppe abgestellt wurde.

Unterwegs hatte sie Perathoner angerufen und ihm ihren Verdacht durchgegeben: »Ich nehme an, die Frau des Opfers und dessen Assistent treffen sich jetzt gleich hier oben. Kann sein, dass sie ein Verhältnis haben und dass dies das Mordmotiv war.«

Der verblüffte Perathoner hatte eben den Durchsuchungsbeschluss ins Hotel gebracht bekommen.

Frau von Ax war in der Bar nicht zu sehen, also stieg Mazzetti hinauf zur Hütte. Es war inzwischen vollkommen dunkel, auch das Alpenglühen war vergangen, nur ein grünlich-rosa Glimmen hing noch über den Zinnen. An der Rezeption für die Schlafräume der Hütte fragte Mazzetti nach Frau von Ax und erfuhr, dass diese ein Doppelzimmer gebucht, sich aber alleine eingetragen habe. Die Nummer acht im ebenerdig gelegenen Stockwerk, ein Eckzimmer mit Fenster zur Seite hinaus.

Vorsichtig ging Mazzetti hinaus und einmal um die Hütte herum. Da hörte sie das Kichern einer Frau. Sie lugte um die Ecke. Am geöffneten Fenster stand im Mondlicht die frischgebackene Witwe von Ax, sie war allein. Trotzdem lachte und redete sie mit jemandem.

Mazzetti kniff die Augen zusammen. Im Schein der Zimmerlampe leuchtete vor dem Fenster etwas grün auf. Darüber sah sie jetzt das Gesicht eines Mannes auftauchen. Er war von so kleiner Gestalt, dass er durch einen Felsblock verborgen gewesen war. Sie erschrak. Es war keine Erscheinung, es war wirklich ein Kleinwüchsiger mit einem großen Kopf und Vollbart in einer grünen Jacke.

Im Zwielicht konnte sie sehen, wie sich Frau von Ax durchs Fenster herabbeugte und den kleinen Mann küsste. Dann streckte sie die Arme aus und half ihm, durch das Fenster zu ihr hereinzuklettern.

Mazzetti rang um Fassung. Sie hatte mit allem gerechnet, aber nicht damit. Der kleine Mann sah aus wie Laurin und er war der Liebhaber von …

Das Fenster wurde geschlossen. Mazzetti schlich näher und spähte vorsichtig hinein. Sie sah nur kurz zu, wie sich die beiden leidenschaftlich im Bett wälzten, dann zwang sie sich wegzusehen. Ihre Gedanken rasten. Sie zog den Prospekt aus der Jacke und blätterte nochmals zu der Ankündigung der Opernaufführung des »Rheingold«. Sie sah sich die Szenenfotos an, auf die sie zuvor nicht geachtet hatte. Eines zeigte Alberich, den Zwerg, der das Schwert schmiedete, gesungen von einem mächtigen Bariton, umgeben von kleinwüchsigen Statisten. Einer davon war der Mann da drin. Die Opernfans von Ax mussten eine vorige Aufführung besucht haben. Dabei hatte Frau von Ax vielleicht den Statisten kennengelernt und war eine Beziehung mit ihm eingegangen. Kleinwüchsige Männer waren sexuell attraktiv für manche Frauen, der kurze Blick von eben hatte es bestätigt. Sie nahm ihr Handy, das sie auf lautlos gestellt hatte, und ging ein Stück weg, um Claus anzurufen.

Leise und mit einer Hand ihren Mund abschirmend, erzählte sie ihm den neuesten Stand: Es gab doch einen

Kleinwüchsigen, Frau von Ax hatte eine Affäre mit ihm und ging dieser just eben nach, in unmittelbarer Nachbarschaft des »Rosengartens«. Vielleicht ein erotisches Rollenspiel mit Laurin, jedenfalls er, der Rivale seines Opfers, müsse der Mörder gewesen sein.

Claus war keineswegs so überrascht, wie sie gedacht hatte. Inzwischen hatte er das Hotelzimmer von Hug durchsucht und auf dessen Laptop einen Text gefunden, den dieser zu seiner Absicherung hinterlassen hatte. Darin stand, dass er vor zwei Monaten von seinem Chef Friedrich von Ax mit der Observierung von dessen Ehefrau betraut worden sei, da dieser sie einer Affäre in Bozen verdächtigt habe. Beim letzten Aufenthalt habe Hug sich überzeugen können, dass die Frau mit einem kleinwüchsigen Opernstatisten fremdgehe. Er habe sogar heimlich Fotos davon gemacht. Beim jetzigen Besuch habe Hug jenen Mann unter dem Vorwand, ein Regisseur wolle ihn kennenlernen, zum Parkplatz am Eisack bestellt, wo von Ax ihn mit seinem Wissen habe konfrontieren und ihn zur Beendigung der Affäre habe zwingen wollen. Dabei seien sie wohl in Streit geraten und der Opernstatist habe den Ehemann getötet. Er, Hug, habe als Einziger Kenntnis davon und habe nun die Ehefrau und reiche Erbin – worüber er sehr wohl sicher sei – sowie den Täter für sein Schweigen zur Zahlung von zwei Millionen Euro erpresst. Nachdem sich das Liebespaar anfänglich geweigert hätte, hätten die beiden unter Druck eingewilligt, nun sei er zur Übergabe am »Rosengarten« heute Nacht unterwegs. Falls ihm etwas zustoße, solle dieser Text der Aufklärung dienen.

»Also muss er auch hier sein«, sagte Mazzetti leise und bewegte sich wieder in Richtung Zimmerfenster. Im selben Moment hörte sie hinter sich ein Geräusch, dann erhielt sie einen so heftigen Schlag auf den Kopf, dass sie ohnmächtig zu Boden fiel.

*

Als die Commissaria wieder zu sich kam, hatte sie Mühe, sich zurechtzufinden, doch sie erinnerte sich an alles. Sie rappelte sich auf und wischte sich das Blut ab, das sie von einer Platzwunde am Hinterkopf herabrinnen spürte. Dann taumelte sie mit schmerzendem Schädel zum Fenster, es war geschlossen und das Zimmer unbeleuchtet. Sie blickte sich um. Über ihr ein Sternenzelt, weit unten im Tal blinkten einige Lichter. Wie viel Zeit mochte vergangen sein? In der Hütte war es überall dunkel. Sie drehte sich um und sah einen schwachen Lichtschein beim »Rosengarten« aufblitzen. So schnell wie möglich bewegte sie sich dorthin, wo das Licht aus einer Öffnung herausschien. Es handelte sich um jene Höhle, die sie nachmittags entdeckt hatte. Vorsichtig näherte sie sich.

»Gar nichts zahlen wir dir!«, sagte eine dunkle Stimme mit Südtiroler Färbung. »Die Commissaria hat uns doch schon gesehen, steck dir deine Erpressung …«

Mazzetti beugte sich tief hinunter und sah in die Höhle. Dort standen, von einer Lampe erleuchtet, der

Kleinwüchsige in der grünen Jacke, neben ihm die hübsche Schweizerin und ihnen gegenüber ein hagerer Blonder in einem Anorak. Kurt Hug. Erschrocken sah das Liebespaar zu Mazzetti hoch. Hug wandte sich zu ihr um.

»Stehen bleiben!«, rief der Opernstatist und hob eine Pistole.

»Lassen Sie das«, sagte Mazzetti. »Mit einer Waffe machen Sie es nur schlimmer.«

»Es ist meine«, sagte Hug kläglich. »Er hat sie mir weggenommen … Ich konnte doch nicht auf Frau von Ax schießen …«

Der Kleine lachte: »Du Feigling!«

»Wir wissen schon alles«, sagte Mazzetti in beschwörendem Tonfall zu ihm. »Nicht nur über die Affäre, auch über Ihr unverhofftes Treffen mit von Ax am Eisack, bei dem es zum Mord kam.«

»Er hat mir gedroht«, stieß der Ertappte hervor. »Und mich angefasst, geschubst und beleidigt. So was lasse ich nicht mit mir machen! Ich nicht!«

»Herr Hug hat Sie erpresst, so war es doch, oder?«

Hug nickte betreten. »Sie wollten gestern zunächst nicht darauf eingehen – also musste ich den beiden klarmachen, dass ich es ernst damit meine, die Polizei zu kontaktieren. Ihr Mörder, ihr seid ja völlig voneinander besessen mit euren perversen Spielen!«

Die Brünette schluchzte auf, entsetzt darüber, was sie angerichtet hatte. »Ich bin keine Mörderin! Ich konnte das doch nicht wissen …«

»Und diesen Ort haben Sie gewählt, weil Sie hier Zeuge der Affäre wurden?« Mazzetti sah Hug an. »Und weil Sie wussten, dass auch für heute ein Zimmer dafür gebucht war?« Sie wandte sich an von Ax' Liebhaber. »Sie kamen zu Fuß den Berg herauf, nicht wahr, damit Sie niemandem auffallen? Und das Geld ist auch hier?«

»Na, schön, dass Sie alles wissen«, sagte der Kleinwüchsige und hob die Pistole. »Ich lasse mich jedenfalls nicht einsperren für die Intrigen dieser verdorbenen Reichen.«

»Ludwig, lass es doch sein!«, flehte Frau von Ax.

Dieser stieß verächtlich hervor: »Du hast gut reden, du bist fein raus – bist ja nur ein bisschen amoralisch geworden für deine Lust …«

Hug wollte den Streit ausnutzen, stürzte vor, um die Pistole zu ergreifen, doch Ludwig sprang einen Schritt zurück und schoss. Hug schrie auf und fiel zu Boden, in den Oberschenkel getroffen.

Auch die Frau schrie.

Mazzetti stand nur gebeugt da und streckte die Arme zur Seite.

»Halt's Maul!«, herrschte Ludwig seine Geliebte an und packte sie grob am Arm. »Du kommst mit und die zwei Millionen für den da nehm ich auch, so hab ich wenigstens was davon!« Mit erhobener Pistole schwang er sich einen Rucksack auf den Rücken und zog die widerstrebende Schweizerin hinter sich her.

Sie wand sich: »Nein, Ludwig, ich will nicht! Ich bekomme ja Angst vor dir …«

»Sie werden nicht davonkommen«, versuchte Mazzetti zu bluffen. »Meine Kollegen sind schon da draußen und werden Sie stellen.«

»Ach ja? Versucht doch, uns zu folgen«, höhnte Ludwig.

Statt sich an ihr vorbei in Richtung Ausgang zu drängen, womit Mazzetti gerechnet hatte, wandte er sich um und zerrte Christiane von Ax mit sich in die Höhle zurück. Dort sah man im Schein seiner Stirnlampe einen schmalen, sehr niedrigen Gang, der zuvor nicht zu sehen gewesen war und offenbar ins Innere des Berges führte. Die Frau musste sich ducken, vorangestoßen von dem Kleinwüchsigen, der problemlos aufrecht gehen konnte. Die Commissaria wusste sofort, dass sie mit ihrer Größe nicht würde folgen können; sie würde stecken bleiben. Sie musste einsehen, dass der Mann die Frau entführt hatte und nun mit ihr entkam. Wie Laurin, dachte sie. Schnell band sie Hug, der unablässig stöhnte, den Oberschenkel mit ihrer Jacke ab. »Warten Sie hier!«

Mazzetti lief nach draußen und wollte eben ihr Handy zücken, als sie auf dem Geröllfeld Lichter sah, die sich bewegten.

»Stehen bleiben!«, ertönte Claus' Stimme. Ein Lichtstrahl flammte auf und erfasste die grün gekleidete Gestalt des Kleinwüchsigen und die der Frau. Sie waren in einiger Entfernung aus einem zweiten Höhlenzugang herausgekommen und versuchten zu fliehen. Ein Warnschuss knallte, Echos hallten wider. Die beiden blieben im Lichtkegel der Taschenlampe stehen, dann wurden sie von uniformierten Polizisten umringt.

Mazzetti eilte hinüber und kam gerade an, als Claus dem Kleinwüchsigen Handschellen anlegte. »Ludwig Murthaler, wir verhaften Sie wegen dringenden Mordverdachts!«

Der bärtige kleine Mann stöhnte vor Grimm, während ihm das Geld, die Pistole und ein Messer mit Hirschhorngriff, die mutmaßliche Mordwaffe, abgenommen wurden.

Mazzetti nickte Claus dankend zu, der nach dem abgebrochenen Telefonat sofort hergerast war und sich mit den Kollegen an den Aufstieg gemacht hatte. Perathoner kümmerte sich um die Geisel und legte Frau von Ax beschützend eine Decke um die Schultern. In diesem Moment war sich Mazzetti sicher: Er liebte Frauen.

Sie trat an die beiden heran und sagte zu ihr: »So einfach lass ich Sie nicht davonkommen bei der Sache. Die Schuld für das alles liegt bei Ihnen, das ist Ihnen doch hoffentlich klar, und Sie waren Komplizin bei der Vertuschung.«

Frau von Ax verbarg das hübsche Gesicht in den Händen.

»Die Commissaria hat recht, aber am Ende bin ich doch der, der für alles bezahlen muss!«, schrie Murthaler und wandte sich im Zorn an seine Geliebte: »Leckt mich mal alle am Arsch mit eurer Laurinsage und mit eurer Romantik! Soll es künftig jedem so gehen wie mir: Wer sich im Angesicht des Rosengartens der Liebe ergibt, dem soll sie ewiges Unglück bringen!«

Was für ein böser neuer Fluch, dachte die Commissaria und ließ die beiden abführen, während der Erpresser Hug unter Polizeibewachung ärztlich versorgt wurde.

»Aber so steht es nun geschrieben für alle Zeiten, lasst euch warnen, ihr Südtiroler und Touristen!« Sie und Claus Perathoner lachten noch etwas darüber, während der Arzt sich um ihre Wunde kümmerte.

In der Morgendämmerung fuhr Mazzetti nach Hause zu ihrem Mann und ihren Kindern. Weit in der Ferne sah sie, wie die Sonne die Bergspitzen über dem schlafenden Rosengarten aufleuchten ließ.

08 DER SCHWARZE FOCKE

VON CHRISTIANE OMASREITER UND KATHRIN SCHECK

Dieser Geschichte liegt die Sage vom »schworschzen Focke« zugrunde, die so überliefert ist, wie sie der Winkl-Knecht hier erzählt.*

*

Pfunders 1958

Matthias streckte sich lautlos. Er hatte sich kurz vor Sonnenaufgang hinter einem Felsen oberhalb vom Eisbruggsee auf einer Lodenunterlage eingerichtet. Seither waren einige Stunden vergangen, und die Sonne strahlte mit überraschender Kraft auf sein karges Lager. Mit seinem Fernglas suchte er unermüdlich die Umgebung ab. Der Eisbruggsee glitzerte dunkelblau unter ihm, eingerahmt von den eindrucksvollen Pfunderer Bergen. Aber für die Schönheit, die ihn umgab, hatte er heute

* Das schwarze Schwein.

keinen Blick. Seit einigen Tagen hatte er einen Gamsbock im Visier. So einen prächtigen alten Bock hatte im Dorf lange keiner mehr geschossen, dachte er voller Vorfreude. Da würden die anderen Jäger staunen. Deswegen hatte er heute – am hochheiligen Sonntag – auch den morgendlichen Gottesdienst geschwänzt. Ganz wohl war ihm nicht gewesen, als er unter dem enttäuschten Blick seiner Mutter seinen Rucksack gepackt hatte. Aber das würde der Herrgott schon verstehen. An manchen Tagen gab es Wichtigeres als den Kirchgang.

Da! Da war er. In majestätischer Ruhe stand der Gamsbock auf einem großen Felsen oberhalb und blickte über das Tal, als würde es ihm gehören. Obwohl Matthias mit seinen 22 Jahren die Jagdkarte schon einige Jahre hatte und sich für einen erfahrenen Jäger hielt, zitterten seine Hände, als er das Gewehr herrichtete. Er blickte durch das Zielfernrohr und nahm sich bewusst Zeit, das Wild anzuvisieren. Schließlich wollte er dieses erhabene Tier mit einem einzigen Treffer niederstrecken und nicht mit einem Streifschuss verletzen. Sein Finger lag auf dem Abzug, sein Atem beruhigte sich. In diesem Moment sah der kapitale Bock auf, blickte um sich und sprang pfeilschnell den Berg hinauf. Matthias folgte ihm mit dem Gewehrlauf, aber innerhalb von Sekunden war der Bock hinter einem Felsen verschwunden und ein Schuss unmöglich.

Laut fluchend legte Matthias sein Gewehr weg. Was zum Teufel hatte denn das Tier verschreckt? Jetzt konnte er es auch hören. Hundegebell. Welcher Idiot ging denn in der besten Jagdzeit mit seinem Köter hier heroben spazieren? Er richtete sein Fernglas auf den schmalen Steig unterhalb und entdeckte eine Frau, die schnellen Schrittes Richtung See wanderte.

Ärgerlich packte Matthias seinen Rucksack und schulterte sein Gewehr. Für den heutigen Tag konnte er den Abschuss vergessen. Als er zum Steig kam, winkte ihm die Frau freundlich zu. Jetzt, da er näher war, konnte er erkennen, dass sie jung war, wahrscheinlich einige Jahre jünger als er selbst. Ihre langen blonden Haare hatte sie zu Zöpfen geflochten, über denen sie ein rotes Kopftuch trug.

»Guten Morgen«, grüßte sie.

»Ein guter Morgen wäre es gewesen, wenn du und dein Hund nicht gekommen wärt«, knurrte Matthias.

»Welche Laus ist dir denn über die Leber gelaufen?«

»Du und der blöde Hund habt mir einen kapitalen Bock verscheucht.«

»Das tut mir leid«, sagte das Mädchen, klang dabei aber nicht sonderlich geknickt.

»Das hilft mir auch nichts«, sagte er schroff. »Was tust du denn überhaupt hier heroben?«

»Ich bin die Hanni Plaikner und über den Sommer die Aushilfskellnerin im Gasthof Lärcher. Seit gestern.«

»Der ist aber unten im Tal. Warum verschreckst du dann hier heroben das Wild?«

»Ich habe bis heute Abend frei und wollt hinauf zur Schutzhütte am Eisbruggjoch. Wenn ich allerdings gewusst hätte, dass die Pfunderer Jäger so grantig sind, hätt ich mich nicht allein hier heraufgetraut.« Sie steckte die Hände in ihre Knickerbocker und lachte ihn an, wobei ihre blauen Augen blitzten und sie eine Reihe gleichmäßiger kleiner Zähne entblößte.

Jetzt musste er grinsen. »Normalerweise sind wir ganz nett.«

»Da bin ich ja beruhigt«, sagte sie, nickte zum Gruß und setzte ihren Weg fort.

Verblüfft sah Matthias ihr nach. Jetzt, wo er seine Gereiztheit überwunden hatte und sich gern mit dem hübschen Mädchen unterhalten hätte, ließ sie ihn einfach stehen. Das war ihm noch nie passiert. Er war ein groß gewachsener Bursche mit dunkelbraunen Haaren und blauen Augen und die Mädchen vom Dorf hatten ihm immer das Gefühl gegeben, dass sie ihn attraktiv fanden. Vielleicht sollte er bald einmal beim Lärcher zukehren, um das Bild geradezurücken?

Einige Tage später machte Matthias sich nach getaner Arbeit auf dem Hof seines Vaters müde, aber sauber gewaschen auf den Weg zum Gasthaus. Er knöpfte seinen Wolljanker zu, denn es blies ein frischer Wind. Die Straße, die zum Gasthof hinaufführte, lag längst im Schatten, aber auf die höhergelegenen Höfe, die auf steilen Hängen dem Wetter trotzten, schien noch die Abendsonne. Weiter oben funkelte der Schnee auf den Dreitausendern der Zillertaler Alpen, die das Tal im Norden abschlossen.

Als er die Gaststube betrat, ging es bereits hoch her. Die meisten Tische waren mit Fremden besetzt, die hier in Pfunders, einem Bergdorf in einem Seitental des Pustertals, Urlaub machten. Am großen runden Tisch in der Mitte saßen wie immer die Pfunderer Jäger. Er grüßte knapp und setzte sich zu ihnen.

Suchend blickte er sich um. Dann entdeckte er Hanni, die gerade ein paar Gäste bediente. Hatte sie ihm letztens schon gefallen, war sie jetzt eine Augenweide. Sie trug einen engen schwarzen Rock und eine weiße Bluse, die blonden Haare hatte sie aufgesteckt, nur einzelne Strähnen umrahmten ihr feines Gesicht. Als hätte sie seinen Blick bemerkt, sah sie auf und lächelte ihn an. Nur mit einem Ohr hörte er den anderen Jägern zu, die von den Jagderlebnissen des heutigen Tages erzählten. Seine Augen wanderten immer wieder zur Aushilfskellnerin, die geschickt und behände Essen servierte, für jeden ein freundliches Wort hatte und mit den Gästen scherzte. Immer wieder trafen sich ihre Blicke.

Als sie eine neue Runde Rotwein zum Tisch brachte, sagte er mutig: »Schade, dass du letztens so schnell weg warst.«

»Ich habe gespürt, dass wir uns bald wiedersehen«, sagte sie, zwinkerte ihm zu und sah ihn für einen Moment durchdringend an. Sie stellte ein Glas vor ihm ab und eilte zum nächsten Tisch. Sehnsüchtig schaute er ihr hinterher.

»A schneidige Gitsche, heu?«*, hörte er den Tondl neben sich.

---

* Ein schönes Mädchen, gell?

Matthias nickte.

»Mach dir keine Hoffnungen. Bei der haben es schon viele versucht, aber sie hat alle abblitzen lassen.«

»Wenn ich an ihr Fenster klopf, würde sie schon aufmachen«, sagte Matthias mit mehr Zuversicht, als er verspürte.

»Du traust dich was, Bui, dass du dich wagst, auch nur ans Fensterln zu denken. Ich kann dir nur raten, lass das sein«, meldete sich eine tiefe, raue Stimme zu Wort.

Matthias drehte sich erstaunt um. Am Budel* saß der Hansl, der betagte Knecht vom Winkl-Hof. Ein hagerer alter Mann, dessen sonnengebräuntes, faltiges Gesicht von vielen harten Arbeitsstunden im Freien zeugte. Matthias war überrascht von seiner dunklen Stimme und ihm wurde bewusst, dass er den Alten noch nie hatte reden hören, obwohl er öfters im Gasthaus war. Meistens trank Hansl seinen Retn allein.

»Winkl-Knecht, ist dir nicht recht, wenn man einmal seinen Spaß haben möchte?«, fragte Matthias aufmüpfig. »Du warst doch auch mal jung.«

Der Winkl-Knecht blickte ihn direkt an und sein Lächeln brachte braune Zähne und einige Lücken zum Vorschein. »Du erinnerst mich an mich selbst. Früher war ich genau wie du. Ich habe immer geglaubt, mir könne keiner was anhaben. Ich war groß, hatte so viel Kraft wie ein Stier und hielt mich in meiner Jugend für unbesiegbar. Bis zu dieser einen Nacht. Seitdem weiß ich, dass es wahr ist, was die Leute im Dorf vom schwarzen Focke erzählen.«

---

* Theke.

Die anderen Jäger wurden auf das Gespräch der beiden aufmerksam und hörten zu, als der alte Knecht zu berichten begann: »Ich war Anfang 20, furchtlos und bis über beide Ohren verliebt in die Oberkircher-Dirn. Das war eine Frau. Strohblonde Haare bis zum Hintern und genügend Holz vor der Hütt'n. Die Gitsche hat mir nach dem Tanz schöne Augen gemacht und mir gesagt, dass sie in der Nacht ihr Fenster für mich offen stehen lässt. So einer Einladung konnte ich natürlich nicht widerstehen. Auch wenn ich wusste, dass der Oberkircher-Bauer mich windelweich schlagen würde, falls er mich bei ihr erwischte.« Der alte Knecht senkte die Stimme und sah die Männer reihum an, bevor er fortfuhr: »Ich kann mich an die Nacht erinnern, als wenn es gestern gewesen wäre. Kurz vor Mitternacht habe ich mich vom Winkl-Hof auf den Weg gemacht, damit keiner aus dem Dorf was von unserem Techtelmechtel mitbekommen würde. Die Nacht war kühl und der erste Schneewind des Jahres hat die letzten Blätter von den Bäumen geweht. Man konnte den nahenden Schnee schon riechen. Voller Vorfreude schritt ich Richtung Oberkircher. Auf einmal hab ich hinter mir in der Dunkelheit ein ungewöhnliches Geräusch gehört. Als ich mich umschaute, sah ich einen Schatten.« Obwohl Hansl mit leiser Stimme gesprochen hatte, waren die Gespräche an den anderen Tischen verstummt. Eine merkwürdige Stille hatte sich über die Gaststube gelegt. Es schien, als würde ein jeder den Worten des Knechtes lauschen.

»Erst habe ich an eine Katze oder einen Hund gedacht und ging unbeeindruckt weiter. Doch einige Schritte später hielt ich wieder inne. Horchte. Mein Instinkt sagte mir, dass mich irgendjemand oder irgendetwas beobachtete. Ich drehte mich schnell um, doch da war nichts außer diesem Schatten – zu groß für eine Katze und zu breit für einen Hund. Der dunkle Umriss schien mich zu verfolgen, aber er kam nicht näher. Immer wenn ich stehen blieb, blieb auch das dunkle Etwas stehen. Ging ich weiter, hörte ich ein Schnauben und Grunzen hinter mir. Ich nahm all meinen Mut zusammen, drehte mich erneut blitzschnell um und ging geradewegs einige Schritte auf den Schatten zu. Da erkannte ich den schwarzen Focke. Der Eber kam langsam näher und blickte mich mit seinen kleinen bösen Augen an. Mich schauderte. Er blickte mir tief in meine Seele, und eine eisige Kälte durchfuhr mich. In diesem Moment erkannte ich, dass der Teufel in der Gestalt des schwarzen Schweins hinter mir her war. So schnell ich konnte, rannte ich die wenigen Meter zum Oberkircher. Wie versprochen stand das Fenster der Dirn offen. Ich schnappte mir die Leiter vom Schuppen und legte sie unterhalb des Fensters an. Als ich auf der letzten Sprosse stand, sah ich im Lichtschein des Fensters den schwarzen Focke unten an der Leiter auf mich warten.«

Jeder in der Stube hing an den Lippen des alten Mannes. Hanni, die gerade Gläser poliert hatte, war mitten in der Bewegung erstarrt und schien jedes Wort förmlich aufzusaugen.

»Als ich im Morgengrauen nach Hause wollte«, setzte Hansl nach einem kräftigen Schluck vom Rotwein seine Geschichte fort, »lag das Schwein immer noch da. Ich wusste mir nicht mehr zu helfen und hab auf der Leiter damit begonnen, leise ein Vaterunser zu beten. Daraufhin ist das Tier aufgestanden und verschwunden. Ich konnte mein Glück gar nicht fassen. Wenn der Bauer mich bei der Dirn erwischt hätte, hätte uns das beide die Anstellung gekostet. Trotzdem war ich unsicher. Ich bat die Oberkircher-Dirn weiterzubeten, bis ich daheim war. Auf meinem Heimweg war der gewaltige Eber nicht zu sehen und ich beruhigte mich allmählich. Doch kurz bevor ich zu Hause war, schoss er aus dem Gebüsch einige Meter hinter mir heraus. Er grunzte so bedrohlich, dass ich vor Schreck erstarrte. Als er langsam näher kam, begriff ich, dass es um Leben und Tod ging, und meine Beine setzten sich in Bewegung. Ich lief, so schnell ich konnte, und schloss in allerletzter Sekunde das Hoftor. Wütend preschte der schwarze Focke dagegen. Das teuflische Schwein hatte eine solche Kraft, dass ich fürchtete, das Hoftor würde zerbersten. Doch es hielt. Die Gitsche hatte wohl zu früh aufgehört zu beten und der Focke hatte die Verfolgung wieder aufgenommen.« Der Winkl-Knecht leerte sein Glas und stand sichtlich mitgenommen von seiner Erzählung auf.

»Der Teufel … Wer glaubt denn heute noch an so was?«, fragte Matthias, als er sich gefasst hatte. »Wahrscheinlich hat dir deine Fantasie einen Streich gespielt,

Winkl-Knecht, oder du hast vorher zu tief ins Glas geschaut.«

Der alte Mann blieb vor Matthias stehen. »Ich habe dir nur erzählt, was mir passiert ist. Ich hatte verdammtes Glück und ich war dem Herrgott immer dankbar, dass er mein Leben gerettet hat. Vor zehn Jahren hat es den Simon erwischt, dem war das Schicksal nicht so gnädig.«

»Der Simon, der ist in der Nacht abgestürzt. Warum auch immer. Der Unfall wurde nie geklärt«, entgegnete Matthias forsch, obwohl ihn ein mulmiges Gefühl beschlich, als er an den Verunglückten dachte.

»Warum auch immer. Ich weiß es. Die Leute sagen, er war vorher beim Fensterln bei der Thresl. Wahrscheinlich hat ihn der Focke auf dem Heimweg verfolgt und ihn so gehetzt, dass er in die Schlucht gefallen ist. Der Teufel hat sich seine junge Seele geholt.« Obwohl der alte Knecht fast geflüstert hatte, schwang eine deutliche Warnung in seinen Worten mit.

»Gut, dass ich an keiner Schlucht vorbeimuss. Auf meinem Weg liegt nur die Kirche und um die wird der Teufel einen großen Bogen machen«, gab sich Matthias selbstsicher.

Die anderen Jäger lachten.

Der Winkl-Knecht lachte nicht. Er schaute ihn ernst an, nickte kurz und verließ schweigend die Gaststube.

Die Männer bestellten eine weitere Runde Retn und spielten Karten. Matthias verließ als einer der Letzten das Lokal. Hanni stand draußen, lehnte an der Wand und rauchte genussvoll eine Zigarette. Eigentlich fand er rauchende Frauen abstoßend, aber bei Hanni wirkte es nicht billig, sondern verführerisch.

Matthias blieb vor ihr stehen. Er wollte etwas sagen, aber ihm fiel nichts ein. Also stand er einfach nur da und konnte seinen Blick nicht von ihr abwenden. Er ärgerte sich selbst über seine Unsicherheit. Hanni war anders als die Gitschn im Dorf. Die kannte er alle von klein auf und mit der ein oder anderen hatte er was gehabt. Schüchtern war er bei keiner gewesen. Im Gegenteil, bei den anderen jungen Männern galt er als Draufgänger. Für einen kurzen Moment schwiegen sie sich an.

»Ich habe bald Schluss und …«, sie machte eine Pause und blickte ihn dabei kokett an, »… eigentlich wollte ich dir vorher schon sagen, dass ich dir mein Fenster aufmachen würde, wenn du heute Nacht klopfst. Aber nach der Geschichte des alten Winkl-Knechts wirst du dich eh nicht mehr trauen.« Sie sah ihn herausfordernd an.

»Warum nicht? Nur wegen den Spinnereien eines alten Mannes? Der Teufel. So ein Schmarrn. Natürlich komme ich zu dir«, beeilte er sich zu sagen. Auch wenn er vorhin am Stammtisch damit geprahlt hatte, dass sie ihn bestimmt einlassen würde, war er jetzt von ihrer Einladung überrascht.

»Dann freue ich mich. Ich habe ein Zimmer bei der Lanerin. Mein Licht lass ich an, damit du nicht bei der alten Bäuerin landest.« Sie nahm einen letzten Zug und warf die Zigarette zu Boden. Dann küsste sie ihn auf die Wange. »Ich bete auch«, sagte sie und zwinkerte ihm zu.

»Bis später.« Matthias blickte ihr hinterher, als sie zurück in die Gaststube ging, und lächelte zufrieden.

»Du hast auch immer Glück mit den Frauen.« Sein Kamerad Tondl trat aus dem Dunklen heraus in den Lichtschein, der aus dem Fenster der Gaststube fiel. »Lädt die dich ein. Warum passiert mir so was nie? Du bist schon ein wilder Hund.«

Matthias war froh, dass es bloß Tondl war, der es mitbekommen hatte. Sein Freund seit Kindertagen war verschwiegen. Auf ihn konnte er sich verlassen. Schließlich waren die Gitschn darauf bedacht, nicht zum Dorfgespräch zu werden, wenn sie nachts ihrem Schatz ihr Fenster aufmachten.

*

Ohne Zwischenfall erreichte er das Haus, in dem Hanni wohnte. Er stellte die Leiter, die am Futterhaus angelehnt gewesen war, an ihr Fenster und kletterte hinauf. Als er klopfte, öffnete sie sofort. Im sanften Mondlicht wirkte sie mit ihren goldblonden Haaren, die jetzt offen in weichen Wellen bis über ihre Schultern fielen, noch bezaubernder.

»Hast du Angst gehabt auf dem Weg zu mir?«, fragte sie kokett.

»Ach was. Der Winkl-Knecht wollte uns nur um ein paar schöne Stunden bringen«, antwortete Matthias. »Und für diese Augenblicke mit dir allein würde ich es mit dem Teufel persönlich aufnehmen«, prahlte er und zog sie zärtlich näher zu sich. Er küsste ihre vollen Lippen, wobei er fast sein Gleichgewicht auf der wackligen Leiter verloren hätte. Diese Frau bringt mich aus der Fassung, dachte er verliebt.

Was war das? Matthias hielt inne. Er vermeinte ein Grunzen zu hören. »Hast du das auch gehört?«

Sie lauschte. »Da ist nichts«, antwortete Hanni und lächelte ihn an. Sie küsste ihn wieder.

Erneut hörte er ein Grunzen. Ein banges Gefühl beschlich ihn. So ein Unsinn, rief er sich selbst zur Ordnung. Das Gerede vom Winkl-Knecht hatte ihn anscheinend mehr verunsichert, als er sich eingestehen wollte. Hier war er, bei einem wunderschönen Mädchen, das ihm das Fenster geöffnet hatte, und er dachte an einen alten Mann, der kaum Zähne im Mund hatte.

Erneut ertönte dieser seltsame Laut. Halb Quieken, halb Stöhnen. Halb wie ein Mensch, halb wie ein Tier. Die feinen Härchen auf seinen Unterarmen richteten sich auf. Unten schlug etwas Schweres gegen die Tür des Futterhauses. Er hörte Holz knarren und splittern. Wollte dort etwas herein oder heraus?

Hanni stieß einen spitzen Schrei aus und sprang vom Fenster zurück. Panisch blickte sie zwischen ihrer Zimmertür und dem geöffneten Fenster hin und her, dann packte sie entschlossen einen Stuhl und schob ihn unter die Türklinke. Aus großen Augen schaute sie Matthias an.

»Er will nur mich!«, rief er gepresst. »Wenn ich weg bin, bist du in Sicherheit. Bete für mich!«

Abwehrend schüttelte Hanni den Kopf. »Nein, bleib.«

»Bet für mich. Du hast doch den Winkl-Knecht gehört. Das ist das Einzige, was wir machen können. Dann verschwindet der Focke. Und hör ja nicht auf zu beten, bis ich daheim bin!« Es musste der Teufel sein, dachte er. »Der Leibhaftige!«, stieß er voller Panik hervor.

Hanni starrte ihn an, als sei er verrückt geworden. Wieder schlug etwas gegen die große Tür des Futterhauses. Das junge Mädchen zuckte zusammen.

»Bet!«, rief Matthias und begann, mit wackeligen Knien die Leiter hinunterzuklettern.

»Vater unser, der du bist im Himmel ...«, hörte er Hanni mit zitternder Stimme.

»Lauter!«, schrie er zu ihrem Fenster hinauf, dann rannte er los.

»... unser tägliches Brot gib uns heute«, hörte er noch aus der Entfernung, während er in großen Sprüngen, jede Faser seines Körpers zum Zerreißen angespannt, über das Feld Richtung Kirche hetzte.

Unterhalb des Kirchbichls blieb er stehen und lauschte. Hanni konnte er nicht mehr hören. Hatte sie aufgehört zu beten? Halt! Da war etwas. Er fürchtete, sein Herz würde stehen bleiben. Es war wieder dieses markerschütternde Geräusch, als würde ein Kind schreien, und gleichzeitig eine Art Grunzen. Der schwarze Focke war hinter ihm her. Ängstlich blickte Matthias sich um. Eine dunkle Wolke hatte sich vor den Mond geschoben und er konnte in dem schwachen Licht nichts erkennen. Bewegte sich dort hinten etwas? Er spürte etwas Dunkles, etwas Bedrohliches. Das Atmen fiel ihm schwer und sein Brustkorb wurde eng. Trotzdem, fast wie ferngesteuert, rannte er wieder los. Er musste so viel Abstand wie nur irgendwie möglich zu dieser furchterregenden Kreatur gewinnen. Hinauf zur Kirche. Auch wenn er während der Jagdzeit oft den Sonntagsgottesdienst geschwänzt hatte, so war er sich gewiss, dass er an diesem Ort vor dem Teufel sicher sei. Er meinte, seine Lunge würde platzen, als er in großen Sätzen den Aufstieg zur Kirche hinaufhechelte.

Das Eisentor, das zum Friedhof führte, der die Kirche umgab, öffnete sich mit einem leisen Quietschen. Über den Gräbern, die jedes für sich mit einem anderen schmiedeeisernen Kreuz geschmückt waren, lag eine bleiern harmonische Stille. Die Grabkerzen und der silbrige Schein des Mondes, der ab und zu hinter einer Wolke hervorkam, tauchten den Friedhof in ein kaltes Licht.

Sein Herzschlag beruhigte sich. Schon hier fühlte er sich sicherer als draußen auf dem Feld. Schnell legte er die letzten Meter zur Kirchentür zurück. Jetzt war alles gut. Sobald er im Inneren war, konnte ihm der schwarze Focke nichts mehr anhaben.

Er drückte die schwere Klinke nach unten. Doch die Tür ließ sich nicht öffnen. Wieder und wieder versuchte er es. Rüttelte verzweifelt am Griff, nichts geschah. Die Kirche war verschlossen, sein Zufluchtsort war ihm verwehrt. Was sollte er tun? Hierbleiben und hoffen, dass sich der Teufel auch von Friedhöfen fernhielte? Warten, bis es hell wurde und der Pfarrer vom Wiedn* herüberkam, um die Morgenmesse zu lesen?

Das Quietschen der Friedhofspforte riss ihn jäh aus seinen quälenden Gedanken. Ein weiteres Mal ertönte dieser verhasste schrille Ton, der ihm erneut einen Schauer über den schweißnassen Rücken laufen ließ. Der schwarze Focke kam auf den Friedhof, um ihn zu holen. Mehr Tier als Mensch und doch nicht ganz Tier. Sein letztes Stündlein hatte geschlagen, fuhr es ihm durch den Kopf. Mit einem gewaltigen Satz sprang er über die Friedhofsmauer und landete mit schmerzverzerrtem Gesicht auf der anderen Seite. Dann rannte er, wie er in seinem Leben noch nie gerannt war. Den Kirchbichl hinunter, vorbei am Tondl-Laden, und beim Barth-Hof bog er schließlich auf den alten Weg ab. Er wagte es nicht, stehen zu bleiben und zu lauschen, ob ihm das Untier folgte. Ein einziger Gedanke beseelte ihn: nach Hause, nur nach Hause.

Kurz vor der kleinen Brücke beim Roanerbach stolperte er und ging zu Boden. Er hatte das Gefühl, er könne den eisigen Atem des Höllenviehs an seinem Nacken spüren. War der schwarze Focke schon so nahe? Wollte er ihn in einen Abgrund treiben?

Matthias stöhnte. Mühsam kam er wieder auf die Beine. Er traute sich nicht, den Kopf zu drehen. Erneut lief er los. Vorbei am Gasthof Brugger. In der Ferne konnte er schon den Umriss seines Elternhauses sehen.

* Pfarrhaus.

Das letzte Stück dort hinauf schien unendlich. Seine Beine waren bleischwer, doch hatte er sich noch nie so sehr nach einem Ort gesehnt wie jetzt nach diesem Haus. Endlich, endlich war er am Zaun von Mutters Bauerngarten. Mit wenigen langen Schritten erreichte er die Haustür und stieß sie auf. Wie immer war nicht abgesperrt. Er trat ein, schob den Riegel vor und ließ sich schwer gegen die Tür fallen. Schweiß lief ihm übers Gesicht und es schien ihm, als könnte er nicht genug Luft bekommen. Oben knarzte eine Tür.

»Hiasl, bische guit hoamkemm?«, hörte er seine Mutter rufen.

Diese Frage, mit der sie ihn immer begrüßte, egal wie spät und in welchem Zustand er nach Hause kam, war Musik in seinen Ohren.

»Alles in Ordnung, Mamme. Was soll schon sein?«

Zum ersten Mal hatte er das Gefühl, wieder richtig atmen zu können. Als er im Bett lag, konnte er nicht einschlafen, obwohl sein Körper todmüde war von seiner Flucht vor dem schwarzen Focke. Viel zu aufgewühlt war er im Inneren. Seine Fantasie malte ihm grauenvolle Bilder von dem Wesen, das hinter ihm her gewesen war. Es dauerte Stunden, bis er in einen unruhigen Schlaf fiel.

*

Für den nächsten Tag hatte Matthias sich mit Tondl verabredet. Als er bei seinem Freund daheim ankam, saß

Tondl zusammen mit dem alten Winkl-Knecht auf der Holzbank, die neben dem Hauseingang stand.

»Hoila, Matthias«, grüßte Tondl ihn.

»Bui, du schaust gar nicht gut aus. Hast du am Ende nicht auf mich gehört und bist fensterln gegangen?«, fragte der alte Mann und betrachtete ihn prüfend von oben bis unten.

Matthias wusste, dass ihm die Angst der gestrigen Nacht noch im Gesicht stand. Als er heute Morgen in den Spiegel geschaut hatte, hatte er sich bei seinem Anblick gedacht: So sieht man also aus, wenn man dem Teufel nur knapp entkommen ist. Sein Gesicht war bleich gewesen und er hatte erschreckend dunkle Ringe unter den Augen gehabt.

Eigentlich hatte er sich vorgenommen, nichts von gestern zu erzählen. Aber jetzt, wo er den Winkl-Knecht vor sich hatte, spürte er den Drang, sich das Geschehene von der Seele zu reden. Schließlich war Hansl der einzige Mensch, der etwas Vergleichbares erlebt hatte.

»Du hattest recht, Winkl-Knecht. Das war das Schlimmste, was mir bisher passiert ist. Fast hätte er mich erwischt, der Teufel.« Matthias' Stimme zitterte. Der Schreck saß noch immer tief.

»Ab und zu soll man halt auf die Alten hören«, sagte der Winkl-Knecht nachdrücklich. »Das wird dir eine Lehre sein«, fügte er streng hinzu.

Matthias nickte ehrfürchtig.

Tondl, der den beiden zugehört hatte, begann auf einmal schallend zu lachen. »Wenn du dich nur sehen könntest, Hiasl. Da haben wir dich dranbekommen. Es war zwar ein mordsmäßiger Aufwand, aber der Spaß hat sich gelohnt.«

Matthias schaute seinen Freund verständnislos an.

»Schau, ich habe ja gestern mitbekommen, dass du in der Nacht noch zur Hanni zum Fensterln wolltest. Ich habe den Karl und den Josef eingeweiht. Zusammen haben wir eine Sau vom Josef mit ihrem Ferkel auf einen Hänger geladen und sind zur Hanni gefahren. Sobald du oben auf der Leiter warst, haben der Karl, der Josef und ich einen schweren Holzbalken genommen und ihn gegen die Tür vom Futterhaus geschlagen. Als du dann in Panik die Leiter runtergestiegen bist und die Hanni gebeten hast, laut das Vaterunser zu beten, mussten wir uns sehr zusammenreißen, leise zu sein. Karl hat sich seine Hand so an den Mund gepresst, dass er fast an seinem Lachanfall erstickt wäre. Der Josef hat die Muttersau vom Hänger runtergelassen und wir haben sie hinter dir hergetrieben. Das Ferkel hat kläglich nach seiner Mutter geschrien, und wie du inzwischen weißt, hört sich das helle Quieken eines Ferkels grässlich an. Der Karl hat es schließlich auf dem Arm hinterhergetragen, weil es ihm leidgetan hat. Wir sind dir nach, allerdings nur bis zum Friedhof. Dann bist du so schnell gerannt, dass wir mit der Sau nicht mehr aufholen konnten und aufgegeben haben.«

Matthias starrte Tondl entgeistert an, nach wenigen Augenblicken fasste er sich. »Also gibt es keinen Focke?« Er fühlte Zorn in sich aufsteigen, als er an die scheußliche Angst der letzten Nacht dachte. »Na wartet! Das werde ich euch nicht vergessen«, schimpfte er, da musste er plötzlich selbst lauthals lachen und die unterschwellige Anspannung, die ihn nicht losgelassen hatte, fiel von ihm ab. »Dann kann ich ja ohne Sorge wieder zur Hanni gehen. Das nächste Mal lass ich mich jedenfalls von niemandem mehr stören.«

Der Winkl-Knecht sah Matthias eindringlich an. Er lachte nicht. »Dieses Mal waren es vielleicht deine Freunde, damals bei mir war es der schwarze Focke«, sagte er mit tiefer Überzeugung. »Sei vorsichtig. Den Teufel fordert man nicht heraus.«

09 DIE VERLORENEN SEELEN VOM TOTENSEE

VON HEIDI TROI

Auf der Villanderer Alm – einem wunderschönen Wandergebiet und nach der Seiser Alm die zweitgrößte Alm Südtirols – gibt es einen Gebirgsübergang, der »Toten« heißt. Dort steht eine kleine Kapelle, etwas entfernt liegt der Totensee. Am Toten soll früher ein Bergwerk gewesen sein. Weil die Knappen aber in der Christnacht lieber gekegelt hätten, statt die heilige Messe zu besuchen, sei das Bergwerk über ihnen zusammengebrochen und sie seien verschüttet worden. Manchmal, so erzählt man sich, könne man sie auch heute noch kegeln hören.

*

»Toni, noch eine Runde für das beste Filmteam der Welt!«, rief Matze dem Wirt zu, der hinter dem Tresen auf seinem Handy herumspielte.

Der Hüttenwirt, ein grobschlächtiger Mann, der seit sechs Tagen im selben karierten Flanellhemd steckte, machte sich wortlos ans Zapfen. Wenig später standen sechs große Bierkrüge vor Matze und seinen Kollegen von der Filmhochschule Berlin, und sie ließen sie lachend gegeneinander krachen. Der Wirt sah ihnen missbilligend zu. Matze hatte eine Ahnung, warum. Es ging auf elf Uhr nachts zu, Toni hatte die Schutzhütte auf der Villanderer Alm ausnahmsweise für die Filmcrew geöffnet und war den ganzen Tag über für sie auf den Beinen gewesen.

Auch Matze fühlte sich gerädert. Die Höhenluft setzte ihm zu. Der eisige Wind, der über das Hochplateau wehte, war ihm in die Knochen gefahren, und seine Wangen fühlten sich an, als hätte er Fieber. Aber er war in Hochstimmung wie die anderen Mitglieder der Crew. Das gesamte Material war im Kasten. Sie hatten den Zeitplan perfekt eingehalten und die Location rund um den Totensee war wie geschaffen für die Geschichte. Heute war sogar ein Steinadler ins Bild geflogen, als hätten sie ihn bestellt. Er hatte seinen hellen Schrei ertönen lassen, während der Hauptdarsteller ins Tal geblickt hatte. Sein Abschlussprojekt würde Preise einfahren, da war sich Matze sicher. Der beste Start für seine Karriere als Filmregisseur.

Er betrachtete seine Crew. Alle außer Kai steckten in ihrem letzten Jahr. Der Kameramann, der mit seinen kurz geschorenen Haaren ständig an den Ohren gefroren hatte, war als Einziger schon berufstätig und hatte einige Erfahrungen an professionellen Filmsets gemacht. Er hatte Matze vor so manchem Fehler bewahrt. Flo, der Soundtechniker, hatte sogar im Schlaf seine Kopfhörer um den Hals hängen. Er war gerade in eine Diskussion mit seinem Tonassistenten Kim Min Ho vertieft, mit dem er sich einen anderen Ohrkopfhörer teilte. Wahrscheinlich ging es wieder einmal um irgendein koreanisches Popsternchen, für das Kim Min Ho seinen Freund zu gewinnen versuchte. Wie gewohnt würde die Diskussion so enden, dass Flo behauptete, dieses Gedudel nicht zu vertragen. In den nächsten Tagen würde er genau diesen Titel jedoch ständig summen. Kim Min Ho gewann immer. Dann waren da noch Sven, der Schauspieler, und Phil, der bei diesem Projekt für Continuity und Setdesign zuständig war. Mehr als einmal hatten sie ihn damit aufgezogen, dass das Set bereits von der Natur designt worden sei und jeder Versuch, für Continuity zu sorgen, von vorneherein zum Scheitern verurteilt wäre. Der junge Mann mit den Rastalocken nahm es gelassen. Es war eine reine Männergruppe, die Matzes Projekt umsetzte, und sie hatten alle ihre ganze Energie hineingesteckt.

Den Absacker hatte er sich verdient. In der mit hellem Fichtenholz getäfelten Stube bullerte ein Holzofen, und die Wärme ließ langsam seine Glieder auftauen. Ihn zog nichts in ihr Lager, das in der Hütte nebenan untergebracht war. Wollte man ins warme Bett, musste man sich der Winterkälte auf dem Villanderer Hochplateau aussetzen.

»Ein Schnapsl, Mander? Zum Einschlafen?«, riss ihn die Stimme des Wirts aus seinen Gedanken. Seine Absicht hinter dem Angebot war durchschaubar. Er wollte sie abfüllen, damit er endlich schlafen gehen konnte.

Matze schloss sich dem fröhlichen Gejohle seiner Kumpels an, stürzte das Stamperle »Schwarzgebrannten« hinunter und hielt es gleich wieder hoch, um es sich von Toni auffüllen zu lassen.

»Das ist fast so gut wie Soju«, sagte Kim Min Ho anerkennend und ließ sich ebenso nachschenken.

»Noch eins. Dann schließe ich ab. Geht schon auf Mitternacht zu«, sagte Toni.

»Wieso? Kommen da die Geister?«, neckte ihn Kai.

Ernsthaft nickte Toni. »In den Raunächten gehen die verlorenen Seelen der Knappen um.«

Jetzt horchte Matze auf. »Erzähl!«

Der Wirt warf einen Blick auf die Uhr, ehe er nickte. »Na gut. Aber danach ist Zapfenstreich.« Er setzte sich zu den Männern an den Tisch und begann: »Auf dem Seeberg wird seit Menschengedenken Metall abgebaut. Der ganze Berg ist von Stollen durchzogen. Man erzählt sich, dass die Knappen hier oben reicher und immer reicher geworden seien. Tag und Nacht haben sie nach Gold geschürft und darüber den Herrgott vergessen.«

»In Ewigkeit, Amen«, spottete Matze, langte nach der Schnapsflasche und füllte selbst sein Glas nach.

Der Wirt warf ihm einen unergründlichen Blick zu, dann fuhr er fort. »Eines Nachts kam es, wie es kommen musste. Es war die Christnacht. Jeder gläubige Mensch war in der Kirche, um die Geburt des Herrn zu feiern, aber die Knappen waren auf dem Seeberg geblieben und vergnügten sich mit ihrem goldenen Kegelspiel. Da kam ein Alter vorbei. Er trug einen Priesterrock, hatte die Bibel und sein Brevier dabei. ›Ich bin gekommen, um mit euch die Christmette zu feiern‹, sagte er. Aber die Knappen hatten damit nichts im Sinn, jagten den Alten fort und spielten weiter mit ihrem goldenen Kegelspiel. In dieser Nacht ließ der Herr das Bergwerk über ihren Köpfen einstürzen.«

»Rums«, machte Kai.

Phil erzeugte mit den flachen Händen einen Trommelwirbel auf der Tischplatte und Kim Min Ho stimmte mit ein.

»Ihre Seelen sind bis heute nicht zur Ruhe gekommen. In den Nächten vor hohen kirchlichen Feiertagen kann man das Kegelspiel bis ins Tal hinunter rumpeln hören, und in den Raunächten gehen die Knappen über die Villanderer Alm und holen die Seelen von Menschen, die nicht gottesfürchtig sind.« Vielsagend sah Toni in die Runde.

Alle schwiegen, nur Matze meinte mit schwerer Zunge: »Schwachsinn.«

Der Wirt zuckte die Schultern. »Braucht ihr noch was?«

Allgemeines Kopfschütteln war die Antwort. Toni stand auf und verließ den Raum.

»Wie im Mittelalter«, sagte Matze.

Kai pflichtete ihm bei. »Das hat man davon, wenn man da lebt, wo Fuchs und Has sich gute Nacht wünschen.«

Die anderen nickten. Es wurde still in der Hütte. Flo tauchte seinen Finger in eine kleine Bierpfütze und malte Kringel auf die Tischplatte. Draußen pfiff der Wind über die Hochebene, dass einem selbst in der Hütte kalt wurde.

Plötzlich schreckte Matze auf. »Hört ihr das?«

Die anderen lauschten. Verneinten.

»Da ist nix«, sagte Kai.

Matze stand auf und ging ans Fenster. Vor ihm lag eine unberührte Schneedecke, im Hintergrund leuchteten die weißen Felsen der Dolomiten. Der sagenumwobene Schlern, der Lang- und Plattkofl, die Villnösser Geisler, vom Vollmond beschienen, der rötlich leuchtete. Ein Blutmond. Erneut ertönte raues Männerlachen. »Da war's wieder. Hört ihr's nicht?«

»Die Geister der Knappen«, meinte Flo mit hohler Stimme. »Jetzt holen sie uns Ungläubige.«

Kim Min Ho ließ ein Geisterheulen hören.

Sven kicherte beschwipst vor sich hin.

»Dann pass bloß auf, dass sie dich nicht holen.« Kai stand auf. »Du musst morgen noch Atmo einfangen. Ich hau mich ins Bett.« Er verschwand nach draußen.

Sven stand mit einem »Gute Nacht« auf und folgte ihm zusammen mit Phil.

Flo malte weiter seine Kreise. »Der Wind … Wir sollten den aufnehmen. Ist ein geiles Geräusch.«

Matze winkte ab. »Mit den Stimmen drin kannst du das vergessen.«

»Da sind keine Stimmen.«

»Doch. Hörst du's nicht? Sie lachen. Sie müssen direkt vorm Haus sein.« Matze blinzelte durch die Scheibe in die Nacht hinaus. Hinter der Schneedecke, die im Mondlicht glitzerte, hob sich der Villanderer Berg dunkel ab. Dort, wo der Pfad Richtung Totensee verlief, tanzte ein Licht bergwärts. »Da! Sieh mal! Da oben!« Er deutete aufgeregt in die Richtung des einsamen Lichtleins.

Flo kam zu ihm ans Fenster, blickte dorthin, wo Matzes Finger hinzeigte. »Wo?«

»Da! Auf dem Wanderweg zum Totensee. Siehst du's nicht?« Er wandte sich zum Wirt um. »Hast du nicht gesagt, dass der Weg nicht sicher sei?«

Mehr als einmal hatte Toni sie fast flehend davor gewarnt, Richtung See zu gehen. Der schmale Pfad sei nicht abgesichert, es bestünde die Gefahr, dass sich Schneebretter vom Gipfel lösten und über die steilen Berghänge Richtung Alm donnerten. Der Wirt blieb dabei, als er wieder in den Raum trat. »Ist er auch nicht.«

»Siehst du, Matze.« Flo legte ihm die Hand auf die Schulter. »Die Lichter bildest du dir ein. Vielleicht ein Wintergewitter, Wetterleuchten? Oder wahrscheinlich bist du ganz einfach besoffen. Ein Wunder wär's, wenn nicht, bei dem Schnaps vom Toni. Geh lieber auch schlafen. Komm.«

Matze schüttelte die Hand ab. »Ich bin weder besoffen noch verrückt«, antwortete er. »Sieh doch mal genau hin. Da!« Er tippte gegen die Scheibe. »Und da ist noch eines!« Er tippte an eine andere Stelle.

Flo sah ihn mitleidig an. »Ich geh jetzt rüber. Und du am besten auch.« Als Matze nicht reagierte, packte er ihn an der Schulter und dirigierte ihn vor sich her zum Ausgang.

Kaum waren sie vor der Tür, sprang sie der Wind an. Trieb ihnen Schneekristalle ins Gesicht wie kleine Geschosse. »Schnell«, forderte Flo. Er lenkte seine Schritte Richtung Gästehütte, doch Matze blieb stehen.

»Da sind noch mehr Lichter«, sagte er. »Was tun die Leute um diese Zeit auf dem Berg?«

»Matze. Da sind keine Lichter. Wenn du dir hier den Arsch abfrieren willst, dann tu das ruhig. Ich geh ins Warme. Kommst du, Min Ho?« Flo stapfte ärgerlich durch den Schnee. Der Koreaner schlug Matze auf die Schulter, bevor er seinem Freund folgte.

Matze sah ihnen nicht einmal nach. Das Lachen der Männer auf dem schmalen Pfad schallte zu ihm herunter. Da waren einmal zwei Lichter, einmal ein einzelnes, dann wieder mehrere dicht hintereinander. Wie eine Kette mit unregelmäßig aufgereihten Perlen.

»Sie sind wieder unterwegs.« Der Wirt war lautlos aus der Hütte getreten. »Die Knappengeister.«

»Du siehst sie auch?«

Toni nickte. »Heroben sieht man so manches in einer Nacht wie dieser.«

Matze betrachtete die Lichter. Er glaubte nicht an die Knappengeister. Aber irgendwas war hier seltsam. Rätselhaft. Und Rätsel ließen ihn zur Hochform auflaufen.

In ihm wuchs das Verlangen, diesen Lichtern auf die Spur zu kommen. »Das will ich sehen.«

Der Hüttenwirt betrachtete ihn abschätzig. »Warum?«

Matze lachte auf. »Ich will den Goldschatz heben, was sonst?«

»Bleib hier. Sei vernünftig! Es ist zu kalt«, sagte der Wirt und verschwand in sein Schlaflager.

Matze zuckte die Achseln, kehrte zurück in den Schankraum und holte seine dicke Daunenjacke. Dann stapfte er los.

Gleich hinter der Hütte ging es steil bergwärts. In drei Serpentinen führte der Pfad hoch zum Totenkirchl, hinter dessen Fenstern ein leichter Schimmer lag. Matze erinnerte sich daran, wie mühsam es gewesen war, in den ersten Drehtagen eine Spur in den Schnee zu treten. Sogar mit Schneeschuhen waren sie eingesunken. Es war ein Wunder, dass sein Schauspieler Sven nicht rebelliert hatte. Immer wieder hatte er über die unberührte Schneedecke laufen müssen, war dabei bis an die Hüfte eingesunken und hatte wie ein Rohrspatz geschimpft, weil er nicht mehr herausgekommen war aus dem Tiefschnee. Doch er hatte die Strapazen auf sich genommen, ganz der Profi. Bis zum Totenkirchl würde es gehen. Danach …

Matze bereute es, seine Schneeschuhe in der Hütte gelassen zu haben. Die nicht enden wollende Reihe von Lichtern, die vom Totenkirchl Richtung Totensee marschierte, ließ ihn hoffen, dass dieser Pfad bereits ausgetreten war. Er stapfte weiter, lauschte dem knirschenden

Geräusch, das seine Schritte in dem harschigen Schnee verursachten. Als er dem Kirchlein näher kam, glaubte er, leisen Gesang zu hören. Der Ton schwebte in steten Schwingungen über die vom Blutmond beschienene Schneefläche und erinnerte ihn an einen gregorianischen Choral, und obwohl Matze Choräle sonst als beruhigend empfand, richteten sich jetzt die Härchen in seinem Nacken auf. Das waren keine Menschen. Menschen hatten um diese Zeit so weit oben auf dem Berg nichts zu suchen.

»Genauso wenig wie du«, sagte er sich. Abrupt blieb er stehen. Dann schalt er sich selbst einen Feigling. »Wovor hast du Angst, Matze? Vor Geistern?« Er lachte sich selbst aus. Zwang sich weiter. Hielt erneut inne.

Es waren nur wenige Schritte bis zur Bergkapelle.

Der Gesang ... Matze stand wie angewurzelt im Schnee. Die hohlen Stimmen, die aus der Kapelle drangen, jagten ihm einen Schauder über den Rücken. Er wollte zurück. Zurück in die warme Hütte, zu seinen Kumpels.

»Und der Goldschatz?«, erinnerte er sich selbst. »Lässt du den Goldschatz vermodern?« Er zögerte. Schließlich zwang er sich weiter, Schritt für Schritt, während er immer wieder einen Blick zurück Richtung Kapelle warf. Keine Lichter folgten ihm.

Der Mond war hell genug, dass er jedes Detail erkennen konnte. Er stapfte bergan. Sank bis zu den Knien ein, kämpfte sich weiter, getrieben von einer unbekannten Macht. Nur einmal blieb Matze stehen und ließ seinen Blick über die Hochebene wandern. Mitten in dieser Schneewüste lagen die beiden winzigen Holzhütten. Aus den Kaminen stieg Rauch empor. Daneben konnte man in einer Mulde den unteren Totensee ausmachen, verborgen unter der Schneedecke. Der obere See würde genauso vom Schnee bedeckt sein.

Er stolperte weiter. Jeder Atemzug gefror vor seinem Gesicht zu einer Wolke. Dann hatte er die höchste Stelle erreicht, und vor ihm lag eine glatte Schneefläche – der obere Totensee. Auf drei Seiten eingefasst von steilen Bergwänden, öffnete sich nach Osten hin der Blick auf die Dolomiten. Um das Ufer herum meinte er züngelnde Flammen zu erkennen. Er hatte keine Zeit, sich darüber zu wundern, dass diese Flämmchen dem Wind standhielten.

»Wo sind die Knappen?«, fragte er sich verdutzt. Wohin waren all die Leute verschwunden, die er zu den tanzenden Lichtern zu hören geglaubt hatte?

Er schritt über die Schneedecke Richtung See und warf einen Blick zurück. War jetzt der richtige Zeitpunkt, um abzuhauen? Ein Licht erschien hinter einer Felsnase und kam auf ihn zu. Er erschauderte. Das Licht schwebte in der Luft. Kein Mensch war zu sehen, der es führte.

»Die Knappengeister«, entfuhr es ihm. »Ich muss sie finden. Sie und ihr goldenes Kegelspiel.«

Vor seinen Augen verschwamm die Landschaft. Ihn schwindelte. Da löste sich ein Schemen aus dem Schnee.

Der Hüttenwirt! Er war hier, um Matze zu retten! Erleichterung übermannte ihn. »Danke, Toni«, wisperte er und streckte die Hand nach seinem Retter aus.

Toni beachtete ihn nicht, ging an ihm vorbei. An seiner rechten Hand baumelte eine Grubenlampe.

»Toni! Hier bin ich. Hier! Toni!« Matze rannte los. Nach wenigen Schritten sank er im Schnee ein. »Was zum …«, fluchte er. »Woher …?« … hast du die Grubenlampe, wollte er fragen. Und wieso war der Hüttenwirt nicht eingesunken? Da stockte ihm der Atem. Zwischen ihm und Toni war die Schneedecke glatt und unberührt. Keine Spuren zeichneten sich darin ab. Ungläubig starrte er auf die weiße Fläche.

Toni kam langsam auf ihn zu. Bot ihm die Hand. Matze griff danach. Griff ins Nichts. Der Hüttenwirt begann, an den Rändern auszufransen, wurde unscharf, durchsichtig. Dann war er weg.

»In den Raunächten gehen die Knappen über die Villanderer Alm und holen die Seelen von Menschen, die nicht gottesfürchtig sind«, ging ein Raunen durch den Talkessel. Die Stimme verblasste mit jedem Wort, bis am Ende nur ein körperloses Flüstern über den Schnee zu Matze drang.

»Mann, hab ich einen Kater. Dein Schnapsl hat es echt in sich«, jammerte Sven, den Kopf in die Hände gestützt. An dem Kaffee, den Toni ihm wortlos hingestellt hatte, konnte er nur nippen, so übel war ihm. »Wo sind die anderen?«

»Kai ist zur Kapelle hinaufgestiegen. Atmo einfangen, hat er gesagt. Flo, Phil und Ho wollten ihn begleiten. Die werden schnell wiederkommen. Heute hat's 19 Grad unter 0.«

Sven schüttelte sich. Allein bei der Erwähnung der frostigen Temperaturen bekam er kalte Füße. Die extreme Kälte war die größte Herausforderung bei diesem Filmprojekt gewesen. Auf der Höhe von gut 2.300 Metern über dem Meer wärmte die Sonne kaum, auch wenn sie tagsüber mit herrlichem Wetter verwöhnt worden waren. Wie eine Halogenlampe hing sie blass am blauen Himmel und schickte zwar Licht auf die Almfläche, aber zu wenig Wärme. Während der Szenen hatte er Bewegung gehabt, aber in den Pausen dazwischen, in denen Kai das Material sichtete, hatte er sich gefragt, wie die Techniker es schafften, die ganze Zeit reglos hinter ihren Geräten zu stehen. Egal wie vorsichtig man auf die Schneedecke trat, es rieselte immer ein bisschen Schnee in die Schuhe, durchtränkte die Socken. Die Kälte des Bodens drang irgendwann durch die dicksten Sohlen und kroch von den Füßen aus in den ganzen Körper.

Alle zwei Stunden hatten sie eine Aufwärmpause in Tonis Hütte einlegen müssen, hatten ihre nassen Socken ausgewechselt, ihr Inneres mit Tee gewärmt. Anders war der Dreh bei diesen extremen Bedingungen nicht auszuhalten gewesen. Und trotzdem hatte er das Gefühl, die Kälte nie mehr aus seinen Knochen zu bekommen. Der Holzherd in der Hütte war rund um die Uhr im

Einsatz gewesen und theoretisch war es wohlig warm in der Hütte. Aber wenn die Kälte in einem drinsaß, half selbst der Herd nichts. Daher freute sich Sven jetzt auf seine warme Wohnung in Berlin. Da fiel ihm etwas ein. »Und Matze?« Den Regisseur hatte der Hüttenwirt nicht erwähnt.

»Der schläft noch, nicht?«, erwiderte Toni.

Sven hob den Kopf. »Als ich aufgestanden bin, war sein Lager leer.«

Toni zuckte die Schultern. »Dann wird er wohl mit den anderen zum Kirchl hochgestiegen sein.«

Sven war zufrieden mit der Information, stützte seinen Kopf in die Hände und verfluchte den Alkohol.

Wenig später hörte man polternde Schritte auf den Holzlatten vor der Hütte und das Schnappen der Schneeschuhbindungen. Die Männer klopften sich den Schnee von den Füßen, während sie laut miteinander scherzten.

»… wohl die Knappengeister gemacht«, sagte Kai beim Betreten der Hütte. Sofort beschlugen seine Brillengläser. Er klagte in eine unbestimmte Richtung: »Es ist arschkalt draußen. Ich hab die Atmo im Kasten. Wenn Phil kommt, können wir packen.«

»Wir können auch packen, wenn er nicht kommt.« Flo lachte. »Ich bleibe jedenfalls keine Sekunde länger in dieser Eiseskälte.«

»Was haben die Knappengeister gemacht?«, wollte Sven wissen.

Kai lachte. »Ach, nichts. Von der Kapelle gehen Fußspuren weg.«

»Aber nicht mehr zurück«, ergänzte Flo. »Das hat Phils detektivischen Spürsinn geweckt. Er folgt den Spuren, unser Sherlock Holmes.«

»Meine Theorie, dass die Knappengeister am Werk gewesen seien, wollte er nicht hören. Das wär doch ein Thema für den nächsten Matze-Film: ›Das Rätsel vom Totenkirchl‹.« Kai setzte die Brille ab und sah sich suchend um. »Wo ist der überhaupt?«

»Ist er nicht mit euch zur Kapelle hoch?«, fragte Sven.

»Nö. Als wir aufgestanden sind, war sein Lager leer. Weißt du mehr?«, richtete Flo das Wort an Toni, der mit verschränkten Armen hinter seiner Theke stand.

Der Hüttenwirt schüttelte den Kopf. »Bei mir ist keiner vorbeigekommen. Gefrühstückt hat er auch nicht.« Er zeigte auf das unberührte Frühstücksgeschirr, leichter Vorwurf schwang in seiner Stimme mit. Auf dem Brotteller stand eine umgekehrte Kaffeetasse. Die Wurstscheiben auf dem Teller daneben rollten sich an den Rändern ein, der Käse schwitzte.

Die Männer sahen einander an.

»Er wird doch nicht …«

Wie auf Kommando verließen sie die Hütte, schnappten sich ihre Schneeschuhe und hasteten den Weg zur Kapelle hinauf.

Der Wirt blieb vor der geöffneten Hüttentür stehen und sah ihnen nachdenklich hinterher. Dann verschwand er im Inneren der Hütte.

»Da seht ihr: Das ist so was von sicher Matzes Spur.« Kai zeigte auf eine der zwei Fußspuren, die Richtung Totensee führten.

Sven kniff die Augen zusammen. Die Morgensonne wurde von der weißen Schneedecke reflektiert und stach ihm schmerzhaft in die Augen. Er verfluchte sich dafür, dass er die Sonnenbrille in der Hütte zurückgelassen hatte. Trotzdem zwang er sich, das Profil zu betrachten, das sich deutlich im Schnee abzeichnete. In den letzten Tagen hatte Matze eine beinahe kindische Freude mit dem charakteristischen Abdruck seiner Schuhe gehabt. Er hatte Blumen in den Schnee gestempelt, ganze Flächen mit seinen Sohlen plattgetreten. Wie oft hatten sie ihn damit auf den Arm genommen. Sie waren sich einig: Es waren Matzes Spuren, die zum Totensee führten.

Die Männer sahen sich unbehaglich an. Mehr als einmal hatte Toni sie davor gewarnt, Richtung See zu gehen. Der Pfad dort hinauf sei nicht sicher.

»Glaubt ihr, er ist unter eine Lawine gekommen?«, fragte Sven unruhig und sprach damit die Befürchtung der anderen laut aus. Ihre Blicke wanderten wie automatisch talwärts, wo in der kleinen Mulde Tonis Hütte lag. Die Berghänge waren schneebedeckt. Nirgends war die Spur einer Lawine zu sehen.

»Vielleicht abgestürzt?«, meinte Kai. Doch auch auf einen Absturz deutete nichts hin.

Sven ging in die Hocke, schlüpfte aus dem Handschuh und betastete die Spur. »Sie ist hart«, sagte er.

Sie alle wussten, was das bedeutete. Matze war nicht

vor Kurzem den Pfad zum See hochgestapft. Es musste ein paar Stunden her sein.

»Gibt es einen Weg, der auf der anderen Seite hinunterführt?«, fragte Flo.

Gleichzeitig wandten sich ihre Köpfe zu den Schildern, die beinahe im Schnee verschwanden. »Reinswald«, stand auf dem einen, »Stöffl Hütte«, auf dem anderen. Flo grub aus dem Schnee noch den Hinweis »Totensee« aus. »Das hilft uns jetzt auch nicht weiter.«

Sie schwiegen.

»Wie lang hält man es bei diesen Temperaturen aus?«, fragte Sven unbehaglich.

Seufzend machten sie sich auf den Weg und folgten der Spur. Weit kamen sie nicht. Da zerriss ein Schrei die Stille.

»Phil.« Flo sah die anderen besorgt an. Sie legten an Tempo zu. Kämpften sich durch den Schnee.

An der steilsten Stelle kam ihnen Phil entgegen. Bleichgesichtig. Atemlos.

»Was ist los? Hast du Matze gesehen?«

Phil gab ihnen keine Antwort, drängte sich auf dem schmalen Pfad an ihnen vorbei, rannte talwärts.

»Phil!«, rief Flo. Grauen hatte ihn gepackt. An den Gesichtern seiner Freunde erkannte er, dass es auch ihnen nicht anders ging. »Los! Schnell«, forderte er sie auf. Halbherzig. Er hatte Angst vor dem, was sie erwartete.

Schweigend setzten sie ihren Weg fort, erklommen die letzte Steigung. Dann, auf der Kuppe, sahen sie ihn. Matze.

Er steckte bis zur Taille im Schnee. Unbewegt. Das Gesicht dem See zugewandt.

Die Männer folgten seiner Spur, die sich nur leicht auf der Schneedecke abzeichnete. Sie selbst sanken samt Schneeschuhen tief ein. Als sie bei ihm waren, erstarrten sie.

Matzes Gesicht war blaugefroren. An seinen Brauen und Wimpern glitzerten Eiskristalle. Mit weit aufgerissenen Augen und Entsetzen im Gesicht starrte er auf einen Gegenstand, der vor ihm stand. Eine Grubenlampe, in der ein Flämmchen flackerte. Er war tot.

»Die Knappengeister vom Totensee«, sagte Toni, der Hüttenwirt.

Die Männer fuhren herum. Sie hatten nicht bemerkt, dass er ihnen gefolgt war.

Er sprach weiter, als bemerkte er ihre misstrauischen Blicke nicht. »Sie haben sich wieder eine ungläubige Seele geholt.« Dann wandte er sich um und verschwand talwärts.

Das Flämmchen in der Grubenlampe verlosch mit einem leisen Zischen. Ein verhaltenes Rumpeln erklang. Den Männern war, als käme es aus dem Inneren des Berges.

»Die Knappengeister«, flüsterte Kai.

Die Lawine, die sich vom Gipfel des Seebergs löste, bemerkten sie nicht.

10 DIE HEXE VOM BLUTENDEN HERZ – ELOISE

VON ANDREA NAGELE

Ich stehe am Fenster.

Der Schnee ritzt Spitzen in die Landschaft. Sie erinnern mich an die Scherenschnitte, die ich als Schulkind hundertmal lieber als Hausaufgaben machte.

Manche der kargen Bäume ragen wie dunkle Wächter aus dem Weiß.

Beschützen sie mich etwa?

Gibt es denn einen Grund dafür?

Nein.

Hier fühle ich mich geborgen.

Mein Blick wandert zum Bettchen hinüber.

Dort schläft mein Engel, meine Eloise. Ihr Atem hebt und senkt die feine Decke gleichmäßig. Ab und an gibt mein Mädchen ein leises Glucksen von sich. Ihr Gesicht schimmert rosa im sanften Schlummerlicht.

Nie war ich glücklicher als in den letzten Monaten.

Behutsam hebe ich mein Baby hoch und stecke es in den warmen Ledersack mit dem gefütterten Lammfell.

Mein Daunenmantel liegt bereit. Die Stiefel stehen

im Vorraum. Da ich nicht mit diesem Wetter gerechnet habe, habe ich statt der Uggs die Hunter-Stiefel mitgenommen. Oscar hat sie mir an einem verliebten Regentag mitgebracht. »Damit bist du die perfekte Jägerin. Meine Amazone im Kampf gegen die Ungerechten dieser Welt.«

»Wohl eher gerüstet für die Kapriolen, die das Wetter schlägt?«

Stürmische Küsse waren seine Antwort. Davon kann ich nie genug bekommen.

Mein zukünftiger Mann vergöttert Designermarken, verfügt über einen zeitgeistigen Humor, der alle zum Lachen bringt. Sogar jene, die seine Witze nicht verstehen. Oscar überragt mich um einen Kopf. Sein blondes Haar ist gewellt und von ein paar unauffälligen grauen Strähnen durchzogen. Einige halten ihn für oberflächlich. Das sind jene, die nicht hinter seine Fassade schauen wollen.

Denn mehr als alles andere liebt Oscar Eloise und mich.

Rasch tippe ich eine Whatsapp-Nachricht an meinen Schatz und sende ein Foto von unserer schlummernden winzigen Schönheit mit.

Unmittelbar reagiert er.

Es sind unzählige rote Herzen und Küsse. Sie bringen mich zum Schmunzeln. Oscar verachtet diese Art von Kitsch, so bezeichnet er Emojis abfällig. Nur bei mir macht er eine Ausnahme. Und das tat er von Beginn an.

Letzte Woche hat er mir ein Wellnesswochenende in einem sehr schönen Hotel geschenkt. Es liegt auf der Plätzwiese, unterhalb der Hohen Gaisl, einem sagenumwobenen Gebiet. Seine Idee war so kurzfristig, dass es keines der Zimmer im Haupthaus mehr gab, dafür aber eine gemütliche Hütte, mit allem Drum und Dran.

Oscar meinte, es wäre für mich und das Baby ohnehin angenehmer, ein wenig abseits vom Trubel zu wohnen. Und jetzt, wo ich hier bin, gebe ich ihm recht.

Als Eloise und ich die Hütte verlassen, hat es zu schneien aufgehört. Die schweren Wolken sind weitergezogen.

Der Himmel spannt sich über uns, erinnert an ein samtiges Tuch, auf dem silberne Sterne glitzern. Morgen werden wir also einen Spaziergang durch eine sonnendurchflutete Winterlandschaft unternehmen.

Der Weg zum Haupthaus führt an einem Waldstreifen vorbei.

Über den verschneiten Pfad zu gehen, die frische Luft einzusaugen und mein Baby an mir zu spüren bereitet mir unglaubliches Vergnügen. Schon lange nicht mehr habe ich mich so zufrieden gefühlt.

Ich könnte vor Glück singen.

Warum eigentlich nicht? Hier hört mich keiner.

Bereits bei den ersten schiefen Tönen erklingt Charlottes reiner Sopran in meinen Ohren, und das Lied bleibt mir im Hals stecken.

Schnell blinzle ich die Erinnerung an sie weg und beschleunige meine Schritte. Vor meinem Mund gefriert die Atemluft zu hellen Wattebäuschchen.

Die Hotelhalle empfängt uns mit wohltuender Wärme. Eine freundliche Empfangsdame begleitet mich zu meinem Tisch.

»Sollen wir einen Babysitter beauftragen?« Sie sieht

zu Eloise und beginnt zu strahlen. »So eine hübsche Kleine.«

»Danke.« Ich schüttle den Kopf. »Meine Tochter bleibt bei mir. Sie schläft tief und wird niemanden stören.«

Vor der Fensterfront des Restaurants wirbelt der Wind Schneeflocken von den Ästen. Durch die Außenbestrahlung ähneln sie Diamantsplittern.

Entspannt löffle ich meine Kastanienschaumsuppe und tunke warmes Brot in die cremige Brühe.

Die Gespräche der anderen plätschern an mir vorbei, bis mich ein Wort hochschrecken lässt. Ein Schauer rieselt über meinen Rücken, über meine Arme, über meine Beine.

Hexe.

Hexen flößten mir seit dem Kindergartenalter großen Respekt ein. Der krumme Rücken, auf dem eine Katze sitzt, die Hakennase und der Besenstiel. Selbst heute erfasst mich ein Frösteln, wenn ich an die Zeichnungen in meinen alten Bilderbüchern denke.

Nein, diese Märchen mochte ich nicht. Schon im Karneval wollte ich mich als Prinzessin verkleiden.

Selbst ich weiß inzwischen, dass Frauen, die man als Hexen abgestempelt hat, gepeinigte Opfer der heiligen Inquisition gewesen sind. Bedauernswerte, verkannte Geschöpfe, die auf grausame Weise hingerichtet wurden – rein auf Verdacht und wegen böser Gerüchte.

Eloise bekommt andere Geschichten von mir vorgelesen, so viel steht für mich fest.

»Ja, eine *Hexe*.«

Gänsehaut kriecht über meine Arme.

Der Löffel klirrt gegen den Porzellanrand meiner leeren Suppenschüssel.

Zwei Frauen, vielleicht Arbeitskolleginnen, möglicherweise Mutter und Tochter, wenden sich mir abrupt zu.

Ich sehe beschämt weg, aber irgendwie hat mich ihr Gespräch gefesselt und ich lausche ihnen weiterhin. Jedes ihrer Worte erreicht mich haarscharf.

»Um eine alte Gana ging es. Die war der Ausgangspunkt. Sie lebte in einer Höhle der Hohen Gaisl, des Bergs, den manche hier das blutende Herz der Dolomiten nennen, wegen der roten Farbe des Gesteins.«

»Gana?«

»Sagte ich eben, eine Art Wasserhexe. Sie lebte in einer Höhle«, beharrt die ältere der beiden Frauen. »Gemeinsam mit Murmeltieren. Stell dir das vor. Eines Morgens, bei Sonnenaufgang, kam eine junge Frau mit ihrem Baby vorbei. Sie war zu Tode erschöpft, brach zusammen und starb vor der Höhle der Alten. Die Hexe nahm das kleine Mädchen und zog es mit den Murmeltieren auf.«

»Gruselig.« Die Jüngere zieht ihre Schultern hoch. »Können Murmeltiere denn so etwas? Das sind doch dumme kleine Tiere ohne Verstand. Leben die nicht unter der Erde? Das arme Waisenkind.«

»Was spielt das denn für eine Rolle? Es ist nur ein Märchen. Und Märchen berichten uns von Drachen, Zwergen, Dornröschen und Schneewittchen. Die Murmeltiere spielen in dieser Legende eben eine wichtige Rolle. Das wird jedenfalls behauptet. Der Fortlauf der Geschichte ist beachtlich. Das Kind wuchs zu einer Schönheit heran und heiratete einen schmucken Prinzen.«

»War nicht anders zu erwarten. Wenigstens gab es ein Happy End«, erwidert die jüngere Frau spöttisch, von der ich nur den Rücken sehe.

»Sei nicht so voreilig. Aus dieser Vermählung entsprang der ewige Kampf der Geschlechter. Könige gegen Königinnen, Männer gegen Frauen. Kann man dazu Happy End sagen?«

»Hör auf.« Die jüngere der Frauen macht eine abwehrende Handbewegung und ihr dunkles Haar fliegt mit einem Schwung über ihren Rücken.

Ich kann den Blick nicht von ihr lösen.

»Ich habe es nicht so mit den alten Sagen. Die sind mir zu blutrünstig. Außerdem nervt mich diese unselige Geschichte vom Patriarchat gegen das Matriarchat, denn darauf läuft das Ganze letztendlich hinaus. Ich kenne mich dabei aus. Alles, was ich will, ist, hier mit meiner Lieblingstante entspannt zu plaudern. Und morgen mit dir im Dampfbad in den ätherischen Ölen zu versinken.«

Der Rest der Unterhaltung dringt nicht mehr zu mir durch.

Schade, ich wäre ihrer Diskussion gerne länger gefolgt. Eine Kapelle hat angefangen, alte Schlager zum Besten zu geben. Wohl, um uns Gäste zu berieseln.

Zufrieden verspeise ich den Zwischengang, irgendetwas aus glasiertem Kürbis mit Ingwerschaum.

Eloise lächelt im Schlaf.

Nur zu gerne würde ich in dieser wunderbaren Umgebung ein Freundinnenwochenende, falls ich welche hätte, organisieren, mit orientalischen Bädern, köstlichem Essen und Champagner, träume ich vor mich hin. Oder ich könnte gleich den Brautabend hier veranstalten.

Ja. Genau da, an diesem Ort, werden wir vor meiner Hochzeit mit Oscar ordentlich feiern.

Am liebsten würde ich ihm gleich von dieser Idee erzählen. Jetzt auf der Stelle.

Während ich in die nahe Zukunft abdrifte, habe ich nicht bemerkt, dass ein Fisch in Mandelkruste, umgeben von gerösteten Gemüseteilen auf goldigem Couscous, auf mich wartet.

Die Musik ist inzwischen verklungen und die vertrauten Geräusche im Speisesaal setzen erneut ein.

»Da geht es eindeutig um Kindesraub.«

Neuerlich diese grauenvoll lauten Stimmen.

Morgen werde ich darum bitten, den Tisch wechseln zu dürfen.

Diese beiden Frauen stören empfindlich mein inneres Gleichgewicht mit ihrem Gerede. Dennoch. Irgendetwas interessiert mich an ihrer Geschichte.

Neugierig drehe ich mich zur Nichte und ihrer Tante.

Beide erheben sich, falten sorgfältig ihre Servietten und legen sie neben ihre leer gegessenen Nachspeisenteller auf den Tisch.

»Liebes. Spricht da nicht die Juristin aus dir?«

»Mag sein. Jemandem das Baby zu stehlen ist nun mal eine Straftat. Auch in einer Sage. Die alte Hexe kann das Kind der jungen Frau nicht so einfach wegnehmen, egal ob sie nun tot ist oder nicht. Da hätte es vielleicht Verwandte gegeben. Entschuldige? Menschliche Wesen und niemanden aus dem Tierreich. Murmeltiere! Verdammt noch mal.« Die Stimme der Nichte geht in ein Kichern über.

»Hör sofort mit dem Getue auf. Ich hätte nicht damit anfangen sollen, wo mir ohnehin klar ist, wie sehr dich so etwas zum Spotten reizt.«

Eine Gräte hat sich in meinem Mund verfangen, unauffällig löse ich sie aus meinen Zähnen.

Daran kann man ersticken, hat meine Mutter mir eingebläut.

Ein Schatten fällt über meinen Tisch.

Beide Frauen nicken mir höflich zu und stehen neben mir.

»Sie stillen ja«, beginnt die Ältere verlegen nach einem Blick auf meine Bluse. Bei ihren Worten spüre ich die Milch einschießen. »Hoffentlich haben Sie meine Geschichten nicht verunsichert. Ich liebe diese alten Legenden. Im Gegensatz zu meinem Patenkind.«

»Sagen Sie«, frage ich schnell nach, bevor ich es mir anders überlege, »hat hier wirklich eine Hexe gelebt, die ein Kind gestohlen hat?«

Die Nichte streicht ihr dunkles Haar zurück und hakt sich bei ihrer Tante unter. »Geben Sie den Geschichten hier im Ort nicht allzu viel Gewicht. Und ehrlich: Sind wir nicht alle Hexen?« Sie wirft den Kopf in den Nacken und lächelt mir verschwörerisch zu. »Ein hübsches Kind haben Sie da. Passen Sie gut auf sich und die Kleine auf. Man weiß nie, wann die Sagengestalten zum Leben erwachen.«

Die Tante gibt ihr einen Klaps auf den Unterarm und schüttelt den Kopf. »Du machst der jungen Frau Angst, siehst du das denn nicht?«

»Das hast du schon vorbildlich erledigt.«

Mir fällt keine Antwort ein, also schweige ich.

»Die einzige Hexe hier im Raum bist du, meine Liebe.« Die Tante verdreht die Augen entschuldigend und verzieht den Mund. Sie zwinkert mir zu und wirft Eloise mit der Hand einen Kuss zu. Gemeinsam verlassen sie den Speisesaal.

Mir bleibt ein schales Gefühl zurück.

Die Nichte ist keine Hexe, sie ist eine Zynikerin, die den Sachen auf den Grund geht. Gar nicht unsympathisch. Auf alle Fälle mochte ich sie lieber als ihre Tante.

Eloise wacht auf und beginnt leise zu weinen.

Ich muss los.

An der Rezeption bleibe ich kurz stehen.

»Gibt es im Hotel ein Buch über Sagen aus der Gegend?«

Der Nachtportier schüttelt bedauernd den Kopf. »Soviel ich weiß, werden die Geschichten von Generation zu Generation mündlich weitergetragen. Ich kann gern für Sie nachfragen.«

Ich bedanke mich und streichle Eloise beruhigend über den Kopf. Sie wimmert leise vor sich hin. Doch ich weiß, dass ihr Weinen sich steigert, je hungriger sie wird.

Draußen riecht es nach Schnee. Sanft senkt er sich

auf mich nieder. Es müssen neue Wolken aufgezogen sein. Nur die altmodisch gestalteten Laternen beleuchten den Weg zurück zur Hütte.

Der Fellsack unter dem Daunenmantel presst sich gegen meine Brust. Mein Herz hämmert. In meinem Kopf herrscht Tumult. Ich muss mich beruhigen. Meine Aufregung könnte Eloise schaden. Darüber steht viel in den Büchern geschrieben, die ich in der Schwangerschaft verschlungen habe. Deshalb bin ich von Kaffee auf Melissentee, von Zigaretten auf zuckerlose Kaugummis umgestiegen, und den Gin Tonic habe ich völlig weggelassen. Ich proste Oscar nicht mal mehr mit Sekt auf einen gelungenen Geschäftsabschluss zu.

Zurück zur Hütte dauert es jetzt länger, vielleicht weil meine Stiefel mit den Gummisohlen über den wattigen Belag rutschen.

Nur nicht stürzen.

Verstohlen blicke ich zum Wald, als drohe uns Gefahr von den Bäumen, die langsam weiß überzuckert werden. Wahrscheinlich treiben dort bloß die Murmeltiere ihr Unwesen, denke ich und muss lächeln.

Rasch klopfe ich den Schnee von den Stiefeln, werfe meinen feuchten Mantel über den Garderobenhaken und hole Eloise eilig aus ihrem Fellsack.

Blitzartig hört sie zu weinen auf und sieht mich auffordernd an. Ihre Augen funkeln vor Empörung.

Ich sinke mit ihr aufs Bett und öffne meine Bluse.

Ihr heftiges Saugen und der heimelige Schein des künstlichen Kaminfeuers beruhigen mich allmählich.

Eloise schläft gesättigt an meiner Brust ein. Vorsichtig hebe ich sie hoch und lege sie in ihr Bettchen.

Mein Handy gibt den Ton einer ankommenden Nachricht von sich.

Oscar.

Eine Fläche von fünf Quadratzentimetern voller pinkfarbener Herzen blinkt mich an. Statt zu antworten, wähle ich seine Nummer.

Er hebt nicht ab.

Enttäuscht lasse ich das Telefon auf die Bettdecke sinken.

»Bin in einer Sitzung, melde mich später.«

Seine getippten Worte lösen ein Gefühl in mir aus, das ich nicht benennen kann.

Einen Augenblick gebe ich mich der Erinnerung hin. Entschieden verdränge ich die Bilder von ihm und seiner schönen Charlotte.

Nicht jetzt. Nicht hier.

Als Oscar endlich anruft, erzähle ich ihm von dem diffusen Grauen, das mich im Restaurant überfallen hat.

Liebevoll versucht er, mich zu beruhigen, sagt mir, dass alles in Ordnung sei. Ich spüre seine Ungeduld, sein Nichtverstehen hinter den Worten. »Leg dich hin und träum von mir. Ich liebe dich und unser Kind.«

Ja, ich weiß.

Trotzdem ist er mit *ihr* verheiratet. Die Scheidung zieht sich endlos lange hin, weil Charlotte sich beharrlich weigert. Oscar und ich, wir wohnen inzwischen zusammen. Er ist bei mir eingezogen, als wir von der Schwangerschaft erfuhren. Dennoch, richtig wird sich alles erst anfühlen, wenn er mir den Ehering vor dem Standesbeamten an den Finger steckt.

Nach einer heißen Dusche creme ich meinen Körper hingebungsvoll ein. Zum Glück sind Bauch und Oberschenkel von Dehnungsstreifen verschont geblieben.

Beim Zähneputzen wische ich über den von Dunst beschlagenen Spiegel und wundere mich, wie blass ich heute bin. Meine roten Korkenzieherlocken verstärken den Eindruck wahrscheinlich noch.

Oscar nennt mich liebevoll sein irisches Milchmädel.

Kleine scharfe Stiche der Erinnerung durchbohren mich mit Nadeln.

Ich habe große Schuld auf mich geladen.

Charlotte.

Meine Freundin aus Kindertagen.

Ich habe sie stets bewundert und beneidet. Zuerst war es ihre glockenhelle Stimme, dann ihre engelsgleiche Schönheit, zuletzt ihr Mann.

Oscar begegnete ich zum ersten Mal auf einem ihrer Feste. Sein Haar kräuselte sich in winzigen Wirbeln über den Ohren. Um Charlottes Glück, jeden Morgen diese Wogen glatt zu streichen, beneidete ich sie damals.

Wirbel lassen sich nicht mit Fingerspitzen glätten.

Daher habe ich es nie versucht.

Als er mich zum ersten Mal bewusst ansah, war in seinen grauen Augen ein amüsiertes Staunen. Automatisch zog ich an meinem Kleid, fuhr durch meine widerspenstigen Locken, streckte meinen Rücken durch und hob den Kopf.

Im nächsten Moment war er in ein Gespräch mit seiner wunderschönen Frau vertieft. Er strich ihr zärtlich über die Stirn und sie schmiegte sich hingebungsvoll an ihn. Sie wirkten auf mich wie eine gegossene Statuette von Antonio Canova. Jenseits von Zeit und Raum. Amor und Psyche.

Rasch verdränge ich diesen Schnappschuss, der sich einem Blitz gleich in meine Gedanken eingebrannt hat.

»Liebst du mich?«, frage ich ihn.

»Natürlich, mein Schatz.«

Aus einem inneren Impuls getrieben, klicke ich meine Whatsapp-Kontakte bis zu ihrem Namen durch.

Da.

Ich lese ihre letzte Nachricht an mich.

Sie war im Recht. Ich hatte ihr den Mann gestohlen, so wie sie mir damals am Meer Eimer und Schaufel weggenommen hatte.

»Blöde Kuh«, sage ich und klatsche mir auf die Stirn.

Dann halte ich inne.

Ihr Profilfoto ist weg.

Kein Gesicht, umrahmt von glattem hellblondem Haar, strahlt mir entgegen.

Sie hat mich gesperrt.

Eine Woge des Zorns überrollt mich. Ich war ihre beste Freundin, ihre einzige. Und was kann ich dafür, dass Oscar sich in mich verliebt hat?

So etwas passiert mitunter.

Jahrelang habe ich das Drama um ihre Unfruchtbarkeit mitgemacht, mit ihr geweint und mit ihr gehofft, bis der Schwangerschaftstest ihr erneut einen Strich durch die Rechnung machte. Da half kein Erfolg auf der Bühne, kein Applaus für ihre Solostimme.

Der vergebliche Kinderwunsch begann, ihr Leben zu bestimmen.

Und ich blieb treu an ihrer Seite.

Da Oscar oft geschäftlich im Ausland unterwegs war, hatte ich ihn spät kennengelernt. Die Hochzeit der beiden fand auf den Bahamas statt, und wer reist gern auf eigene Kosten für ein, zwei Abende so weit?

Kurzerhand rufe ich sie an. »Kein Anschluss unter dieser Nummer«, wird mir von einer unpersönlichen Computerstimme mitgeteilt.

Es fühlt sich an, als würge eine Hand meinen Hals.

Kann sie mich einfach so aus ihrem Leben streichen? Es gibt zwischen uns einiges zu klären.

Eigentlich sollte ich nicht diesen trüben Gedanken nachhängen, sondern mich um ein wenig Schlaf bemühen. Eloise wird mich bald aufwecken und vehement nach ihrer Nahrung verlangen.

Okay, überlege ich, wenn Charlotte mich blockiert hat, bleibt mir nur eine E-Mail, ein handgeschriebener Brief oder ein persönlicher Besuch.

Ich entscheide mich für die elektronische Variante.

Lange überlege ich, was ich ihr mitteilen will. Ich beschließe, mich kurz zu fassen.

»Hallo Charlotte. Ich erreiche dich nicht. Dass du

mir böse bist, weiß ich, trotzdem würde ich gern mit dir reden. Schon um der guten alten Zeiten willen. Bitte melde dich.«

Noch bevor mein Hirn meinem Bauch »Nein!« zurufen kann, schicke ich die digitale Post ab.

Eloise gibt ein schmatzendes Geräusch von sich. Sie wird Oscars Haare bekommen, schon jetzt hat sich ein hellblonder Flaum auf ihrem Köpfchen gebildet.

Kurz vor dem Einschlafen gibt mein Notebook das unverkennbare Blinken einer hereinkommenden Nachricht von sich.

Fassungslos lese ich: »Es gibt keinen entsprechenden Nutzer mit dieser Adresse. Ihre Mail konnte daher nicht zugestellt werden.«

Demnach hat Charlotte mich auch auf diesem Medium gesperrt.

Ich bin auf einmal hellwach und meine Sinne sind geschärft wie frisch geschliffene Messer. Schlafen werde ich nicht mehr können.

Auf Facebook und Instagram hat Charlotte einen Account. Sie bewirbt dort seit Jahren den Theaterchor. Also wird es diese Seiten weiterhin geben. Und das wiederum stellt eine sichere Möglichkeit dar, ihr meine Nachricht zu übermitteln.

Meine Finger zittern, als ich mich einlogge und ihre Adresse aufrufe.

Verschwunden.

Sowohl auf Facebook als auch auf Instagram hat sie sich in Luft aufgelöst. Twitter hat sie nie benutzt.

Oscar meldet sich sofort nach dem ersten Läuten. »Süße, was gibt es? Ist unsere Kleine krank?«

Die Uhr auf meinem Handgelenk verrät mir, dass es fast Mitternacht ist.

»Verzeih, ich wollte dich nicht wecken. Ich habe Angst. Zuerst die blöde Sage von der Hexe, die Babys stiehlt, und jetzt ist Charlotte verschwunden.«

»Was redest du da?«

»Ich wollte mich bei ihr entschuldigen, weil ich so aufgewühlt war. Aber sie hat mich überall rausgekickt.«

»Verdenken können wir ihr das nicht, mein Schatz. Was meinst du?«

»Klar. Hast du sie in letzter Zeit gesehen?«

»Nein.« Oscar zögert eine Zehntelsekunde und gähnt dann ausgiebig. »Mein nächstes Treffen mit ihr findet vor Gericht statt. Das habe ich dir mehr als einmal erzählt.« Seine Stimme klingt gereizt, wahrscheinlich der Übermüdung nach einem harten Arbeitstag geschuldet.

Ich bemühe mich, den Teufel nicht an die Wand zu malen. »Ja«, murmle ich. Das Handy rutscht mir aus den Fingern und ich schlafe verwirrt ein.

Eine fahle Wintersonne weckt mich, bevor Eloise erste Laute von sich gibt.

Benommen richte ich mich im Bett auf und stütze mich gegen die Kissen. Albträume haben mich die Nacht über gequält. Wirre Bilder und schrille Musik. Ständig habe ich zu meinem Kind geschaut, gehofft, dass es endlich munter und hungrig wird. Ich habe ihre Nähe schmerzlich vermisst.

Meine Brustwarzen sind empfindlich, so heftig saugt meine Tochter an mir. Doch kein Schmerz ist so süß wie dieser.

Sie will meine Milch und seufzt nach jedem Schluck zufrieden auf.

Von Oscar kommen Herzen und ein Kussmund.

Je heller es wird, desto absurder erscheint mir die Panik, die mich gestern überfallen hat.

Hexen, die Kinder stehlen?

Diese Gestalten gibt es bloß in alten Legenden und Ammenmärchen.

Die Geräusche des beginnenden Tages lassen die Gespenster der Nacht verblassen. Anders als erwartet, blendet keine strahlende Wintersonne die Scheibe meines Fensters. Ihre ersten vorsichtigen Strahlen sind hinter dicken Wolken verschwunden.

Auf dem Weg zum Frühstück schlägt mir ein eisiger Wind entgegen, und wildes Schneegestöber verhindert einen klaren Blick auf den Pfad. Die Geräusche wirken gedämpft, so als verschlössen Stöpsel meine Ohren.

Hauben aus Schnee haben sich über alles gelegt.

Nur die eifrig herumschwirrenden Krähen heben sich dunkel vom Weiß ab. Selbst die Konturen der Bäume haben sich aufgelöst.

Doktor Schiwago und seine Lara fallen mir ein. Russische Winterpaläste, erstarrt im Eis.

Erst der Bedienstete, der mit einem Fahrzeug den Weg zum Eingang freischaufelt, holt mich in die Wirklichkeit zurück. »Guten Morgen!«, ruft er gegen den Wind an, kalte Flocken treiben in mein Gesicht.

Eiszapfen hängen wie drohende Pfeilspitzen über dem Eingangstor.

Trotz des Daunenmantels fühlt mein Körper sich taub an.

Im Frühstücksraum löst sich meine Erstarrung und ich drohe in der Wärme zu zerfließen. Der Kachelofen knistert gemütlich vor sich hin. Eloise schläft unbeeindruckt in einem Körbchen, das auf dem Stuhl neben mir steht.

Das Müsli mit dem Obst würge ich hinunter. Meinem Kind zuliebe muss ich essen, ermahne ich mich. Der Tee brennt heiß in meiner Kehle.

Warum hat Charlotte sich in nichts aufgelöst?

Will sie mir damit drohen?

Die zwei Frauen von gestern Abend betreten den Saal und setzen sich unbekümmert nieder.

Der Schnee schlägt hart und grobkörnig gegen die Fensterscheiben, gemahnt an eine Gewalt von außen, die darauf wartet einzudringen.

»Ist alles in Ordnung mit Ihnen?« Eine Servierkraft beugt sich freundlich zu mir. »Hier sind wir in Sicherheit. Kein Schneesturm kann uns etwas anhaben. Daran sind wir gewöhnt.«

Erleichterung macht sich in mir breit.

»Genauso wenig wie Hexen und Murmeltiere uns schaden können«, pflichtet die schwarzhaarige zynische Nichte ihr bei.

Ratlos wechseln die Servierkraft und ich einen Blick. Sie zieht eine Augenbraue hoch und schenkt mir Tee nach. »Der Nachtportier gab mir Ihre Frage nach den alten Geschichten weiter. Sie sollten sich vor den Geistern der Vergangenheit nicht fürchten. Hexen, die Babys stehlen, die sind Schnee von gestern.«

Sie meint es gut. Es gibt weder Hexen noch Geister, und Murmeltiere, die Kinder aufziehen, die gibt es schon gar nicht.

Pflichtschuldig schlucke ich das Joghurt samt den gesunden Körnern hinunter und spüle mit Tee nach.

Mit der schlummernden Eloise an meiner Brust wandere ich durch vollkommene Stille zu unserer Hütte zurück. Der Schnee will nicht aufhören zu fallen und alles zu verhüllen.

Von wegen Wintersonne.

Der Schnee fällt und fällt.

Tief atme ich die feuchte Luft ein, sauge sie gierig in meine Lungen. Ich kann es mir nicht leisten, jetzt krank zu werden. Mein Mädchen braucht mich.

Während ich beim Frühstück war, wurde unser Appartement aufgeräumt. Das Stubenmädchen empfängt mich und murmelt, dass sie gleich fertig sei.

»Lassen Sie sich ruhig Zeit. Ich muss ohnehin mein Baby stillen.«

»Sind Sie nicht die junge Frau, die wegen der Hexensage nachgefragt hat?«

Eben beruhigt, schrecke ich hoch. »Ja«, bringe ich zögernd hervor.

Dicke Flocken treiben an den Fenstern der Hütte vorbei. Manche machen Halt und preschen gegen die Scheiben. Der Wind verursacht jaulende Geräusche.

»Es gab hier und in der Umgebung Hexen«, erklärt das Stubenmädchen, »aber die wurden alle verbrannt.«

»Verbrannt?«

»So war das damals.«

Soll mir das ein Trost sein? Mir wird schlecht.

»Sie sind so bleich.«

»Der Schneesturm macht mich völlig fertig. Und die Geschichte von der Hexe, die Kinder stiehlt, trägt nicht eben dazu bei, dass ich mich erhole. Die armen Frauen, die verbrannt wurden, ohne dass sie Schuld auf sich geladen hatten, um die kann ich nur weinen.«

»Ich bin hier mit den alten Legenden aufgewachsen, daher bereiten sie mir keine Angst.« Das Stubenmädchen lächelt und ich erkenne ihre zartgliedrige Schönheit. »Kommt nicht morgen Ihr Mann? Dann werden Sie sich besser fühlen.«

Wird es Oscar gelingen, den Schneesturm zu bezwingen? Werden wir morgen wirklich vereint hier sitzen, einander umarmen und uns tröstende Worte zuflüstern? Neue Befürchtungen keimen in mir auf. Tränen treten in meine Augen. Das Stubenmädchen versteht meine Reaktion falsch.

»Hören Sie auf, an die Hexen zu denken.«

»Ja, da haben Sie recht. Meine Hormone schwirren durcheinander. Ich vermag nicht, logisch zu denken. Wohl eine Folge der Geburt.«

»Das geht vielen von uns Frauen so. Die Mutter des Hotelbesitzers verfügt über so etwas wie heilende Kräfte. Ich kann sie bitten, am Nachmittag nach Ihnen zu sehen. Es wird Ihnen guttun.«

Ich stimme ihr dankbar zu. Draußen wütet unvermindert der Schneesturm. Von all dem bekommt Eloise nichts mit, sie schlummert selig in ihrem Bettchen.

Vor dem Fenster verschwimmt die Welt in allumfassendem Weiß.

Entschlossen greife ich zu meinem Telefon.

Ich muss mit Oscar sprechen, seine Stimme hören.

Es läutet einige Male, dann werden wir getrennt. Normalerweise ruft er zurück, also warte ich. Nach zehn Minuten wähle ich erneut.

»Ja?« Mein Gesprächspartner räuspert sich.

»Michele«, flüstere ich. Er ist der einzige meiner alten Freunde, der mir verblieben ist.

»Mia«, er zögert, »bist du das?«

»Ja. Wer sonst? Und ich habe eine dringende Frage an dich. Charlotte ist nicht erreichbar.« Jetzt stocke ich.

»Wundert dich das? Du hast ihr den Mann genommen. Oscar und du habt das Kind gezeugt, nach dem sie sich all die Jahre verzehrt hat.«

Wind treibt den Schnee mit voller Wucht gegen die Fenster. Kann seine Kraft das Glas sprengen?

»Eloise.« Sobald ich ihren Namen ausspreche, ist so eine Sanftheit in mir.

»Mia. Charlotte singt nicht mehr in unserem Chor.

Mit dieser schlimmen Kehlkopfentzündung konnte sie nicht mehr. Wahrscheinlich war das eine psychosomatische Reaktion auf die Trennung von Oscar. Zuletzt hat sie gekrächzt wie eine alte Hexe. Sie ist danach weggezogen. Hat ihre Zelte von einem Tag auf den anderen abgebrochen. Wen wundert es? Sie hat keinem von uns ihre neue Adresse hinterlassen.«

Jäh bricht die Telefonverbindung ab. Das Display auf meinem Telefon wird schwarz. Vielleicht hat der Schneesturm die Handymasten umgeknickt?

Ich kann Oscar nicht erreichen und er mich ebenso wenig.

Ich rufe ihn trotzdem an.

»Kein Anschluss unter dieser Nummer«, teilt mir die automatisierte Ansage mit.

Mein Innerstes gefriert zu einer eisigen Säule aus Angst, kälter als der Winter vor der Tür.

Der Schnee löscht alles aus.

Gleich werden unzählige Herzen und ein Kussmund eintrudeln. Oscar ist klüger als andere. Er wird einen Weg finden, mir eine Nachricht zu schicken.

Eloise gibt einen wimmernden Ton von sich und ich gehe vor Liebe über. Ich presse mein Mädchen an mich und warte ungeduldig, bis ihr Mund meine Brustwarze findet.

Wir beide, wir gehören einfach zusammen. So eine Innigkeit habe ich nie zuvor erlebt.

Zaghaft klopft es an meine Tür. Das wird die alte Hotelbesitzerin mit den heilenden Kräften sein. An solchen Unsinn glaube ich nicht. Genauso wenig wie an Hexen und Murmeltiere.

Ich lege Eloise in ihr Bettchen, sie schläft gleich ein. Über meiner Jogginghose trage ich ein ausgeleiertes Langarmshirt von Oscar. Es riecht nach ihm. Meine Füße stecken in dicken Socken, die meine Mutter mir letzte Weihnachten gestrickt hat.

Ich bin so müde, bekomme einfach nie genug Schlaf.

Trotz der Wärme in der Hütte und dem künstlichen Feuer im offenen Kamin zittere ich vor Kälte.

Noch einmal klopft es, diesmal härter.

Ich öffne die Tür.

Eine Gestalt steht vor mir. Verhüllt in Schwarz.

Der Wind treibt knallweißen Schnee herein.

»Gib mir das Kind.«

»Nein!«, schreie ich und werfe mich gegen die Gestalt. Eine Hexe?

Sie stößt mich brutal zur Seite.

Mein Kopf prallt gegen eine Kante und mein Bewusstsein schwindet.

Als ich zu mir komme, sehe ich vorerst nur Schatten und die dunklen Umrisse zweier Gestalten. Die Milch pulsiert in meiner Brust. Es tut verdammt weh.

»Eloise?« Tränen sammeln sich in meinen Augen. »Wo ist mein Kind?«

»Alles wird gut«, flüstert jemand in meiner Nähe.

Und ich weiß, dass das nicht stimmt.

11 SCHAUER IN DER NORDWAND

VON HORST JOBSTRAIBITZER

Die Drei Zinnen in den Sextner Dolomiten zählen zu den imposantesten Bergen der Alpen. Ihre Nordwände sind legendär, sie zu durchsteigen erfordert höchstes akrobatisches Können und eine äußerst strapazierfähige Psyche. Denn hat man eine solche Wand erst einmal hinter sich und steht auf dem Gipfel, denkt so mancher, die Gefahr sei vorbei.

Weit gefehlt. Denn manchmal beginnen die Gefahren erst beim Abstieg …

*

Meine klammen Finger tasten sich über Unebenheiten in der senkrechten Felswand. Ich weiß, dass ich mich nicht lange in dieser Passage aufhalten kann, ohne dass mich die Kraft verlässt. Mein Körper ist noch steif und ungelenk vom Morgenfrost in dieser düsteren, abweisenden Wand.

Der Nordwand der Großen Zinne!

Die Nordwand der Großen Zinne zählt zu den fünf großen Nordwänden der Alpen. Eigentlich sollte ich mich freuen, hier sein zu dürfen. Stattdessen plagen mich Sorgen. Werden wir gut genug sein?

Endlich erreiche ich ein Loch, in dem sich zwei Finger meiner linken Hand verklemmen lassen. Ungeachtet des Schmerzes, als die Haut an den Fingerspitzen aufreißt, ziehe ich kompromisslos an und erreiche nach ein paar weiteren schwierigen Kletterzügen einen weniger überhängenden Wandteil. Keuchend halte ich inne, versuche, meine verkrampften Unterarme zu lockern und die kalten Finger zu wärmen. Ein paar Minuten später erreiche ich den Standplatz und befestige mein Seil an ein paar rostigen Haken, die vermutlich noch vom großen Emilio Comici aus Triest stammen, der diese ungeheure Wand 1933 mit den Gebrüdern Dimai als Erster durchklettert hat. Ich lehne mich, in meiner Selbstsicherung hängend, weit aus der Felswand und gebe meinem Kletterpartner das Zeichen zum Nachkommen. Ein kleiner Stein, der sich löst, fällt, ohne die Wand ein einziges Mal zu berühren, bis in die 60 Meter tiefer gelegene Schuttreiße.

Gedankenversunken schaue ich nach unten.

Wie viele Kletterer mögen dort im Geröll wohl ihr Ende gefunden haben? Mit zerschmetterten Gliedern. Mit eingeschlagenem Schädel.

Abgestürzt, weil nach einem Sturz das Seil riss. Oder weil die Standhaken ihren Dienst versagten und der Partner gleich mitgerissen wurde in die todbringende Tiefe? Vielleicht waren Alleingänger dabei, denen trotz größter Vorsicht ein Griff oder Tritt ausgebrochen ist.

Oder ihre Nerven haben der enormen Belastung nicht standgehalten. Ich weiß es nicht. Solche Geschichten gibt es bestimmt Dutzende.

So manch einer hat dort unten vielleicht noch einige Minuten gelebt. Wissend, dass in wenigen Augenblicken sein irdisches Dasein ein Ende finden würde.

Mich fröstelt. Es ist nicht die morgendliche Kälte allein. Vielmehr kriecht mir die kalte Angst in die Glieder. Die Angst, es nicht zu schaffen. Die Angst, zu langsam zu sein und vom angekündigten Wettersturz eingeholt zu werden.

Über mir verlieren sich die Konturen dieser überhängenden gelben Felswand schemenhaft im dichten Nebel. Unter mir kämpft Gerold im Nachstieg. Ich sehe seinen blauen Helm, höre ihn vor Anstrengung keuchen und ächzen. Gleich zu Beginn eine solch schwierige Kletterstelle bewältigen zu müssen ist eine ganz besondere Herausforderung.

In den meisten Dolomitenwänden gibt es zu Beginn mehrere Seillängen mit moderater Kletterei. Wenn es dann weiter oben schwierig wird, hat man sich bereits warmgeklettert. Die anfänglich eckigen Bewegungen sind rund und effizient geworden. Die Finger haben sich an das Gestein gewöhnt. Das Auge und die Nerven an die Ausgesetztheit der Wand.

Diese Zeit zum Eingewöhnen und Warmklettern gibt es in den Nordwänden der Drei Zinnen nicht. Schon unsere ersten Schritte sind schwierig und fordernd.

Noch können wir abseilen. Weiter oben gibt es diese Option wahrscheinlich nicht mehr. Zu schlecht sind die Haken, denen wir unser Leben anvertrauen müssten. Zu groß das Risiko, dass diese rostigen Nägel unter der Last unserer Körper aus dem Fels gerissen würden. Im Geiste sehe ich durch die Luft fliegende Gestalten, Arme und Beine wild um sich rudernd, und ich höre sie tief unten im Schotter aufschlagen.

*

Gerold hat weit weniger mit der Kälte zu kämpfen als ich. Als Vermesser verbringt er seinen Arbeitstag bei Wind und Wetter im Freien. Er ist der Alpinist von uns beiden. Erfahren in brüchigem Fels und alpiner Wegfindung. Große Wände in den Dolomiten und hohe Berge in Südamerika und Alaska sind sein Metier. Er wird die nassen und gefährlichen Verschneidungen im oberen Wandbereich als Seilerster übernehmen.

Ich hingegen sitze den ganzen Arbeitstag vor dem Computer und plane Anlagen für die Stahl- und Betonindustrie. Nach alpinen Anfangsjahren hat sich meine Begeisterung vor allem den Kletterrouten in Arco am Nordende des Gardasees und an den Felsen in Südfrankreich zugewandt. Ich mag es, nach gemütlichem Frühstück bei Cappuccino und Croissant am warmen sonnenbeschienenen Fels schwierige Routen zu versuchen.

Manchmal treffen wir uns nach der Arbeit, um den Abend gemeinsam in einem Klettergarten zu verbringen.

Das anschließende Zusammensitzen in einem Gasthof bei einem kühlen Bier ist uns fast ebenso wichtig wie das Klettern selbst. Hier schmieden wir unsere Pläne, und hier entstand auch die Idee, eine Route an den Drei Zinnen zu klettern. Nach einigem Überlegen entschieden wir uns für die »Comici-Führe« an der Großen Zinne.

Zur Sperrstunde waren wir uns einig. Einer meiner größten Kindheitsträume sollte Wirklichkeit werden. Zur Bekräftigung unseres Entschlusses reichten wir einander die Hand.

»Kommenden Samstag?«

»Abgemacht. Kommenden Samstag!«

*

Gerold hat inzwischen meinen Standplatz erreicht. Er grinst, übergibt mir Schlingen und Karabiner und klopft mir beruhigend auf die Schulter: »Du machst das schon!«

Ohne viele Worte weiß jeder von uns, was zu tun ist. Seine Handgriffe am Standplatz ergänzen die meinen. Ich weiß, dass ich ihm zu 100 Prozent vertrauen kann. Er ist meine Lebensversicherung, sollte ich stürzen. Dieses Wissen beruhigt mich enorm und gibt mir Rückhalt für den Weiterweg.

Die Würfel sind gefallen. Ich werde weiterklettern. Vorsichtig und behutsam mache ich mich in die Senkrechte, immer nur nach oben. Mit der flachen Hand klopfe ich prüfend auf die Griffe. Werden sie mein Gewicht halten?

Der Fels ist feucht, kalt und brüchig. Die alten Haken sitzen beängstigend schlecht.

Wäre die Durchsteigung dieser Wand nicht einer meiner größten Kindheitsträume, würde ich sofort umdrehen. So aber nehme ich all meinen Mut zusammen und steige weiter. Noch liegen 500 Meter Ungewissheit über uns.

*

Schon als ich als Jugendlicher mit dem Wäschestrick meiner Mutter erste Klettertouren unternahm, träumte ich davon, eines Tages auf dem Gipfel der Großen Zinne zu stehen. Ich war fasziniert von der Geschichte der Erstdurchsteigung der Nordwand und las alle Geschichten und Bücher über die Zinnen, derer ich habhaft werden konnte.

Und heute, endlich heute sollte es so weit sein. Auf den Spuren Emilio Comicis.

Im dämmrigen Licht des beginnenden Tages konnten wir bereits die Konturen der Drei Zinnen erkennen. Kanten, Verschneidungen, Überhänge reckten sich in den Himmel und verschwanden nach einigen hundert Metern im dichten Nebel. Beißender Wind kühlte uns aus. Hoffentlich hält die Witterung, dachte ich. Für den späten Nachmittag war eine Schlechtwetterfront angekündigt.

Schon beim Zustieg, als wir, vom Paternsattel aus kommend, unter den Nordwänden zum Einstieg querten, quälten mich Zweifel. Schweigend stolperten wir den Steig im Schotterfeld entlang und hingen unseren Gedanken nach.

Schwer drückte die Nordwand auf mein Gemüt. Ich war nervös wie immer vor einer schweren Kletterroute. Selbst wenn ich weiß, dass ich den Schwierigkeiten mit Sicherheit gewachsen sein würde, finde ich in der Nacht zuvor kaum Schlaf. Und jetzt diese unglaubliche Wand!

*

Die grausame Ausgesetztheit zehrt an meinen Nerven. Ich möchte – nein, ich darf – hier auf gar keinen Fall stürzen. Die Route ist viel schwieriger und anstrengender als gedacht und fordert mich weitaus mehr, als ich es erwartet habe. Bald aber finde ich zu meinem Rhythmus und versinke konzentriert in einen steten Kletterfluss. Es ist wie ein Tanz auf rohen Eiern. Jeder Griff wird von mir sorgfältig auf seine Festigkeit geprüft, bevor ich ihn belaste. Jeder Tritt zuerst mit der Spitze meiner Kletterschuhe angeklopft. Anstelle von schweren Bergschuhen klettern wir mit leichten Reibungskletterschuhen, deren profillose Sohlen sich weich in die Unebenheiten des Dolomitgesteins schmiegen.

Ich traue hier keinem Zentimeter Fels. Selbst den in die Ritzen geschlagenen Haken nicht.

Manchmal halte ich an. Versuche, meine kalten Finger mit der Atemluft zu wärmen.

Vor schwierigen Stellen tauche ich sie in den Magnesiabeutel an meinem Klettergurt. Es ist ein Ritual, mit dem ich meine Nerven beruhige.

Nach einigen weiteren Seillängen löst mich Gerold ab und übernimmt die Führung.

Es bleibt schwierig.

Heute scheinen wir die einzigen Kletterer in der Nordwand zu sein. Auch von benachbarten Wänden und Kanten hören wir keine Stimmen, kein Klimpern von Karabinern und Haken.

Unterbrochen wird die Stille nur von unseren knappen Seilkommandos.

»Stand!«

»Seil aus!«

»Nachkommen!«

Plötzlich sehen wir tief unter uns zwei Bergsteiger dem Einstieg zustreben. Wir bekommen vielleicht doch Gesellschaft.

Noch eine Seillänge bis zum Biwakplatz der Erstbesteiger.

Wir werden allmählich müde. Die Unterarme erholen sich nicht mehr. Selbst an großen Griffen nicht. Die letzte schwierige Stelle wirft mich schließlich ab. Ein Sturz, doch Gerold über mir hält mich. Ich baumle frei hängend und keuchend über dem Abgrund, erst jetzt kommt der Schreck, der mir in die Glieder fährt. Ich schüttle meine verkrampften Arme aus. Verdammter Rucksack! Ohne dessen Last hätte ich es vielleicht ohne Seilhilfe geschafft.

Gerold wird von der Nebelwand verschluckt. Er zieht das Seil hinter sich her, das langsam durch meine Hände gleitet. Ab und zu höre ich das metallische Klicken eines Karabiners. Schließlich der erlösende Ruf: »Stand!« Gerold ist am Biwakplatz angelangt.

Zum ersten Mal nach mehr als 300 senkrechten und überhängenden Metern können wir sitzen. Uns ausruhen. Essen und trinken. Die Angst, den Schwierigkeiten nicht gewachsen zu sein, ist der Gewissheit gewichen, dass wir es schaffen werden. Das Schwierigste liegt unter uns. Doch weiter oben lauern noch ganz andere Gefahren.

»Die paar Seillängen hinauf zum Ringband werden wir bald hinter uns haben«, grinst Gerold. »Ich freue mich jetzt schon auf das kühle Bier in der Auronzohütte.«

*

Wir sind langsamer als geplant, hinken unserem Zeitplan hinterher, und vor allem wissen wir nicht, was sich hinter dem Nebel verbirgt. Ist das Schlechtwetter schon hier? Wird im nächsten Augenblick die Hölle losbrechen? Werden Blitze auf uns niederzucken? Werden Wassermassen auf uns herabstürzen? Steine und Geröll mit sich reißend, die uns aus der Wand spülen?

Wir haben keine Ruhe und nach kurzer Rast steigen wir weiter.

Der Charakter der Wand ändert sich. Die Kletterei wird einfacher und dennoch gefährlicher. Sicherungshaken gibt es nur noch ganz vereinzelt. Risse und Verschneidungen sind moosig und nass. Hier auszurutschen würde mit schweren Verletzungen enden: Eine kleine Unachtsamkeit und der Fuß gleitet vom glitschigen Tritt. Der Körper verliert das Gleichgewicht und kippt in die Tiefe. Nach wenigen Metern der erste Aufprall. Noch ist man bei Bewusstsein. Das blanke Entsetzen. Es ist passiert! Beim zweiten Aufprall wird es dunkel. Man hört noch Knochen brechen. Die eigenen Knochen. Dann ist es vorbei.

Diese dunklen Gedanken begleiten mich nur ganz kurz. Ich komme wieder in den Kletterfluss. Vorsichtig wie eine Katze schleiche ich nach oben. Die Beine weit gespreizt, um dem nassen Fels keine Chance zu geben und um möglichst viel Druck auszuüben.

Immer wieder treffen wir auf lose Felsblöcke. Sie klingen dumpf, wenn wir mit der flachen Hand ihre Festigkeit testen. Nur nicht zu stark berühren! Vor allem das Seil macht uns Sorgen. Wenn es einen dieser Felsblöcke hier aus dem Gleichgewicht bringt. Nicht auszudenken! Der Block würde sich aus seiner labilen Position lösen und den Weg nach unten antreten. Zuerst schlüge er die Seile durch. Anschließend träfe er mit voller Wucht den Gefährten.

Doch alles geht gut.

Weiter oben verpasst Gerold den berühmten 27-Meter-Quergang, klettert geradeaus, dem Gipfel entgegen. Es ist eine Sackgasse. Als er seinen Irrtum bemerkt, ist es beinahe zu spät, und nur durch ein gewagtes Manöver schafft er es, wieder zur richtigen Route zu gelangen.

Beim Nachklettern wird es für mich spannend. Gerold querte zu hoch und konnte das Seil nicht in die spärlich vorhandenen Haken klinken. Frei hängt es nun durch und verschwindet im Nebel. Ausrutschen verboten. Es würde fatal enden. Ich bewege mich waagrecht nach links. Die Fingerspitzen auf Unebenheiten, an denen ich mich nicht würde retten können, wenn die Füße den Halt verlören. Der Rucksack zieht schwer nach unten.

Nach dieser Hürde wissen wir, dass wir es endgültig geschafft haben. Ein paar einfachere Seillängen noch. Mit äußerster Konzentration klettern wir weiter und erreichen endlich das sogenannte Ringband. Das eigentliche Ende der Nordwandroute, doch wir müssen noch zur Spitze der Zinne.

Unsere Augen versuchen, den dichten Nebel zu durchdringen. Was verbirgt sich dahinter? Wo ist die Gewitterfront? Wir sehen nichts, hören nichts.

Es gibt auch keinen auffrischenden Wind. Alles ist verdächtig ruhig und leise.

Noch fehlt der Gipfel. Wir queren auf dem Ringband zur Südseite der Großen Zinne. Hier treffen wir auf den Normalweg. Auf ihm wollen wir ganz hinauf.

Nur wenige Meter fehlen. Wir können das Gipfelkreuz schon durch den Nebel sehen. Ein seltsames Singen um uns herum. Plötzlich spüren wir die Elektrizität, die uns umgibt. Das Gewitter ist da!

»Runter!« Gerold macht als Erster kehrt.

Ich spüre die elektrische Ladung der Luft am eigenen Leib. Die Härchen an meinen Unterarmen stellen sich auf und unter meinem weißen Helm stehen mir buchstäblich die Haare zu Berge. Für mich ist es das erste Mal, dass ich so direkt mit diesem Naturphänomen konfrontiert werde. Gerold scheint Erfahrung damit zu haben. Er treibt mich an.

»Runter! Wir müssen runter! Schnell!«

Wir rennen, klettern, springen. Den Normalweg hinunter. Der erste Donner erschüttert die Wand.

Wir finden keine Nische, die uns Sicherheit bieten würde. Wir müssen runter, runter, runter. In immer kürzeren Abständen schlagen die Blitze an den umliegenden Berggipfeln ein. Da hält uns eine Steilstufe auf.

Abseilen! Wir müssen abseilen! In fieberhafter Eile richten wir eine Abseilstelle ein. Prüfen nochmals gemeinsam, an welchem markierten Seilende wir später das Seil abziehen müssen, und werfen die Enden in die Tiefe.

Die ersten Schauer überziehen die Wand. Von Sekunde zu Sekunde nimmt der Wind zu und steigert sich in schier unglaublicher Geschwindigkeit zu einem tosenden Orkan.

Neben mir bereitet sich Gerold für die Abseilfahrt vor. Trotz des einsetzenden Infernos bleiben seine Handgriffe ruhig und wohlüberlegt. Hektik scheint ihm völlig fremd zu sein. Er prüft auch meinen Sicherungsknoten und kontrolliert die Verschlüsse der Schraubkarabiner. Erst dann bedeutet er mir, dass ich den Gang in die Tiefe als Erster angehen solle.

Mittlerweile können wir uns nur mehr schreiend und mit Handzeichen verständigen.

Ich hänge meine Selbstsicherung aus und gleite an den Seilen in die Tiefe. Bereits nach wenigen Metern erreiche ich die obere Kante eines Überhanges. Ab hier hänge ich frei in der Luft. Für ein flaues Gefühl in der Magengegend oder gar Angst bleibt keine Zeit. Ich weiß, dass ich keinen Fehler machen und dass ich auf gar keinen Fall den Standplatz unter mir verpassen darf. Nur wenn ich die in den Fels geschlagenen Haken finde, sind wir sicher.

Ich hänge meine Selbstsicherung ein. Entlaste die Seile und gebe Gerold das Signal zum Nachkommen. Mittlerweile setzt Steinschlag ein. Das Unwetter wird schlimmer.

Bald sehe ich Gerold durch die Nebelfetzen am Seil zu mir herunterschweben. Das schmale Felsband ist groß genug für uns beide. Tief unter uns sehen wir die Schuttkegel und den Wanderweg. Wenn wir den erreicht haben, sind wir in Sicherheit.

Wie vereinbart ziehen wir am roten Seil. Es bewegt sich, doch nach wenigen Metern stockt es. Ein Knoten muss sich oben irgendwo verklemmt haben.

Verdammt! Das Schlimmste, was uns in dieser Situation passieren konnte, ist eingetroffen.

Die Seile lassen sich nicht abziehen. Gemeinsam hängen wir uns mit vollem Gewicht ins Seil. Ziehen, zerren, mit schwingenden Bewegungen versuchen wir, es zu lockern. Nichts!

Die Seile rühren sich keinen Millimeter.

Während das Gewitter weitertobt, bereitet sich

Gerold auf den Wiederaufstieg vor. Immer noch ist er äußerlich ruhig, aber in seinem Gesicht kann ich die Anspannung ablesen. Er muss sich am Seil hochziehen, um oben den verklemmten Knoten zu lösen.

Ich bin froh, dass er die Initiative ergriffen hat. Zwar üben wir solche Szenarien im Klettergarten, aber jetzt, im Ernstfall, sieht die Sache beträchtlich anders aus. Gerold kämpft mit den nassen Seilen und den mittlerweile vor Kälte klammen Fingern. Dennoch gewinnt er langsam, aber stetig an Höhe. Bald verschwindet er über einer Kante aus meinem Sichtfeld. Hoffentlich schafft er es bis zum Knoten.

Nass bis auf die Haut kriecht mir die Kälte in die Glieder. Ein Wasserstrahl, der stetig an Umfang zunimmt, ergießt sich über mich. Ich kriege kaum Luft.

Während ich japse, kommt mir die Schlagzeile in den Sinn. »Ertrunken an der Großen Zinne!« Was für ein unrühmliches Ende!

Da bewegen sich die Seile. Gerold hat den Knoten freibekommen, und nun versucht er, ihn so zu positionieren, dass uns dieses Unheil nicht noch einmal passiert.

Bald steht er wieder neben mir. Ich bete inständig, dass es diesmal klappen möge. Lange werden wir es hier nicht mehr aushalten.

Gemeinsam ziehen wir am roten Seil. Es funktioniert. Unsere Erleichterung ist riesengroß.

Noch einmal müssen wir abseilen, ehe wir gestuftes Gelände und Felsbänder erreichen. Der Weg nach unten ist frei.

Das Gewitter lässt nicht nach. Die Wassermassen und der tobende Sturm reißen Steine in die Tiefe, die links und rechts von uns die Wand hinunterpoltern. Wie durch ein Wunder werden wir nicht getroffen.

Die Seile lassen sich diesmal problemlos abziehen. Wir werfen sie hinunter zum Wandfuß. Benötigen sie nicht mehr. Das Gelände ist jetzt einfache Kletterei, aber unsere steif gefrorenen Finger machen es schwieriger.

Nach wenigen Minuten stehen wir endlich am Wandfuß. Über uns tobt der Sturm. Graupel und Hagelkörner knallen auf unsere Helme, und dorthin, wo wir uns noch vor wenigen Minuten befunden haben, krachen Steine und Geröll.

Bald erreichen wir den Wanderweg, der zur Auronzohütte führt.

Wir rennen. Schneller, schneller, schneller!

Gerettet sind wir erst, als wir, völlig außer Atem, in die Hütte stürzen. Wir sinken im Vorraum zu Boden, ringen minutenlang nach Luft und bemühen uns, die Finger mit der Atemluft zu erwärmen.

Besorgte Bergsteiger kommen aus der Gaststube. Versorgen uns mit Decken und heißem Tee.

Langsam erwachen unsere Lebensgeister, und als wir einen Teller dampfender Minestrone vorgesetzt bekommen, können wir sogar schon wieder lachen.

Der Hüttenwirt stellt uns mit besorgter Miene Fragen.

»Ist noch jemand oben am Berg?«

»Habt ihr in anderen Routen jemanden gesehen?«

»Braucht jemand Hilfe?«

Wir wissen es nicht. Eine Seilschaft war in der Nordwand weit hinter uns. Ob die weitergeklettert sind oder noch rechtzeitig abgeseilt haben, können wir nicht beantworten.

*

Es ist dunkel geworden. Das Gewitter scheint abgezogen zu sein, und der Regen ist einem leisen Nieseln gewichen.

Außer eisigem Wind erinnert nichts mehr an das Unwetter. Selbst der Mond blinzelt durch ein Wolkenfenster.

Wir haben inzwischen trockene Kleidung aus dem Auto geholt und uns umgezogen.

Nach einigen Bieren in der Hütte ist es für uns an der Zeit, im Auto in die Schlafsäcke zu kriechen. Beide sind wir todmüde.

»Was mag wohl aus der Seilschaft geworden sein?«, fragt Gerold unvermittelt. »Vielleicht haben sie es aufs Ringband geschafft und befinden sich nun irgendwo am Abstieg auf der Südseite. Wir sollten zumindest nachsehen.«

*

Kurze Zeit später befinden wir uns, zum dritten Mal am heutigen Tag, am Weg unter der Großen Zinne. Es ist stockfinster. Der Mond ist wieder hinter den Wolken verschwunden.

Plötzlich meine ich, weit oben, kurz unter dem Gipfel, ein Licht zu erkennen.

Gerold sieht es auch. »Das ist eine Stirn- oder Taschenlampe!«

Sofort beginnen wir, Lichtzeichen mit unserer Lampe zu geben, und tatsächlich – es kommt Antwort. Mehrfach.

Wir zählen mit. Die Blinkzeichen ergeben eindeutig kein Notsignal.

Erleichtert laufen wir zur Auronzohütte zurück und unterrichten den Hüttenwirt von den Blinkzeichen am Berg. Am Parkplatz richten wir im Auto unser Nachtlager ein.

*

Trotz der Müdigkeit sind wir viel zu aufgewühlt, um einschlafen zu können, und erzählen uns noch lange Zeit Geschichten.

Meine Erzählungen handeln von sonnigen Felsen in Arco am Nordufer des Gardasees, wo ich mich oft tagelang an einer 20 Meter hohen Felswand abmühe, bis ich sie endlich hochkomme, ohne ins Seil zu stürzen.

Mein Partner erzählt von der Civetta-Nordwestwand und von seinen Abenteuern in Alaska und Südamerika.

Irgendwann höre ich Gerold schnarchen und sinke in einen tiefen, traumlosen Schlaf, der allerdings nur kurz anhält und von einem Donnerschlag beendet wird, der uns in den Schlafsäcken auffahren lässt.

Das Gewitter ist zurück. Immer wieder zucken Blitze

nieder und tauchen die umliegende Bergwelt in taghelles Licht. Der Sturm rüttelt am Auto und peitscht den Regen an die Scheiben, als befänden wir uns in einer Waschstraße.

Unsere Gedanken sind bei den Kletterern oben im Gipfelbereich der Großen Zinne.

Wir sind uns einig. Bei Tagesanbruch werden wir der Seilschaft zu Hilfe kommen. Spätestens jetzt sind die Kollegen dort oben in arger Bedrängnis.

Gerold hat Erfahrung mit Biwaks im Wettersturz. Er erzählt von seinen Nächten am Denali in Alaska, dem kältesten Berg der Erde. Zuerst klappern die Zähne. Die Körpertemperatur sinkt ab. Dann kommen die Krämpfe. Du musst permanent in Bewegung bleiben. Nur nicht einschlafen. Wenn du einschläfst, wirst du erfrieren.

*

Das Gewitter kehrt in dieser Nacht noch zweimal zurück und beruhigt sich erst bei Anbruch der Dämmerung. Beim ersten Silberstreif am Horizont schälen wir uns aus unseren Schlafsäcken. Wir packen unsere Rucksäcke, trinken ein paar Schlucke heißen Tee und machen uns auf den Weg zur Großen Zinne.

Dicke schwarze Wolken ziehen in rasender Geschwindigkeit über unsere Köpfe hinweg. Eisiger Wind lässt uns frösteln und wir versuchen, durch rasches Bergansteigen wenigstens ein wenig unsere steifen Körper aufzuwärmen.

Bei der Auronzohütte sehen wir Licht. Eine Gruppe einheimischer Bergführer bereitet sich gerade vor, den beiden Vermissten zu Hilfe zu kommen. Sie verstauen Seile, Haken und Karabiner in ihren Rucksäcken, Thermoskannen mit heißem Tee und wärmende Decken.

Wir schließen uns ihnen an. Unterhalten uns mit einem deutsch sprechenden Bergführer.

Das sei eines der furchtbarsten Unwetter an den Drei Zinnen gewesen, an das er sich erinnern könne, erzählt er. »Zum Glück hat es in der Nacht nicht geschneit. Bei Schnee gäbe es dort oben jetzt bestimmt Tote.«

Wir steigen schnellen Schrittes weiter. Immer wieder schauen wir prüfend nach oben. Sind Lichter zu sehen? Sind die beiden noch in ihrem Unterschlupf oder befinden sie sich bereits im Abstieg?

Ab Wandmitte hüllt der Nebel alles Darüberliegende ein. Was spielt sich dort oben wohl gerade ab? Sind die beiden wohlauf und nur durchgefroren oder durchleben sie gerade ein weiteres Bergdrama an den Drei Zinnen?

Plötzlich hören wir Rufe aus der Gruppe, die vor uns geht. Die Retter sind stehen geblieben und schauen aufgeregt gestikulierend hinauf zum Einstieg des Normalweges.

Jetzt sehen wir die beiden Lichter. Als sie näher kommen, erkennen wir die müden, langsamen Bewegungen der beiden Gestalten, die Stirnlampen an ihren Helmen zucken in der Dämmerung.

Als sie uns sehen, setzen sie sich in den Schotter und winken. Völlig erschöpft, ausgelaugt. Am Ende ihrer Kräfte.

Bald sind wir bei ihnen, reichen ihnen heißen Tee, hüllen sie in wärmende Decken. Wir nehmen ihre Rucksäcke auf und begleiten die zwei langsamen Schrittes zur Hütte.

Der eisige Wind schiebt die Wolken nach Süden und vertreibt nun auch den Nebel. Es kündigt sich ein klarer, kalter Tag an, und bald erinnern nur mehr die schwarzen Wasserstreifen in den Felswänden an den Schauer der vergangenen Nacht.

Während ich mit Gerold auf der Bank vor der Hütte sitze und die ersten Sonnenstrahlen bei Cappuccino und Croissant genieße, schmieden wir neue Pläne.

»Was hältst du vom Pilastro?«, fragt mich Gerold unvermittelt.

»Den Pfeiler an der Tofana di Rozes?«

Gerold nickt und grinst.

»Ich bin dabei«, lautet meine Antwort. »Der Tofanapfeiler steht schon lange auf meinem Wunschzettel.«

»Kommenden Samstag?«

»Abgemacht. Kommenden Samstag!«

12 HEIRAT, HORROR, KARERSEE

VON FELIX LEIBROCK

Der Karersee im Eggental auf gut 1.500 Metern Höhe besticht durch seine schillernden Farben. An manchen Tagen erinnern sie an einen Regenbogen. Wo solche Naturwunder sich ereignen, sind Sagen nicht weit. Die Sage von der Wasserfee vom Karersee versucht, die Farbenpracht des Sees auf fantasievolle Weise zu begründen.

*

Jetzt treiben die es miteinander.

Er greift sich in den Schritt der weichen Monteurshose. Er hat sich hinter Hecken versteckt und beobachtet das von einer Taschenlampe erhellte Zelt. Sie haben es dort aufgebaut, wo die asphaltierte Fläche in ein Rasenstück übergegangen ist. Wildes Camping. Aber wer sollte sich jetzt daran stören? Der tagsüber stark frequentierte Parkplatz am Karersee ist vollkommen leer und still. Nur der dumpfe Balzruf eines Uhu-Männchens ist ab und zu zu hören.

Dieser Lukas ist seit einer halben Stunde ein Bräutigam, sagt er sich. Die beiden Körper im Zelt spielen Schattentheater. Lukas liegt flach auf dem Zeltboden. Jetzt steigt sie auf ihn. Während sie zu reiten beginnt, schnappt Lukas mit seinen Händen nach ihren wippenden Brüsten. Bis zu den Hecken ist ihr Stöhnen zu hören.

Da schau an. So feiern sie ihr Jawort also, die beiden.

Er hat sie belauscht, beobachtet, ist ihnen zum See hinterhergeschlichen. Nicht mal das von ihm verursachte Knacken im Gebüsch haben sie gehört, so verliebt haben sie sich angeschaut.

»Willst du meine Frau werden, Nicole?«

Schluchzen, dann ein gerührtes »Ja, Lukas!«.

Küsse, heftig, feucht, schamlos. Beim Heiratsantrag. Und jetzt wieder.

Er drückt die Hecken zur Seite und betritt den Parkplatz. Aus einem grauen Leinensack holt er den mächtigen Vorschlaghammer hervor. Der Kopf des liegenden Lukas im Zelt ist durch Nicoles kräftige, rhythmische Bewegungen nach hinten gerutscht. Wie ein Ballon beult dieser Kopf die Bespannung des kleinen Zelts aus.

Sehr gut, er bietet ihn mir ja geradezu an. Mit einem präzisen Treffer zertrümmere ich ihm den Schädel. Die Knochen knacken. Mit einem zweiten Schlag ziele ich auf die Halsschlagader. Damit schön viel Blut spritzt. Dann schnappe ich mir die Reiterin, diese verfickte kleine Schlampe …

*

»Ist das schön hier«, sagt Linda.

»Ja, und wir haben so einen wunderbaren Vollmond.«

»Schau mal, wie der See glitzert, David.«

Kleine Nebelschwaden steigen vom See hoch wie Zuckerwatte. Als ob sie in eine Märchenszenerie geraten wären. Genau richtig für mein Vorhaben, denkt sich David.

Er breitet eine Decke aus. Linda holt eine Flasche Lagrein aus dem Rucksack, dazu zwei Vinschgauer, Speck, Radieschen. David öffnet die Weinflasche, schenkt zwei Gläser halb voll. Er steht ihr gegenüber, den Rücken zum See. Bevor sie picknicken, will er es hinter sich bringen. Er ist so wahnsinnig aufgeregt. Einen Heiratsantrag macht man ja nicht alle Tage.

»Ahnst du, Linda, warum ich dich hierhergeführt habe?«, stammelt er und räuspert sich.

Sie schüttelt den Kopf.

Er sieht sie an. In ihren Augen ist ein Flackern, irgendeine unruhige Bewegung. »Linda, ich wollte dich …«

»Ja?«, haucht sie. Ihre Mundwinkel zucken, als stünden sie unter Strom.

»Äh, ich will dir was Schönes sagen.«

Ihre Blicke fixieren etwas seitlich von David. Er ist verunsichert. Sie ahnt wohl, was gleich folgt. Hat sie Angst vor einem Heiratsantrag?

»Linda? Ist alles okay mit dir? Hey, Linda! Linda, du wirst doch jetzt nicht in Ohnmacht …«

Ihre Augen sind weit aufgerissen. Als ob sie von der Marmolada ins Nichts stürzen würde. Sie formt den Mund zu einem Schrei, bringt aber keinen Laut hervor.

Langsam wendet sich David um. Sind da wilde Tiere? Er sieht die leicht gekräuselte Oberfläche des Sees. Im Spiel der Wellen tauchen schattige Gegenstände auf. Es sieht aus wie schwimmende Baumstümpfe, Äste. Der Blick schärft sich, erkennt klarer, was da im See schaukelt. Konturen eines Kopfes. Zwei Hände. Ein Ansatz von Bauch. Oberschenkel. Füße. Nackte Haut.

»David … da schwimmt ein Mensch …« Sie bedeckt mit beiden Händen den Mund. »Nein«, stößt sie mit erstickter Stimme hervor, »er schwimmt nicht. Er treibt.«

*

In der Schule haben sie mich immer alle ausgelacht. Mit ihren geflochtenen Zöpfen und Röckchen. Weil ich aus den Dreckigen Häusern kam. Weil ich vier Halbgeschwister habe. Weil meine Mutter diese fünf Kinder von fünf Männern hat. Weil sie sich im Bozner Bahnhofsviertel in Bars rumtreibt. Weil sie eine … Nein, sie ist keine Hure. Sie geht aber mit Männern sofort ins Bett, wenn sie getrunken hat. Und sie trinkt immer. Die Männer schlafen mit ihr und werfen sie dann weg wie eine alte zerrissene Plastiktüte. Für uns Kinder hatte sie nie Zeit. Sie war mit uns überfordert. Die Brotbüchsen für die Schule waren voller Schimmel. Meinen Vater habe ich nur drei-, viermal gesehen. Für ihn war ich überflüssig. Ein Unfall, wie er es mir mal ins Gesicht sagte. Seit 20 Jahren habe ich nichts mehr von ihm gehört.

Vor ein paar Tagen war ich zum ersten Mal bei einer Hure. Weil ich es nicht mehr ausgehalten habe. Diesen Druck da unten, dieses Kribbeln, diesen Hunger im Kopf nach nackter Haut und endlich mal Randürfen, Reindürfen. Alle Weiber, die ich bisher ansprach, haben mich abgelehnt. Sie seien verheiratet oder hätten einen Freund, haben sie behauptet, kaum dass ich sie kennengelernt hatte. Das war, bin ich mir sicher, meistens gelogen. Wollten mich einfach nicht. Und selbst wenn sie jemanden Festes gehabt hätten, musste sie das doch nicht daran hindern, zu mir einfach nur ein bisschen nett zu sein. Sie aber haben mich angeschaut wie Schafe, wenn der Wolf kommt. Als ich mich gestern nicht so einfach abwimmeln ließ, hat dieses blöde Weib gesagt, ich sei ein Psycho. Und abends lässt sie sich am Karersee einen Heiratsantrag machen. Diese elenden, miesen Weibsstücke. Dabei wollte ich sie nur nehmen. Wie Männer das halt tun. Die Hure habe ich dafür gut bezahlt. Dann hat sie es doch tatsächlich gewagt …

*

»Ich ruf die Polizei.«

David kramt sein Handy hervor, telefoniert. Linda klammert sich an ihn. Ihr steht der Horror ins Gesicht geschrieben. Sie schnappt nach Luft, zittert vor Schreck und Kälte. Noch nie hat sie eine Leiche gesehen. Und dann hier! Jetzt! Wo sie ahnte, was David vorhatte!

»Beruhig dich«, sagt David ein paar Augenblicke später. »Die Polizei ist informiert. Sie kommt bald.«

In diesem Augenblick hören sie ein lautes Knacken zwischen den Bäumen.

»David, was ist das?« Lindas Stimme überschlägt sich.

»Irgendein Tier wahrscheinlich. Bleib ganz ruhig!« David geht vorsichtig ein paar Schritte auf die Bäume zu.

Linda hat die Hände vor dem Mund zusammengefaltet, als ob sie ein Gebet spräche. Im Gebüsch blitzt etwas hin und her, ein Augenpaar. Gott sei Dank ist sie nicht alleine hier. David schlägt mit einem Stock ins Grün. Verscheucht den Fuchs, den Marder, den Rehbock, was auch immer für ein Tier das ist.

Sie atmet auf. David ist ihr Beschützer. Und ihr Partner auf Augenhöhe. Mit ihm will sie gemeinsam durchs Leben gehen …

Auf ihrer rechten Schulter spürt sie einen Druck. Was ist das jetzt?

Der Druck nimmt zu, etwas bohrt sich krallenartig in die Schulter. Für einen Augenblick denkt sie, es sei ein Adler, ein Habicht, irgendein mächtiger Vogel, der auf ihrer Schulter gelandet sei wic sonst auf den Stangen am Straßenrand. Aber es ist eine Hand, eine Pranke, der Griff eines Riesen, der harte Arbeit gewohnt ist.

Sie zuckt zusammen. Wie vom Blitz getroffen, stürzt sie zu Boden. Aus dem Augenwinkel sieht sie den Schatten des Riesen, der an ihr vorbeigeht, als sei sie eine Schaufensterpuppe aus Plastik. Einen gewaltigen Gegenstand hat er in der Hand, mit dem er jetzt ausholt. Er trifft Davids Schädel ziemlich genau auf dem höchsten Punkt des Scheitelbeins, als dieser sich gerade zu Linda umdreht. Ein trockenes, dumpfes Knacken. Der Mörder spricht kein Wort. Nur sein lautes animalisches Schnaufen durchdringt den Nebel, der über dem See stärker aufgezogen ist. Er hebt den Hammer wieder hoch und wendet sich Linda zu. Sie liegt apathisch auf der Erde, das Gesicht verrutscht, Haarsträhnen in der Stirn.

»Nein, nein, nein«, flüstert sie und robbt auf dem Rücken wie ein Kriechtier nach hinten, weg vom Hammermann.

Er folgt ihr, treibt sie vor sich her. Ihr Mund ist schief, die Lippen sind zusammengezurrt, die Augen vor Panik glitzernde Murmeln. Sie erreicht den See.

»Da will ich dich haben«, hört sie die grobe und kompromisslose Stimme. »Zieh dich aus!«

»Nein, nein, ncin …«

Jetzt ist er niedergestürzt, würgt sie, schlägt ihren Kopf so lange in das morastige Ufer, bis sie keinen Mucks mehr von sich gibt.

*

Zwei junge Touristenpaare am Karersee ermordet! Die Männer mit zertrümmertem Schädel. Die Frauen nackt auf dem See treibend. Auch sind beiden Frauen die Zungen herausgeschnitten worden. Die Ermittlungen im Bozner Kriminalkommissariat laufen auf Hochtouren.

EIN MONSTER IN SÜDTIROL, titeln die Zeitungen. *HORRORMORDE AM KARERSEE.*

Gerüchte. Wie Borkenkäfer im morschen Holz verbreiten sie sich. Überall. Auf den Berghöfen. Bei den Feuerwehren und Trachtenvereinen. In den Gaststuben in Meran, Brixen und Bozen. Südtirol brodelt vor Angst und Entsetzen.

»Die Paare stammen aus den Niederlanden und Deutschland. Da will uns jemand den Tourismus zerstören. Die Campingplätze in den Dolomiten sind bald wie leergefegt. Stornierungen, Abreisen, wohin man schaut.«

»Das waren Raubmorde. Weil der Täter nicht so viel gefunden hat, hat er sich an den Opfern gerächt. Er war halt auch noch pervers.«

»Der Täter muss die Paare gekannt haben. War vielleicht auch ein Camper. Sie haben sich zerstritten. Er war leicht zu reizen, aggressiv. Hat sich an ihnen ausgetobt.«

Befragungen der Kripo in den Dörfern in der Nähe des Karersees ergeben keine konkrete Spur. Klar, man hat DNA gefunden, dazu Fußabdrücke in Schuhgröße 48 und Reifenspuren in einer Waldeinfahrt einige Dutzend Meter vom Parkplatz und See entfernt. Aber sind das Spuren des Täters? Es gibt niemanden, der ihn gesehen hat. Nichts Greifbares. Im Gegenteil. Ein alter Bauer in Welschnofen gibt bei der Befragung zum Besten: »Da war wohl wieder der alte Hexenmeister von Masaré am Werk.«

Kommissar Waldner rauft sich die Haare. Der öffentliche Druck ist groß, den Vierfachmörder zu finden.

»Soll ich jetzt Hexenmeister jagen?«

*

Die Hure hat 150 Euro bekommen. Da steht es mir ja wohl zu, das Programm vorzugeben. Was sie in einer Stunde bekommt, dafür muss ich zehn Stunden arbeiten. Ein bisschen peitschen wollte ich sie. Ich habe ihr das vor der Bezahlung gesagt. Und sie war einverstanden. Ich wollte mich endlich mal abreagieren. Für all die Weiber, die mir eine Abfuhr erteilt haben. Verspottet haben sie mich, abgelehnt. Seit Jahren! Die Mutter, die Mitschülerinnen, die Weiber, die ich auf Anzeigen hin getroffen habe. Da war die Hure gerade die Richtige. Warum hat sie diesen Beruf gewählt, wenn sie dann nicht spurt?

Vielleicht habe ich ein bisschen fest zugeschlagen. Aber wir hätten darüber reden können …

Dann standen diese drei Typen im Zimmer. Ihr Zuhälter und zwei Schlägerfressen. Schmeißen mich aus dem Puff.

150 Euro für nichts.

*

Er ist in der Wohnung seiner Mutter. Immer noch hat er einen Schlüssel. Wie fast immer ist sie nicht zu Hause.

Er geht wieder an ihren Kleiderschrank. Nimmt sich, was ihm seiner Meinung nach zusteht. Eine Weile sitzt er im Wohnzimmer. Trinkt eine halbe Flasche Vernatsch. Auch damit holt er sich etwas zurück. Rotwein wärmt das Herz. Er blättert lustlos in einer verstaubten Broschüre, die er in einem Regal liegen sieht. »Gute Orte für Heiratsanträge in Südtirol«, steht auf dem Titelblatt. Auf einer Seite ist ein Zettel eingeklebt. Erwartet seine Mutter etwa einen Heiratsantrag? Ein raues Lachen entsteigt seiner Kehle. Heiraten. Er jedenfalls würde nie eine finden, der er einen Antrag machen könnte. Er grübelt, schlägt die markierte Seite auf. Die Sage von der Wasserfee am Karersee, liest er. Hat seine Mutter dort auf den Heiratsantrag gehofft? Er googelt, was eine Sage ist.

»Mündlich überlieferter, nicht verbürgter Bericht über eine nicht alltägliche, häufig wunderbare Begebenheit«, liest er da.

»Das möchte ich tun. Etwas nicht Alltägliches«, grummelt er und beißt sich die Lippe blutig. »Etwas, worüber ganz Südtirol spricht.« Er möchte ein Sagenheld werden.

*

»Wir könnten alle Männer in der Umgebung zu einem freiwilligen DNA-Test auffordern«, schlägt Waldners Kollegin Kommissarin Pacella vor.

»Warum nur die Männer?«, hält Waldner dagegen.

»Weil eine Frau kaum in der Lage ist, einen Mann mit einem solch gewaltigen Schlag zu töten. Es sei denn, sie hatte eine oder mehrere Komplizinnen. Aber warum sollten Frauen Frauen entkleiden und auf dem See treiben lassen? Das sieht doch eher nach einem männlichen Triebtäter aus.«

Waldner weiß, die Kollegin hat recht. Aber er ist frustriert. Die Medien in den Niederlanden und in Deutschland berichten stündlich über die grausamen Morde am Karersee. Und die Urlaubsstornierungen aus diesen Ländern sind so hoch wie zu Beginn von Corona. Südtirols Tourismus droht einzubrechen. Auch seine Eltern vermieten Zimmer an Feriengäste. Er *muss* den Täter finden. Und zwar sehr bald!

»Vielleicht ist das mit dem Hexenmeister nicht ganz so absurd«, sagt Pacella in die Stille hinein.

Waldner knabbert Erdnüsse, schaut sie an, als sei sie gerade einem Ufo entstiegen.

»Was der Alte in Welschnofen gesagt hat, meinst du?«

»Ja. Ich habe das mal recherchiert. Die Sage von der Wasserfee im Karersee.« Pacella erzählt: »Im Karersee lebte vor langer Zeit eine Wasserfee. Sie war wunderschön. Oft saß sie am Ufer und sang, während sie ihre blonden Zöpfe kunstvoll flocht. Eines Tages entdeckte sie der Hexenmeister von Masaré. Er verliebte sich in sie. Doch er wusste nicht, wie er die Fee gewinnen sollte. Eine alte Hexe riet ihm, einen Regenbogen vom Rosengarten bis zum Latemar zu zaubern. Dann werde die Wasserfee sich am Ufer zeigen und er könne sie entführen. Gesagt, getan. Die Wasserfee bewunderte den Regenbogen. Doch auch den Hexenmeister entdeckte sie und tauchte wieder in den See hinab. Der Hexenmeister war über den gescheiterten Plan so wütend, dass er den Regenbogen zerschlug und die einzelnen Teile in den Karersee warf. Das ist der Grund, warum der See bis heute so wunderbar leuchtet.«

Waldner stutzt. »So eine schöne Märchenstunde. Aber was hat das mit unserem Fall zu tun?«

»Der Karersee hat sich in der letzten Zeit zu einem beliebten Ort für Heiratsanträge entwickelt. Vor allem bei Vollmond fahren dort Paare hin. Wegen der schönen Wasserfee. Sie soll Glück für Heiratswillige bringen, heißt es«, fährt Pacella unbeirrt fort. »Auch die ermordeten Paare sind vermutlich deswegen zum See gekommen. Es war Vollmond.«

Waldner blättert in den Unterlagen, die ihm Pacella gereicht hat. Befragungen der Eltern der Ermordeten. Heiratsabsichten waren in beiden Fällen naheliegend. Die Mutter des ermordeten David war sogar konkret eingeweiht, hatte den Ring für Linda mit ausgesucht.

Waldner spürt, hier könnte es vielleicht einen Zusammenhang geben. Der Hexenmeister von Masaré.

»Die herausgeschnittenen Zungen. Das kennt man ja. Machen Mörder so, wenn sie meinen, man hat sie belogen oder betrogen«, sagt er trocken.

»Weil das die Wasserfee am Karersee auch getan hat. Sie hat den Hexenmeister aus seiner Sicht betrogen. Erst lockt sie ihn mit ihrer Schönheit und ihrem Gesang an.

Dann entflieht sie ihm. Vielleicht fühlte sich der Täter auch von Frauen betrogen, abgewiesen.«

Waldner überlegt kurz. Dann hat er sich entschieden.

»Los, komm, wir fahren nach Masaré.«

*

Masaré ist ein Dorf mit nicht einmal 150 Einwohnern bei Belluno. Mehrere Örtlichkeiten in den Dolomiten tragen den Namen: ein Gipfel, eine Hütte, ein Klettersteig. Waldner und Pacella befragen die Menschen, die zu Hause sind, ob es irgendwelche besonderen Ereignisse, auffällige Bewohner im Ort gebe. Am Ende sprechen sie die Morde am Karersee an.

Die meisten werden einsilbig. Als ob es ein Geheimnis gäbe. Oder sie wollen einfach nicht über solch ein furchtbares Thema mit der Polizei reden.

»War ein Schuss in den Ofen«, sagt Waldner, als sie nach Bozen zurückfahren.

Pacella geht in die Datensysteme, in denen auch die Bewohner Masarés erfasst sind. Recherchiert Verwandtschaften, Umzüge, alles, was der Polizei möglich ist. Mit einer Kollegin fährt sie am nächsten Tag erneut in das Dorf. Dort findet sie eine Spur.

*

Ihm reicht es. Selbst die Hure hat ihn verjagt. Jetzt fährt er in die Berge, zu diesem See. Viele Touristen überall.

Busse, Motorradgruppen. Dazu Vans, die Familien mit Kindern auf den Parkplatz ausspucken. Nichts für ihn. Zu viel Trubel. Er fährt weiter, biegt in ein Waldstück ein und setzt sich auf einen Jägerstand.

Der Karersee habe sich zu einem beliebten Ort für Heiratsanträge im Mondenschein entwickelt, hat er in der Broschüre gelesen. Warum hatte seine Mutter diese Seite markiert? Was, wenn er seine Mutter jetzt hier nachts erwischte? Würde sie sich hier mit einem Geliebten treffen? Noch ein Mann, der sie schwängerte? Den Typen würde er erschlagen. Und seine treulose Mutter gleich mit!

Die Dämmerung setzt ein. Vom Parkplatz fahren die Busse und Vans weg. Ein paar letzte lärmende Stimmen, dann ist es still im Wald und über dem See.

Er bleibt ungerührt sitzen. Als die Scheinwerfer eines VW-Busses den Parkplatz ansteuern, zeichnet sich ein böses Grinsen auf sein Gesicht. Schnell steigt er vom Hochsitz und pirscht sich an den Bus heran. Seine Mutter ist es nicht. Ein junges schäkerndes Liebespaar. Wie er diese glücklichen Paare hasst! Das Glück der Zweisamkeit, warum haben sie es und er nicht?

Sie bauen das Zelt auf, gehen zum See. Wie ein gieriges Raubtier schleicht er im Dunkel hinter ihnen her. Sie kommen wieder am Zelt an, ziehen den Reißverschluss zu. Sie schlüpft aus dem Pulli, legt den BH ab. Er sieht ihre Konturen, sie beginnt zu reiten.

*

Ilona Steinbühler stammt aus Masaré, ist aber mit 18 Jahren nach Bozen gezogen. Warum sie das tat, darüber gibt's in Masaré das große Munkeln. Missbrauch durch den inzwischen verstorbenen Vater, sagen die einen, andere behaupten, sie wollte schon im jungen Alter ein leichtes Mädchen sein. In Bozen arbeite sie auf dem Strich. Außerdem habe sie jede Menge Liebschaften. Mehrere Kinder von unterschiedlichen Vätern. Und diese Kinder seien alle missraten. In Masaré habe man die Steinbühler seit vielen Jahren nicht mehr gesehen.

»Und was hat das bitte schön mit den Morden am Karersee zu tun?« Waldner glaubt nach wie vor, in ein Märchen gebeamt worden zu sein.

»Das weiß ich nicht«, sagt Pacella. »Aber wir sollten diese Ilona Steinbühler mal aufsuchen. Manchmal gehen die Ermittlungen krumme Wege.«

Waldner sinniert während der Autofahrt über diesen Satz nach. Gehen die Ermittlungen nicht immer krumme Wege, weil Verbrechen stets krumm sind, von der Norm abweichend?

Pacella sitzt schweigend am Steuer. Sie passieren die Ortseingangsschilder von Bozen, suchen einschlägige Bars, Kneipen am Hauptbahnhof auf. Nach einigen Befragungen wissen sie, wo Ilona Steinbühler wohnt. In einem großen Wohnblock klingeln sie an der Tür mit ihrem Namen. Sie öffnet ihnen. Ihre Wimperntusche ist verwischt, sie hält eine Zigarette in der Hand. Es dauert eine Weile, dann lässt sie die beiden Kriminalbeamten in ihre Wohnung. Während Waldner sie befragt, lässt

Pacella die Blicke schweifen. Sie bleiben an einer Broschüre auf dem Wohnzimmertisch hängen.

*

Ein Foto von ihrem Sohn besitzt sie. Er ist ein Hüne von Gestalt, mit Händen, groß wie Käseplatten, und Schultern wie das Sellajoch. Wo er lebe. Sie habe keine Ahnung. Aber ein Verdacht treibe sie um. Dass er nämlich gelegentlich heimlich in ihre Wohnung komme. Er habe ihren Wohnungsschlüssel immer noch. Und dass er sie dann beklaue.

»Was vermissen Sie denn?«, hakt Pacella nach. Aber Ilona Steinbühler schaut auf den Boden, zündet sich die nächste Zigarette an und schweigt.

Waldner greift in seine Tasche, fasst die Broschüre mit Handschuhen an und lässt sie in eine durchsichtige Folie gleiten.

Bald steht fest: Die DNA an der Broschüre ist identisch mit der an den Tatorten am Karersee. Der Ermittlungsrichter ist mit einer öffentlichen Fahndung nach Ilona Steinbühlers Sohn einverstanden.

*

Verdammte Scheiße. Das bin ich.

Er sieht die Tageszeitung »Dolomiten« im Tabakladen, auf der Titelseite sein Gesicht. Er als Jugendlicher im blauen Trainingsanzug mit orangen Streifen.

Das Foto muss seine Mutter der Polizei ausgehändigt haben. Sie ist die Ursache allen Übels. Eine Rabenmutter. Es ist Zeit, sie …

Er weiß, wo sie wohnt. Schnell zieht er sich das Basecap tief in die Stirn, verlässt den Laden, ohne Zigaretten gekauft zu haben. Er schleicht sich durch die Fußgängerzone. Überall Menschen mit wachen Blicken. Wann wird ihn jemand ansprechen? *He, hallo, Sie, Sie sind doch auf dem Zeitungstitel, stehen bleiben!*

Er rennt fast. Sein Auto steht im Parkhaus unter dem Vogelweideplatz. Tausende Blicke, die ihn fixieren. So kommt es ihm jedenfalls vor. Sollte er eine Geisel nehmen? Damit er noch einen letzten Mord vollbringen könnte? Endlich sitzt er im Auto, braust aus der Tiefgarage, indem er die Schranke einfach durchbricht. Die Scheinwerfer fallen klirrend aus ihren Metallhöhlen, das ist jetzt auch egal.

Als er am Wohnblock ankommt, hört er die Martinshörner in der ganzen Stadt heulen. Er stürmt die Treppen hoch, schließt mit zitternden Händen die Tür auf. In der Wohnung ist niemand. Die Tür zum Balkon steht offen, der weiße fluffige Vorhang weht bis zum Tisch. Er stürmt auf den Balkon. Unten sieht er ein Bündel Mensch auf dem betonierten Platz, den Kopf stark abgewinkelt, eine Blutlache.

Hastige Schritte im Treppenhaus. Mit ihren Pistolen stehen sie ihm gegenüber.

»Ich bin der Hexenmeister von Masaré. Von wegen Sagenfigur. Nein, er lebt! Und die da unten hat mich geboren …«, schreit er und deutet mit schäumendem Mund auf seine tote Mutter auf dem Beton.

Sie packen ihn links und rechts. Er wehrt sich nicht, als sie ihn abführen.

*

Waldner und Pacella sind bei der Wohnungsöffnung dabei.

»Ist der Mann, der hier lebt, das Monster vom Karersee?«, fragt eine aufgeregte Nachbarin. Sie hat gerade in den Nachrichten von der Festnahme gehört.

Waldner nickt nur leicht, ehe er mit Pacella die Wohnung betritt. Viele leere Weinflaschen, Zigarettenpackungen. Als sie den Wohnzimmerschrank öffnen, fallen sie ihnen entgegen: Slips, Büstenhalter, Peitschen.

*

Bunt wie ein Regenbogen soll das Leben zu zweit sein. Und die Schönheit der Nixe hat die Braut allemal! Doch wo Liebe und Schönheit sind, ist das Verbrechen oft nicht weit. Vor allem wenn Neid und Begehren sich zu einem unkontrollierten Trieb verdichten. Vorbild für den Täter dieser Geschichte ist Fritz Honka, der legendäre Frauenmörder aus Leipzig, der in Hamburg sein Unwesen trieb. Triebgesteuerte Verbrechen wie bei Honka, dem Heinz Strunk in seinem Roman »Der goldene Handschuh« ein literarisches Denkmal gesetzt hat, gibt es leider immer wieder und überall.

DIE AUTOREN

Rut Bernardi aus St. Ulrich-Gröden spricht und schreibt in ihrer ladinischen Muttersprache. Sie war Lehrbeauftragte für Rätoromanisch an den Universitäten Zürich, Innsbruck, München, Mannheim und Bozen, wo sie die »Geschichte der ladinischen Literatur« schrieb, die 2013 veröffentlicht wurde. Als Publizistin führt sie Regie und moderiert die monatliche Radiosendung »L cuartet leterer« (Das literarische Quartett). Sie schreibt und veröffentlicht auf Ladinisch und Deutsch. Für ihre literarischen und kulturellen Verdienste erhielt sie verschiedene Preise. Im Juni 2021 wurde sie zur Vorsitzenden der Südtiroler Autorinnen- und Autorenvereinigung (SAAV) gewählt. Heute lebt sie in Klausen in Südtirol.

www.saav.it/de/autor-innen/rut-bernardi

*

Horst Jobstraibitzer, Jahrgang 1963, ist Maschinenbauingenieur und lebt mit seiner Familie in Pernegg, nördlich von Graz. Der begeisterte Kletterer mit Wurzeln im Fersental (Valle del Fersina) hat vor einigen

Jahren seine Liebe zum Schreiben entdeckt. In seiner Freizeit bringt er Kurzgeschichten zu Papier und ist Redakteur bei »climbing.plus«. Eines seiner Herzensprojekte ist es, ein Kinderbuch zu veröffentlichen. Dies scheint nun, mit dem kleinen Drachen Odolin, tatsächlich Wirklichkeit zu werden.

www.climbing.plus

*

Lutz Kreutzer, geboren in Stolberg/Rheinland, ist promovierter Naturwissenschaftler. Zu Südtirol hat er wegen seiner alpin-geologischen Forschung und seiner bergsteigerischen Erlebnisse in den Dolomiten (»Große Mauer«, »Gelbe Kante«, »Neunerplatte« und viele andere) eine tiefe Beziehung. Seine beruflichen Reisen und Alpinabenteuer verwandelt er in spannende Literatur. Sein Thriller »Schröders Verdacht«, der auch in Südtirol spielt, schaffte es auf Platz 1 im Kindle-Shop. Seine Arbeiten wurden mit mehreren Stipendien ausgezeichnet. Er lebt und arbeitet in München.

www.lutzkreutzer.de

*

Felix Leibrock ist Seelsorger bei der Bayerischen Bereitschaftspolizei, leitet das Evangelische Bildungswerk in München und spricht das »Nachgedacht« bei Antenne

Bayern. Er ist evangelischer Pfarrer, promovierter Literaturwissenschaftler und Autor von Romanen, Musicals und Krimis. 2021 hat er eine Krimireihe begonnen, die in den Berchtesgadener Alpen spielt (»Mord am Watzmann«).

www.felixleibrock.de

*

Andrea Nagele, die mit Krimi-Literatur aufgewachsen ist, leitete über ein Jahrzehnt ein psychotherapeutisches Ambulatorium. Sie betreibt auch heute noch in Klagenfurt eine psychotherapeutische Praxis. Sie pendelt zwischen Klagenfurt am Wörthersee/Österreich, Berlin/Deutschland und Grado/Italien. »Grado im Licht – Maddalena Degrassis erster Fall« ist ihr zwölfter Kriminalroman und ihr siebter der Adria-Grado-Krimi-Reihe. Die ersten drei Thriller aus der Adria-Serie sind bereits ins Italienische übersetzt worden und auch als Hörbuch erhältlich. Neben den erfolgreichen Krimis stammen auch der Kultur-Reiseführer »111 Orte in Klagenfurt und am Wörthersee, die man gesehen haben muss«, und die beiden Thriller »Du darfst nicht sterben« und »Sag mir, wen du hörst. Sag mir, wen du siehst. Sag mir, wer du bist« aus ihrer Feder.

www.andreanagele.at

*

Ralph Neubauer, 1960 in Düsseldorf geboren, lebt seit 1987 in Haan im Rheinland. Verheiratet, zwei erwachsene Kinder. Ein Berufsleben in der Justiz des Landes Nordrhein-Westfalen: vier Jahre an drei Amtsgerichten und 36 Jahre im Justizministerium.

Seit dem Jahr 2010 erscheinen seine Südtirol-Krimis, in denen Commissario Fabio Fameo Fälle löst, die die Leser in menschliche Abgründe, aber auch in Südtirols Geschichte und Lebensweise blicken lassen. Bisher sind acht Bände erschienen. Die Reihe wird fortgesetzt.

www.südtirolkrimi.de

*

Sigrid Neureiter studierte Germanistik an der Universität Salzburg und war viele Jahre Journalistin. Heute lebt und arbeitet sie als Krimi-Autorin und PR-Unternehmerin in Wien. Ihre Wurzeln liegen in Südtirol, wohin sie auch in ihren Kriminalromanen sehr gern zurückkehrt. Im Gmeiner-Verlag sind bisher drei Krimis um die PR-Beraterin Jenny Sommer erschienen, die alle an Schauplätzen in Südtirol angesiedelt und mit der literarischen Vergangenheit der Region eng verknüpft sind.

www.sigrid-neureiter.com

*

Günter Neuwirth, geboren 1966, wuchs in Wien auf. Nach einer Ausbildung zum Ingenieur und dem Studium der Philosophie und Germanistik zog es ihn für mehrere Jahre nach Graz. Heute wohnt er am Waldrand der steirischen Koralpe. Der Autor ist als Informationsarchitekt an der Technischen Universität Graz berufstätig. Günter Neuwirth ist Autodidakt am Piano und trat während des Studiums in Wiener Jazzclubs auf. Eine Schaffensphase führte ihn als Solokabarettist auf zahlreiche Kleinkunstbühnen. Seit 2008 publiziert er Romane, vornehmlich im Bereich Krimi.

www.guenterneuwirth.at

*

Christiane Omasreiter wurde 1974 in Garmisch-Partenkirchen geboren und wuchs in Mittenwald auf. Sie studierte Betriebswirtschaft und arbeitete nach dem Abschluss zuerst in München und danach in Donauwörth im Bereich Marketing. Der Liebe wegen zog sie 2001 nach Pfunders in Südtirol, heiratete und bekam zwei Töchter. Seit einigen Jahren arbeitet sie als Lehrerin.

Kathrin Scheck wurde 1974 in Garmisch-Partenkirchen geboren, studierte Betriebswirtschaft im Anschluss an eine Lehre zur Immobilienkauffrau. Nach dem Studium zog es sie zurück nach Garmisch-Partenkirchen, wo sie mit ihrem Mann und ihren beiden Töchtern lebt.

Das Autorinnenduo, das nördlich und südlich des Alpenhauptkammes zu Hause ist, schreibt seit einigen

Jahren die Krimireihe »Die Bildermacherin«, die in Südtirol spielt.

www.bildermacherin.net

*

Robert Preis wurde 1972 in Graz geboren und ist hier aufgewachsen. Er lebt heute als Journalist und Schriftsteller in der Nähe seiner Heimatstadt. Preis ist Initiator des »FINE CRIME-Krimifestival« und schrieb zahlreiche Romane und Kurzgeschichten, in denen das Mystisch-Legendenhafte seiner Heimat stets mitschwingt.

www.robertpreis.com

*

Heidi Troi ist eine Südtiroler Krimiautorin. Ihre Kindheit hat sie auf der Villanderer Alm verbracht. Ohne Strom, dafür mit vielen Geschichten, die abends im Dunkeln erzählt wurden. Der Totensee zählt zu ihren Lieblingsorten. Auch wenn Heidi Troi wirklich oft da oben war, konnte sie das goldene Kegelspiel der Knappen bisher nicht finden. Nur das Donnern ihrer Kugeln hört sie bisweilen …

www.heiditroi.me

*

Christof Weigold schrieb Theaterstücke und war von 1996 bis 1999 Autor bei der »Harald-Schmidt-Show«, für die er auch vor der Kamera stand. Seit 2000 arbeitet er als freier Drehbuchautor für Film und Fernsehen. Seit 2018 veröffentlichte er bei KiWi drei Bände seiner historischen Krimi-Reihe um den Privatermittler Hardy Engel im Hollywood der Stummfilmzeit, wurde damit für den Friedrich-Glauser-Preis nominiert und gewann den Preis des »Mordsharz«-Festivals für den besten Debütroman. Ab 2023 folgen Band 4 sowie eine weitere neue Krimireihe im Kampa-Verlag. Er lebt in München und hat es nicht weit nach Südtirol, dessen Weine und Küche er besonders schätzt.

www.christofweigold.com

Alle Bücher von Lutz Kreutzer:

Die Akte Hürtgenwald
ISBN 978-3-8392-2812-8

Schaurige Orte in der Schweiz (Hrsg.)
ISBN 978-3-8392-2854-8

Schaurige Orte in Südtirol (Hrsg.)
ISBN 978-3-8392-0190-9

mit Uwe Gardein (Hrsg.):

Die gruseligsten Orte in München
ISBN 978-3-8392-2433-5

Die gruseligsten Orte in Köln
ISBN 978-3-8392-2454-0

Düstere Orte in Nürnberg
ISBN 978-3-8392-2569-1

Die gruseligsten Orte in Hamburg
ISBN 978-3-8392-2703-9